"你看学校年年在这里,
人却年年都不同。
不对,或许也没什么不同,
无非就是听不完的课堂,
写不完的作业,
追不上的人。"

"现在追上了。"

半熟

在言外 著

天地出版社 | TIANDI PRESS

001
第一章　**重逢**
桑如再见到周停棹，是在同学聚会上

015
第二章　**高中**
她怎么又坐回到高中教室里拼命刷题了

027
第三章　**交错**
这种清醒又无法醒来的感觉

051
第四章　**心战**
怎么好像到处都有你的影子啊，周停棹

 命运拿走了些什么，居然会以另一种方式返还。

065

079 **第五章 宠爱**
是不是说明，他们的距离又近了一点

097 **第六章 竞争**
那你这次，要不要把第一让给我

113 **第七章 看你**
任何人在他面前都没什么可比性

第八章 缘分
这或许是自己的执念筑成的一场绮梦

假如让他们重遇，假如让时光回潮，再假如幸托危险坠失之友臂的情人，让他们终于在过去的这个时刻，以未来的灵魂开始相爱。

125　第九章　入梦
可这是他做梦都想遇到的事

139　第十章　暗恋
有那么一瞬间，他好像触摸到了真实

161　第十一章　同梦
她和他一样，也是十年后的自己投射在梦里的残影

177　第十二章　作文
我这次，是不是赢过你了

191　第十三章　庆功
那是不是该给我一个奖励

207　第十四章　误伤
揉一揉就好了

221　第十五章　相守
我在表白，你听不出来吗

235　番外一　原轨
如果能出去，我们见面吧

253　番外二　假如梦境平行
周停棹满心觉得，他的女朋友很可爱

第一章
Chapter 1

重逢

从前那副戴着眼镜,一天到晚只知道读书的样子,显得老气横秋;自从成了职场人,摘了眼镜,西装笔挺,端着酒跟人碰杯的样子,还真是……有点好看。

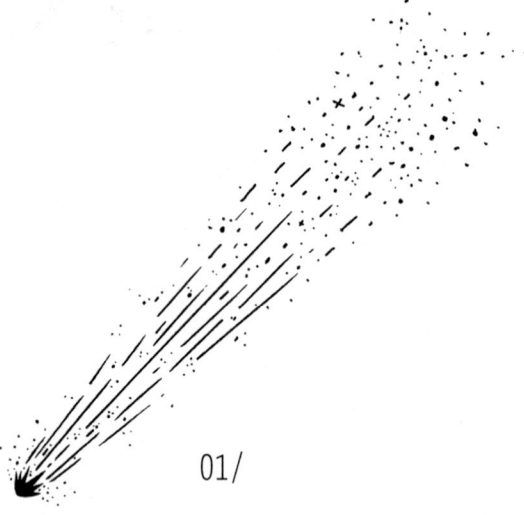

01/

等发完最后一封邮件,已经过了晚上十点。

桑如毫不留恋地关机,收拾好东西准备走人。新方案已经给对方发过去了,剩下的要看甲方客户还有什么奇思妙想。甲方客户,就是拿捏乙方饭碗的"拍板人"。

让她没想到的是,今天这奇思妙想来得属实快了点,新邮件的提示音和电梯到了所发出的"叮"的一声几乎是同时响起。

桑如划开手机,查看消息。好家伙,三个方案,对方只用了不到三分钟,就全盘否定了。

她深吸一口气,看到电梯来了,便不再理睬,跨步走了进去。

往电梯里瞟了一眼,心想:原来这栋三十八层的写字楼里,到了这个点儿才下班的不止我一个。

电梯里站着另外两位从十六层以上下来的男人,都是西装革履的精英模样,一个看起来闲散些,另一个神情板正。

桑如的视线一扫而过,背对他们站在前面,在心里叹了口气。不能晾着甲方客户不管,只好拿捏着措辞回复邮件。

裴峰不是第一次见到桑如,但每一次,这女人都能让他心里涌出一丝叫作"喜欢"的情绪。

身材很好,脸蛋漂亮,就连身上散发的香味儿也不似那些随处可闻到的香水味。那股香味儿在鼻尖转来转去,又趁人不备直往心里钻。

裴峰收起散漫的神情,掏出手机打字给周停棹看。

Florian:我喜欢的类型,怎么样?

周停棹面无表情地扫了一眼女人的背影,说:"随你。"

"什么?"桑如点击"确认"发送邮件,下意识地接了一句,说完才意识到对方并没在和自己说话,只好露出尴尬的笑容,歉意地说,"不好意思,听错了。"

"没事。"裴峰趁机不动声色地挪到她的旁边,神色自若地开始攀谈,"好几次在晚上看到你,十六楼……广告公司?"

"嗯。"

"真够辛苦的。"裴峰随口感慨着,看着她的侧脸,心里盘算着怎么向她索要联系方式才显得顺理成章。

有的人太安静。越是安静,越是让人想要挑衅。

于是,桑如不着痕迹地笑了笑,回道:"你们做投行的也是啊。"

裴峰愣了一下,紧接着乐不可支地说:"你怎么知道我们是做什么的?"

他几乎要认为,眼前这个漂亮的女人对自己也抱有同样的好感了。

然而桑如并没有直接回答,而是淡淡地说:"就是知道。"

电梯比想象中运行得快,在门打开前,裴峰抓住最后的时机问:"需要送你回家吗?"

桑如晃了晃手里的车钥匙,拒绝道:"不用。"

电梯停了。

裴峰又问:"那能留个微信吗?"

女人漂亮的眉梢微微挑起,裴峰的心也跟着提了起来。

电梯门一开,周停棹不理会这段看似美好的邂逅,绕过他们先一步走了出去。

"可以。"他听见女人这样说。

周停棹坐进汽车的驾驶座,却久久没有发动车子。

他捏着眉心,放松神经的时候回想着今天生意场上遇见的难缠对手,想要复盘谈判时有没有出过错漏,但很快就发现自己根本复盘不出个所以然。

罕见地,他无法专注地思考。

这时候,裴峰的消息突然跳了出来。

  Florian:你怎么走这么快?一转眼就不见了。

  Florian:我跟你说啊,我要到她的微信了!哈哈哈!她比我想的还有意思。兄弟,你可得加把劲儿了,估计这次我可要脱离孤家寡人的行列了!

叽里呱啦地,即便是看着文字,也好像听见了一连串聒噪的声音。

周停棹压下心里的烦躁,单手打字回复。

  Z:我必须提醒你一句,你刚和上一任分手不到一个星期。

  Z:过会儿把这次并购案的文件再发我一份。

  Florian:……你这辈子都跟工作过吧。

周停棹关掉对话框,打开车窗点了支烟。

裴峰很快就发来了文件,紧接着,他那辆拉风的红色跑车从周停棹的车旁呼啸而过。

跑车的引擎声渐远,整个停车场忽然陷入一片怪异的安静。

周停棹像是休息够了,终于发动汽车。整个停车场再次喧闹起来。

他点开另一个对话框,指头敲了几下,屏幕上只有两个字。

过来。

过了几秒,周停棹才听见别的动静——
除了引擎,除了车厢里自己的呼吸的动静。
专注力在想正事时出走,却于此刻回笼。

高跟鞋踩在地面的动静一点一点由远及近,周停棹掐灭了烟,把车窗升起。
再然后,高跟鞋的主人敲了几下他的车窗。
是故意的,只是为了要她弯下腰,叩响他的窗。
车窗放了下来,扑面而来的是呛人的烟味儿。桑如往后退了两步,皱眉说:"你抽烟了?"
"上车。"
还是两个字,口吻不容置疑。
"下次吧。"
她不喜欢烟味儿,这股气味简直直接让她失去了所有想法,即便是想跟周停棹聊点什么,也绝不是现在。
桑如说了"再见",却猛地被他拉住了左手腕,用力一带,整个人都被扯回到车窗边,右手抓住窗沿才勉强稳住了身形。
疼且狼狈。她有些恼火,透过昏暗的光线瞪着车里的元凶:"你发什么……"
你发什么疯?
周停棹大概是真疯了,就着这个别扭的姿势,撑住她的后脑用尽全力地吻她。
一个过于热烈的吻,让她所有未能成形的怒意,都在须臾间被吞没了……

02/

周停棹隔着车窗吻她还不够,等她坐上副驾,又用似要把人吞入腹中的架势重复了一遍,像是吃错了药。

桑如被吻得气喘吁吁的,周停棹亲吻着她,气息也变得粗重。

他肯定地说:"你没想走。"

"那又怎么样?"

是没怎么样,气氛到了,所以他们又出现在熟悉的酒店里。

桑如接过前台递来的房卡,看见一串熟悉的数字。

桑如:"……"

第三次了,同样的房间号。

前台小姐姐的职业微笑端庄而熟稔,很难不让桑如莫名心虚。

她尽量自然地接过房卡,道了谢后快步走开。周停棹被落在后头,赶在电梯门关上之前才迈步进来。

在电梯稳步上行的机械声中,周停棹淡淡地瞥了一眼唯一亮着的那个按键,开口道:"二十三楼,在哪一间?"

桑如抬手在他手背上戳了一下,揭穿道:"别装。"

周停棹跟被人戳了嘴角似的,忍不住脸上的笑意。

"2312,"周停棹把玩着另一张薄薄的房卡,不经意地说,"上次也是这间。"

桑如斜着眼瞟他。

他也看着桑如:"上上次还是。"

"停!"桑如忍不住翻了个白眼。

"叮——"

电梯到了,桑如仍是走在前面,抢先一步走了出去。

身后冷不丁地传来他的声音:"你的耳朵很红。"

桑如头也不回地说:"是电梯太闷。"

蹩脚的理由。

好在周停棹像是并不在意她说了什么,并没有再接话。

酒店的走廊上铺着厚厚的地毯,踩在上面发不出多大的声响,只是能听出,他一直就在她的身后。

桑如刷开房间门,脑海中仿佛涌现出前两次进门后的画面,与今天的重合在一起。

她清了清嗓子,及时赶跑了脑海里某些自动窜出的画面,然而还没赶得彻底,手上的房卡在插入卡槽前却掉在地上。

四面都是不透气的黑,周停棹的呼吸灼热地燃烧着桑如的耳尖,是不安分的危险。

他人冷,体感温度不知怎么却很高,手心和胸膛都是烫的。腰被猛地搂住时,桑如下意识地瑟缩了一下,人便更紧地镶进了他的怀里。

"热。"她绷紧声线,努力让自己的语气像平常说话时一样。

桑如浑身都是热的,心也剧烈地跳动起来,这些大约是周停棹不知道的。他反而凑得更近些,鼻息里混着淡淡的笑意:"不是有房卡吗?开了空调就不热了。"

桑如偏过头,鼻尖在黑暗里触碰到他的轮廓,恶狠狠地挤出几个字:"被狗弄掉了。"

周停棹微顿了一下,这才恍然大悟似的,发出了"哦"的一声:"是吗?"

桑如还想再说点什么,手忽然被他握住。他的手掌要宽大许多,包裹住她的整只手还有富余。

另一张房卡就这样搭在两个人的掌心之间,被周停棹以一种奇怪的、过于黏着的方式交给她。桑如脊背一麻,想要抽出手来。

周停棹轻笑一下,便松了手。

桑如握着手里的房卡,忽略掉心里没有着落的情绪,抬手正准备找卡槽时,倏忽顿在半空。

某人故技重施,转而贴上她的手背传递温热。

桑如挣脱了几下，没逃开，开口问道："干什么？"

周停棹一根手指一根手指地填进她的指缝，直到十指交扣，才低声说："开啊。"

"那你松手。"

"不。"周停棹低沉地吐出这个字，更用力地握住她，成为这个小动作的主导者。

桑如偃旗息鼓，心脏跳动的声音却更大了。

"咔嗒"一声，灯亮了起来。

周停棹在光亮来临的瞬间松开了手，桑如没来得及反应，他已经抬脚向里走，只留给她一个背影。

他的西服外套脱下搭在臂弯，回头看了桑如一眼，说："先洗澡。"

周停棹绝不是什么体贴的情人。

他恶劣得很。

桑如截住他，冷硬地回道："不要。"

四十分钟后，桑如十分后悔，今天自己竟没有坚持离开。

没有离开的后果就是被他折磨，还要分心去回复工作上突如其来的事。甲方客户作息时间永远是个谜——他们怎么总是下班后发来消息呢？难道他们加班成瘾了吗？

周停棹倒是还算配合，在她发语音的时候并没有出声打扰，但甲方的意见只要开始就很难结束，桑如快速地敲击着键盘回复消息。

时间太长，身后冷不丁地传来一句："还要多久？"

桑如想了想，充满戏谑地说："这得问甲方，人家说了算。"

"什么？"周停棹冷嘲说，"你怎么不叫人家'爸爸'？"

桑如话语一顿——论不要脸的程度，她果然只能甘拜下风——讪讪地说："脸还是蛮重要的。"

周停棹笑了，没再跟她斗嘴。

这时，桑如的手机又响了，有新的消息进来，却是来自另一个人。

周停棹俯下身，看清了那个微信名：裴峰。

她甚至已经为他改了备注。

周停棹抿着嘴，没说话。

裴峰刚加上她时已经发过几条消息来，桑如起先回了几句，后来也就没工夫理他了。大约是太久没得到回复，他又起了另一个话头，这次是分享了一首歌，问她喜不喜欢。

怎么会不喜欢，她前天还在朋友圈分享了这个乐队的另一首歌，他大概是做了功课，有备而来——

主动，也拿捏着分寸，不会像有些追求者那样让人不适。

周停棹瞧着她切了页面，并没有回复。

于是，桑如听见他问："怎么不回他呢？"

周停棹的语气并没有一点为他自己打抱不平的意思，倒叫人听出来几分愉悦。

桑如没有多余的精力去分析他的言外之意，只随口答道："没空。"

他却要追问怎么个没空法，桑如被他弄烦了，说："开始聊一句就会有十句，没完没了，现在没时间，晚点再说。"

"哦，"周停棹说，"原来你不回我消息的时候是这么想的。"

桑如被噎住，囫囵地回道："你也没发过几次啊……"

这确实也是事实。

"所以你要找个充裕的时间跟他多聊会儿吗？"周停棹又问。

桑如转头去捂他的嘴："你好烦。"

周停棹亲她的手心。

"不要理他，跟我聊。"

桑如没有反应。

周停棹动了动，催她："成不成？"

"……"桑如心说，周停棹真挺烦人的。

03/

桑如再见到周停棹,是在两个多月前的同学聚会上。

联系她的是高中时的语文课代表薛璐。薛璐一直都在她的微信好友列表里,怕她不看班级群消息,还特地在个人微信上通知了她一遍,具体到时间、地址,并附上了诚恳的邀请。

那时她刚跳槽不久,朋友圈更新过一条动态:"跳槽第一天,下班打卡。"薛璐便借这个由头,说正好大家出来聚一聚,恭喜她开始新的职业生涯。

话都说到这份儿上了,桑如便也没再拒绝。

老同学聚会也就那么回事,大家聊聊近况,聊聊过去,半生不熟地插科打诨,一顿饭就这么过去了,吃完又接着转场KTV。

桑如有点想开溜,但另一个高中时期关系比较近的同学历晨霏挽着她的胳膊不让她走,撒娇说:"你走了我一个人多尴尬。"

桑如有点动摇,历晨霏再次加码,凑到她耳边小声嘟囔道:"周停棹还没来呢,你不想见见他吗?"

"周停棹?"桑如明显一愣,脑海里对应上了某个常戴着眼镜的高大形象。虽然五官记得可能不太清晰,但她总觉得跟前几天在电梯里遇见的那个人隐约地重合在了一起。

"对啊,这次的局是他组织的,当时他不是班长吗?"

"他组织的?那他怎么不来?"

"我说你这个不爱看群消息的破习惯是怎么养成的啊?"历晨霏点开他们新建的班级约饭微信群,把消息往上划了一段,递到桑如面前说,"喏,你看——"

周停棹:抱歉各位,被公事耽误,不能一起吃饭,稍后请大家唱歌。

桑如看了眼群名,发现这个群果然已经被自己屏蔽了。她"哦"了一声,恰好手机屏幕底下出现新消息的提示,就又把手机推回去,说:"有新消息。"

历晨霏顺手点开消息,内容是薛璐在群里发了KTV的地址定位,并"艾特"了周停棹。

周停棹:好,十分钟后出发。

周停棹到的时候还是晚了一会儿,一进来就被众人围着"质问"。

而那时的桑如正拿着话筒唱歌,被这么一打岔,再唱下去就显得很尴尬。她呆愣地拿着话筒站了一会儿,想了想,把歌切了。

一出现就破坏她的演唱现场,哪怕起初只能对应上那张模糊的脸,那股讨厌情绪却很熟悉。

这是桑如的第一反应。

第二个反应是:前几天在电梯里遇见的那个男人果真是他。

都说女孩子上了大学或是工作后会大变样,桑如想,周停棹这个男孩子变得更多。

从前那副戴着眼镜,一天到晚只知道读书的样子,显得老气横秋;自从成了职场人,摘了眼镜,西装笔挺,端着酒跟人碰杯的样子,还真是……有点好看。

下一首歌开始播放,点歌的人还站在周停棹旁边,反应过来,匆忙对着离点歌台最近的桑如喊道:"我的!我的!桑如,麻烦按下暂停!"

"好。"桑如按他说的做了,她顶着所有人的视线,回到历晨霏身旁继续坐着。

她感觉到他的视线在跟着她走,又很快移开,接着她听见周停棹说:"不好意思,我来晚了,自罚三杯。"

刚接了别人敬的酒,就又连着喝下三杯。

"但愿不会喝出事。"和善的桑如女士在心里默默祝福。

事实证明,周停棹的酒量还不错。

他刚喝完一杯大家就开始喝彩,喝完第二杯,薛璐拦住他,摇了摇头,示意他不必如此。

没看错的话,周停棹淡淡地笑了一下,像是在安抚对方,然后继续喝完了第三杯。

于是,众人纷纷起哄,似乎是看到了什么八卦新闻,甚至还有人鼓掌。桑如也跟着意思意思,拍了几下手掌。

周停棹瞥了她一眼,眼神没什么波动。

但不知怎么的,这种凑热闹的事情她是做不下去了。桑如顺势将手放在腿上,见周停棹视线还不挪开,就微微挑眉一笑,算作回应。尽管这个挑眉不像挑眉,反而更像是要挑事。

随后,周停棹转头去和别人继续聊天,没再往桑如这儿看。

历晨霏坐在一旁光顾着聊八卦,难掩心中的雀跃,和桑如咬起了耳朵,说:"你看薛璐是不是还喜欢周停棹啊?"

闻言,桑如的视线在他们两人之间转了转,轻声说:"应该是。等等……"她转头吃惊地问,"还?她以前就喜欢周停棹?"

历晨霏顿时像见到什么外星生物似的,反问道:"你不知道?高中时,这可是班里公开的秘密!你当时在干什么,连这都不知道?"还没等桑如反驳,她就像自言自语一样继续说,"哦,你在学习。"

桑如:"……"

桑如心想:好吧,我应该就是在学习,打听八卦是在大学学了传媒专业之后才慢慢开始培养的"陋习"。

历晨霏突然凑过来,嗓音压得更低,问道:"那还有件事,你知不知道?"

"什么事啊?"

"周停棹喜欢你的事啊。"

这下子,桑如完全愣住了。她下意识地看了眼站在不远处那个变得非常俊朗的男人,觉得不可思议,过了好一会儿,才"啊"了一声。

历晨霏激动地一拍大腿，问："你居然真的不知道？！"

历晨霏没压住声音，动静引得众人都朝她们这边看了过来。

有人问："不知道什么？"

历晨霏支支吾吾，求救似的看向桑如。

桑如说："不知道我跟班长在同一栋写字楼工作。"

好家伙，这个"爆炸性新闻"不仅让晨霏惊掉了下巴，其他人也都愣住了。

被提到的男主角却波澜不惊地对桑如颔首示意，算是重逢后正式地打了招呼。

当年，桑如对周停棹的讨厌几乎到了尽人皆知的地步。

两个被众星捧月的人，在班级里，甚至年级里争先恐后地抢第一，那点长年累月积攒下来的不愉快，让在场的人着实难忘。

谁又能料到冤家路窄，兜兜转转，上班还能凑巧在一栋办公楼里。这究竟是什么"缘分"？于是，众人都像被按了暂停键似的，愣在当场。

两位主人公看起来却坦然极了。

"对，确实是这样，"周停棹动作利落地开了瓶酒，对大眼瞪小眼的众人说，"坐啊，接着玩儿啊。"

桑如也笑了，视线投向周停棹身旁的某个人："陈哥，你这首暂停很久了。"

"对对对，这就唱！看我来给你们露一嗓子！"

气氛又逐渐热烈起来，喝酒，唱歌，聊八卦。

桑如也喝了几杯，脸上晕了一点红。她戳了戳历晨霏，问："谁说的？"

"什么啊？"历晨霏有点蒙，随即反应过来，吸取了刚才的教训，放低了音量说，"你说他喜欢你的事啊……我也是听别人说的。"

"别人？说什么了？怎么说的？"桑如一口气直接问了三个问题。

"就是高三那会儿，咱们一模考试刚结束没多久吧，有人从周停棹座位旁边走，不小心撞掉了他的书，看到里面掉出来的信纸，纸上写了几句话，看着像情书。"

"情书？"桑如觉得难以置信，她怎么也不能把这两个字和高中时那个"一心只读圣贤书"的书呆子联系到一起。

"其实也没怎么看清内容,就是开头的称呼……"历晨霏摸了摸鼻子,说,"是你的名字。"

八卦这种事,总是一传十十传百,最后再不了了之。

桑如这个当事人不知道,主要还是因为在读书时期,她也严格奉行"两耳不闻窗外事"的原则。现在的她也记不大清了,可能听说过,只不过并没有放在心上。

暂且不论桑如从没收到过任何所谓的"情书",她坚定地认为,周停棹这个人根本不可能给她写情书,或者说,他不可能给任何人写这种东西。

他只知道"好好学习,天天向上"……然后和她争第一。

即便是以自己为主人公的传闻,桑如也只是听听就算了,看在周停棹高颜值的分上,勉强激起轻微的涟漪。

这就是桑如印象里自己与周停棹仅有的关联了。

在与他交往之前。

第二章
Chapter 2

高中

刚开始因为一模而生出的紧张情绪，在桑如慢慢步入学习轨道的过程中缓解了。她这才反应过来，这只是在做梦啊！指不定什么时候她就该睡醒去上班了呢，别慌。

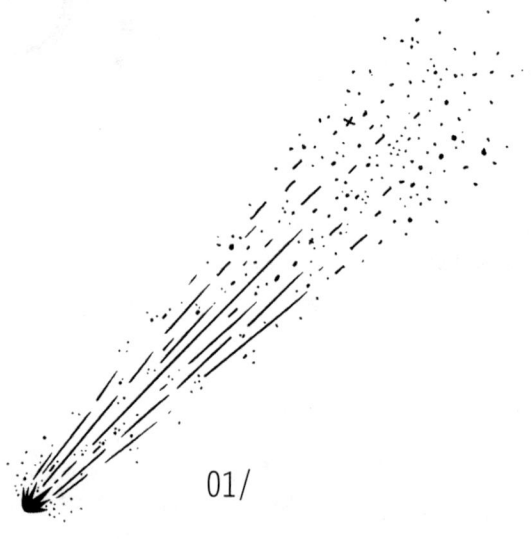

01/

眼前是一片昏昏沉沉的黑,仿佛有张望不到头的黑幕将人密不透风地裹住。桑如觉得自己的意识是清醒的,但眼皮又沉得睁不开。

紧接着,一股巨大的失重感突然裹挟而来,让她感到自己在不断地下坠、下坠,像是一脚踩空,落入深不见底的深渊。

桑如下意识地伸手想要寻找什么支撑,貌似抓到了什么,手心的触感有几分像人的肢体。

她今晚一直都跟周停棹待在一起,所以是他吗?

桑如收紧了手,好似人在面临危机时的求生本能。

失重感就从这一刻开始渐渐褪去,耳边隐隐出现了什么声音,似乎是从很远的地方传来,由远及近,伴着不知哪里来的嘈杂声,渐渐清晰。

"桑如,桑如!"

有人在叫她的名字。

桑如猛地睁开眼,胸膛剧烈地起伏着,大口大口地喘着粗气。空气灌进身体,并流向四肢百骸,她这才恍觉醒了过来。

坐在她旁边的历晨霏吓了一跳,忙抓住她的手臂关心地问:"你怎么了?"

过了好一会儿,桑如才缓过劲,说:"没事,我没事。"

"吓死我了,"历晨霏拍拍心口,"没事就好,马上就上课了,赶紧醒醒盹吧。"

"上课?"

"对啊,这节是老郑的,"历晨霏翻着堆得很高的书堆,转头看着她说,"你怎么睡个午觉好像还睡傻了……"

上课、午觉、老郑……

老郑是桑如高中的数学老师,她还是课代表呢。

这些久远的词汇从历晨霏的嘴里说出来……

等等,历晨霏!

桑如又仔细看了看眼前的女孩,不觉惊出一身冷汗。

眼前的历晨霏留着短发、穿着校服,分明是高中时的样子;而上次见面时,她的头发还是时下最流行的大波浪。

高中?

桑如又低头看了看自己以及自己的书桌——同样是曾经最熟悉的、蓝白相间的校服,同样是满桌的书和试卷,试卷上面还压着一本书。偶尔有风从窗户吹进来,卷起书页的一角。

桑如心跳得飞快,环顾四周,看见了那些陌生又熟悉的面孔。

几个月前,她刚刚在同学聚会上见过他们,准确地说,是工作后的他们。

桑如不由得陷入怀疑——自己是不是在做梦?她甚至用力掐了掐自己,疼得她倒吸一口凉气。

难道是在做梦?是不是再睡一觉就好了?

历晨霏眼看着桑如四处张望,对自己的话充耳不闻,一反好学生的常态,又趴在桌子上像是想要继续睡觉,便凑过去问:"你是不是哪里不舒服?"

"没有。"桑如闷声回道。

"不舒服要跟我说啊！"历晨霏不放心地叮嘱完，转过头继续订正错题，还时不时地分心看她一眼，生怕她真的是生病了。

没一会儿，就见桑如又坐了起来，极其懊恼地薅了把自己的头发，问："咱们高几啊？"

历晨霏无语凝噎，完全愣住了。

不是吧，真傻了？

"高三了！姐姐，而且就要一模了，你清醒了没？"

桑如拧开水杯，喝一口水，深吸一口气，说："醒了。"

这都是什么事啊！

她不是在享受着快乐的职场人生活吗？怎么居然又坐回到高中教室里拼命刷题了？

还这么逼真！这是什么顶级噩梦啊？救命！

桑如还没回过神来，忽然听见有人叫她。

她循声望去，看见一个男人走进教室，顿时愣住。

是老郑，他还是那副样子，腋下夹着卷起的试卷，手上还端了个保温杯，边走边招呼道："桑如，来帮我发下试卷。"

老郑还是个记忆中那个四十多岁的中年男人模样。

高中毕业之后的几年，桑如曾去拜访过这位老师，那时的他添了不少白发，但仍旧精神矍铄。问他保持年轻的方式，他半开玩笑地说："跟你们这些学生待在一块儿，只要没被气死就能年轻点儿。"

仔细一算，也已经好几年没见过他了，桑如心情复杂，眼眶还有点儿发热。她走上讲台，准备挨个儿发卷子，却被老郑拦住。他旋开保温杯盖，说："叫名字，上来拿。"

班级里顿时响起一片哀号声。

桑如窃喜。突然间回到高中时代，还担心有些人记不得了，绝佳的认人机会不就来了吗？

她想了想，问："还念分吗？"

老郑瞅了她一眼，说："你看着办。"

桑如点了点头，只念名字让同学们挨个儿上来拿自己的卷子。多缺德才会把分数念出来啊。

又揭过一张,她本能地照着试卷上的名字念:"周停棹。"

念完,桑如盯着卷子最上方那几个漂亮的字发愣。

就在出神的间隙,她看见有人向她伸出了手,掌心半摊开,露出清晰错综的纹路,指甲也被修剪得整齐干净。

手的主人颇有耐心地等了一会儿,见她没有反应,掌心转了个面,用食指轻轻点了下试卷的边缘,开口提醒道:"桑如?"

桑如倏忽抬起头,就这样猝不及防地看见了那张脸。

哦,真是周停棹。

02/

桑如真正醒过来后,躺在床上缓了五分钟,才勉强接受自己梦见了周停棹的事实——而且自己明明记不太清他高中时是什么模样,却在梦里看得一清二楚。

更离谱的是,她看见他的那一秒居然立刻醒了。

这应该是噩梦里的终极 boss 出场才该有的反应。

桑如翻过身子,又伸了个懒腰,手下意识地朝身侧搭过去,这才发现床的另一半空空如也,周停棹已经不知道去了哪里。

可能是回家了吧,毕竟他们并没有一起过夜的习惯。

她也该回去了,可身累心累,懒得动弹。

床头灯还开着,光源尚算温和,但桑如刚刚睁眼,暂且还不能接受这样的光线,索性又闭上眼养神。

几分钟后,已经换了好几次睡姿的她平躺着睁开眼,面无表情地开口:"哼,男人。"

话音刚落,门锁应声打开,继而关上,紧随其后的是一串熟悉的脚步声。

周停棹应该是带了什么东西回来,桑如辨认出一些窸窸窣窣的、像是抖动塑料袋的声响。

脚步声来到了床前,桑如充分发挥大学时在音乐剧社团当演员的天赋,一动不动,静静地看他到底要做什么。

忽然,她察觉到床边轻轻陷下去了一点,之后又安静了片刻,桑如听见坐下的那人微不可闻地笑了一下,接着有什么东西碰到自己的脸颊,与此同时,传来了绵柔的触感和薄薄的凉意。

桑如睁开眼,对上周停棹的视线。他的眼睛、眼神都跟她梦里不太一样,又好像并没有什么区别。

她回过神,开口时嗓子还有些哑,却口吻戏谑,道:"怎么,给我卸妆啊?"

周停棹瞥了她一眼,把手上这片卸妆棉物尽其用之后才说:"既然醒了,那你自己来?"

桑如同他对峙片刻,索性闭上眼说:"困了。"

她确实被折腾得够呛,佯装出的困意不知不觉就把人带进了睡梦里,之后周停棹还做了什么,她真的是一概不知了。

桑如只迷迷糊糊地发现,这是她头一次做梦还能做成连续剧的。

高中版的周停棹还站在自己面前,等着自己把试卷发给他。

桑如有些恍惚,原本印象里周停棹模糊的样子,竟然就这么直白地显现在眼前。

他很高,才高三就有一米八了,神情淡然,戴着一副黑框眼镜,倒把现如今那股子锐利的锋芒压下去了些。

她花了几秒才从呆愣的状态里恢复如常,把试卷递出去,轻声说:"150分。"

周停棹接过试卷时,桑如又多看了他几眼,真情实感地夸道:"你好厉害!"

周停棹淡然的表情有了一丝变化,桑如捕捉到他的惊讶,又对他甜甜地笑了一下。

接着,桑如也惊讶了,因为她发现——

周停棹居然脸红了!

桑如也不是没见过周停棹脸红是什么样。

某些两个人距离极近的时候,赖以呼吸的空气会被全部压缩,近似缺氧时,人总会出现生理性的脸红。

这与害羞倒是没什么太大关联。

或许是因为潜意识里的恶趣味,在她用思维构造出的世界里,他竟也有这样支支吾吾的时刻。

桑如目送周停棹回到座位上,才颇为不舍地收回视线,拿着卷子,接着报人名。

"薛璐。"

130分。哦,我145分,比她高,很好。

桑如笑着,把试卷递给她。

也不知道哪里来的胜负心,但昨晚,准确地说,是桑如莫名其妙地做这场梦之前,不只是她总关注着微信处理工作,周停棹与她挨得很近的时候也顺手回了条微信消息,她看见了——联系人是薛璐。

桑如胸口莫名一阵憋闷,她当时把周停棹的手机拿过来扔到了一边,气哼哼地说:"消息、我,选一个!"

周停棹盯着她的眼睛看了一会儿,突然笑了,说:"你。"

虽然是这样,桑如还是觉得不爽。可能女人总是容易动感情的生物,总之她对周停棹是有些动心,却发现对方好像对自己和对别人的态度都差不多。

对了,薛璐还从高中开始就喜欢周停棹了。如果这件事情尽人皆知,那周停棹是不是也知道?他们现在又是什么关系?

桑如突然有些后悔,怎么没跟历晨霏打听清楚周停棹的情史。

不过,天王老子来了也拦不住自己——桑如现在就是很想,把清纯男高中生周停棹搞到手。

即使这一切会在梦醒时分自动消失。

桑如回到座位上,看着自己的高分卷子,却怎么也笑不出来。

整张卷子只空了最后一道大题的最后一问,其他全对,然而这些题目对于现在的她而言过于久远,就算分高,也是当时的自己学习成绩好,跟二十六岁的桑如没有任何关系。

老郑讲题也是跳着讲,幸亏她的基础好,勉强能跟上,对于有些知识点的反应就好像有肌肉记忆。

这一刻,桑如无比感谢当年认真学习的自己,一节课下来,也算是复习了不少知识点。

下课后教室里也没多闹腾,大多数人要么继续看卷子,要么写作业,要么补觉,极个别的在交谈的也压低了音量。

想到历晨霏提过的一模临近,桑如不由自主地有点心慌。

其实她对这次考试有点印象,这几乎可以说是她整个高三阶段考得最差的一次,当时自己还因为退步了快二十名而郁闷了很久。如今重来一次,总不能考得更糟。

老郑还没有讲到最后一道大题,桑如看着那个未填的空良久,做了个决定。

她起身走到最后一排,对周停棹的同桌露出一个礼貌的微笑。

"我有道题要跟你同桌讨论下,能先跟你换个位子吗?"桑如在脑海里紧急搜索了一下他的名字,轻声询问,"杨帆?"

好好一个大高个男生,愣是一下子脸红极了,磕磕绊绊地说:"……好。"

然而直到桑如坐下了,周停棹也没看她一眼,专心做着一张卷子,桑如看了眼:物理。

"周停棹,"桑如戳戳他的手臂,微微靠过去一些,软声说,"我有道题不会,你能不能教教我?"

周停棹总算回过来一个眼神,两人对视了几秒。

桑如撇撇嘴,这才听见他说:"哪道?"

她笑了。

这不就说上话了?

03/

本省大题最后常以解析几何作为结尾,这题的最后一问要求证明一个等式。

周停棹换了支铅笔,落到卷子上之前问了句:"可以写吗?"

桑如托着下巴:"你写。"

她的眼睛亮晶晶的,让周停棹无端想起家里养的那只小猫,它做错了事或是要讨人欢心的时候,也总是这样看人。

周停棹的手顿了一下,接着在题干上落笔,问:"数列,能看出来吗?"

"嗯。"桑如点头,做好了认真听讲的准备。

"好,k应该是有范围的对不对?"见桑如点头,周停棹继续讲道,"那我们就要分几种情况来讨论,第一种……"

"明白了!"桑如听了大半,差不多明白了解题思路,把试卷拉回来,开始自己思考写答案。

周停棹侧着头看她奋笔疾书,一副谁也别打搅的样子,觉得这才是他熟悉的那个她。

毕竟她从来也没有夸过他,除了帮老师传话,从未主动跟他说过话,更没有主动问过他数学题,还用那样的神情注视他。

桑如的眼睛总是忙碌的,她沉默地看每一门学科,看许多名著,交谈时看她的朋友。

那双漂亮的眼睛看向许多人和事物,只是从来不看自己。

"真是特别的一天。"周停棹如是想。

桑如写完答案,又从头扫了一遍,满意了,不由分说地碰了碰周停棹的臂弯,将试卷推到了他面前。

数学卷叠在物理卷上,周停棹也不怪她再次打断思路,拿着卷子认真看了起来。

"对了，是这样的。"周停棹跟着她的答题过程走了一遍，说，"没有问题。"

"你真厉害。"桑如又说。

周停棹哑然一瞬，回道："是你聪明。"

"我是聪明呀。"桑如也不推辞，得了夸奖就往怀里揣，她看着年轻版的周停棹，没忍住伸手拍了拍他的脑袋，说，"你也很聪明。"

两个人的前座听着这些对话，悄悄对视一眼，嘟囔道："这两个人这么'官方'地互相夸奖，难道这就是学霸的喜好？"

周停棹此刻耳朵正红，却还故作镇定地锁着眉头，看向她。

桑如想起另一副模样的他，问道："你今年几岁啊，周停棹？"

周停棹被问得有点愣住，但顺着她的话答了："十七岁。"

"真的还未成年啊……"

颇为可惜的语气令周停棹疑惑道："嗯？"

"没什么。"桑如笑着回道，神思有些游离。

桑如跟杨帆换回来后，历晨霏纳闷地摸着她的额头，说："也没发烧啊。"

桑如"啊"了一声。

"你不是最烦周停棹了吗？"历晨霏压低了音量，"怎么还去找他讨论题目？"

"找你也行。"桑如收拾着东西，转过头真诚地请教道，"第二十道题的最后一问，教教我？"

历晨霏心想：我真是多余问，你们学霸了不起！

桑如看着她的表情，笑了一下，及时向她投喂了一包小零食作为补偿。低头又看了遍刚才的题，脑海里冷不丁地浮现周停棹讲题时专注的侧脸。

这时候的小周虽然也显得有些高冷，但他讲起题来循循善诱，会一步步地、慢慢地告诉你是什么思路，会耐心地让你吃透整道题目。

那长大后的周停棹呢？

桑如想起他在这场梦之前的某些"恶劣"行径，调笑着要她改错别字已经不算什么了,在此之前,他甚至真的给她提过一些专业性的修改意见,一字一句都落在重点上。

那种时候,桑如觉得她不像是去和他聊天的,像是找了个老师开小灶。

这位周老师的行事作风叫人又爱又恨,似乎总对她分心工作有所不满,隐约记得那回他还说了句什么来着?

哦——

"跟我在一起的时候,你的时间都归我。"

两张面孔在眼前重叠,紧接着,一股不知道是什么的情绪开始在桑如心里横冲直撞,撞得她眼睛发酸,鼻子也酸。

大约这也算一种吊桥效应,他明明就在这里,可桑如清楚地知道,他在自己构造的梦境之外。

桑如想:我确实有些喜欢周停棹了。

刚开始因为一模而生出的紧张情绪,在桑如慢慢步入学习轨道的过程中缓解了。她这才反应过来,这只是在做梦啊!指不定什么时候她就该睡醒去上班了呢,别慌。

她的学习状态起初还在线,然而一节课接一节课,上完下午第四节课,短暂的吃饭环节过后还有晚自习。一直等到晚自习下课铃响起,同学们纷纷往外走,桑如坐在座位上,人都麻了。

历晨霏收拾着东西,纳闷地问道:"怎么还不走啊?"

桑如"哈哈"两声:"我也想知道。"

救命啊!

我怎么还不醒啊!

历晨霏不明所以,转身走了。

桑如长长地叹了口气,认命地开始收拾书包。

为了方便上学,高中时候桑如都是跟着爸妈住在学校附近的小区里,大学以后就搬回了别墅区,这边则租给了学弟学妹们。

许多年没有走过这条路,她循着记忆里的路回了家,饭菜香随着门的打开钻进了鼻子,桑如感动得眼泪差点往下掉。

此时蒋女士拉开卧室门走出来，身上还穿着睡衣，说："回来了，崽崽？"

哦，厨房里的人是许姨。

但桑如还是扑进了蒋女士怀里。

白头发对于妈妈这样的贵妇来说不算什么，她可以不停地将白发染成黑发，没事就做做美容，逛街看展，永远都是优雅的富太太。

但人永远无法与时间抗衡，倒流了将近十年的时间，桑如看到此时的蒋女士，发觉她眼角眉梢的精神气到底还是有变化的。

令桑如有些惊讶的是，她的梦居然会清晰地勾勒出妈妈十年前的样子，这要是放在现实里，几乎难以实现，甚至是蒋女士本人，大概也很难给出一个对十年前的自己的准确而具体的形容。

或许这就是梦的魔力，它有时可能比你自己更了解你，不经意间便能唤醒所有沉睡在记忆最深处的画面。

吃完饭，桑如又腻到妈妈身边去，窝在她怀里说："妈，我想你。"

蒋舒抚摸着女儿的头发，笑着说："怎么越活越小了？"

"可不是吗！"桑如含糊地说。

蒋女士很有生活情调，喜欢让房间里弥漫着淡淡的香味。

桑如将身体缩进被子里，深吸一口气，闻着熟悉的味道，慢慢地放松下来，辗转反侧了许久，都没有要睡着的迹象。脑海中各种芜杂的情节冒出来，争先恐后地要她辨认哪个是真，哪个是假。

在桑如迷迷糊糊地思考着自己是不是在做梦中梦的时候，眼皮终于越来越沉，直到整个房间只剩她平缓的呼吸声。

世界都安静了。

第三章
Chapter 3

交错

"终于醒了,快起床,上学要迟到了!"蒋女士就连催她的语气也很温柔,虽然有点急,但不焦躁。

桑如正相反。

她要疯了。

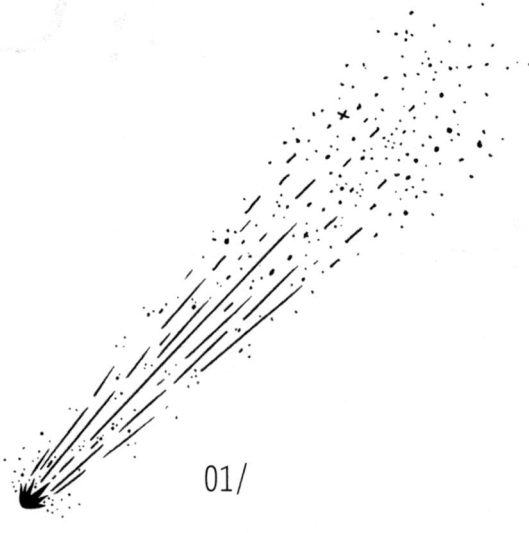

01/

闹钟听得多了,就形成了一种条件反射。桑如捂住耳朵往被子里缩了缩,发誓不做"巴甫洛夫的狗"。

几秒后,桑如猛地掀开被子,快速环视一圈,确认自己是在酒店后终于松了口气。

果然,再怎么离奇,也不至于要她再回高中参加高考去。

闹钟坚持不懈地响起第二轮,桑如伸手关闭闹钟,看了一眼时间——八点半,是她平时起床的时间。

床的另一侧早已空了,桑如撇撇嘴,嘟囔了一句:"亏我还梦见你……"

她随手披上浴袍,想去浴室洗漱,刚走到门口,房门就在"滴"声后被打开了。她被吓得后退两步,身子一歪,后脑勺直直撞到了门框上。

"嘶——"桑如疼得倒吸了一口凉气,抬眼看见周停棹微微惊讶的神情,顿时也顾不上疼了,放下手问,"你怎么又回来了?"

周停棹抬了抬眉问道:"又?"

桑如不接茬,看见他两只手里都拎着袋子,便问:"是什么?"

周停棹顺手把其中一个袋子放在玄关柜的台面上,拎着另一个鼓鼓囊囊的袋子走过来说:"早餐。"

肚子应景地有了饥饿感,桑如伸手接了过来,随口问了句:"都买了什么?"

周停棹报了一串菜名,桑如却浑然没在意他说了什么。

就在她发蒙的那几秒钟里,他神色极其自然地抬手揉了揉她撞疼的脑袋,又若无其事地收回手,像什么也没发生一样往里走。

"不知道你爱吃什么,就都买了一点。"

除了父母,还没人对她做过这个动作,异性就更别提了,往往自动隔绝在她的安全距离之外,"摸头杀"这种事情,想都别想。

真行啊,周停棹,钓我?

桑如快速地调整好心情,也和他一样假装无事发生,回到桌子边上落座。

她找出个鸡蛋,剥壳的时候看了一眼坐在对面的人,说:"下次不要豆浆,我喜欢咖啡。"

"下次?"

桑如剜了他一眼,继续说:"还有,我爱吃肠粉。"

周停棹挑了挑眉,在袋子里扒拉几下,掏出个餐盒摆在她面前:"有。"

…………

两人难得一起吃了顿早饭,气氛至少没有桑如想的那么尴尬。她计算了一下时间,还够她先回家换身衣服,至于化妆,对于把加班当常态的广告行业工作者来说,公司里自然有备用的工具。

桑如抱着衣服准备进卫生间,又在进门前一秒停下,转身对跟在后头的"尾巴"说:"我要换衣服。"

周停棹不置可否地"嗯"了一声。

"那你还跟着我,想看?"

被质问的人笑了笑,没承认也没否认,他从玄关处拿来刚才带回来的另一个袋子，递给她说："穿这个。"

桑如打开一看，是套全新的女士套装。

想不到还挺贴心，但转念一想，估计是比较有经验吧。

桑如的心情像过山车一样从开心变成烦躁，但伸手不打笑脸人，她又能说什么呢？

周停棹又开口说："看看也行。"

下一秒，门就在眼前紧紧地关上，他碰了一鼻子灰，但也不觉得有什么。过了一会儿，里面传来她的声音："多谢。"

桑如一点都不忸怩，接受了周停棹捎她来公司的提议，这么做的好处是她在工位上快速化妆完毕后还没到上班时间。

Yuki 是她手底下最认真工作的员工，一大早就拿着存好资料的 U 盘来交差。桑如照例从桌上摸了块糖给她，以资嘉奖。

"真别了，"Yuki 手上很诚实地接过来，嘴上逞强说："我戒糖呢。"

"那你还我啊。"

"拿到手里的怎么可能还回去？"她迅速把糖吃进嘴里，又想起了一件事，"对了，今天来面试的小朋友已经到了。"

"这么早？"

"嗯，空空今天请假了，刚刚给我发消息说人到了，让我帮他去面试。"

桑如站起来，说："我去吧。"

Yuki 惊道："你去会不会太大材小用了点，我亲爱的领导！"

"反正这会儿也没什么事，面试完顺便下楼买杯咖啡。"

"这样啊，"Yuki 笑了两声，"还以为你是冲着他的帅气去的呢。"

桑如一顿，挑眉问："很帅？"

Yuki 郑重地点头："帅死了。"

"跟咱们大老板比呢？"

Yuki 吐了吐舌头："年轻万岁。"

桑如忍俊不禁，笑出了声，并指了指她身后。

回头一看，傅屿笑得很和蔼，这会儿正亲切地看着Yuki问："我很老吗？"

Yuki差点没吓死，连说了好些个"没有"，连忙找了个借口逃之夭夭。

桑如笑了好半天。

傅屿无奈地说："差不多了吧。"

"好好好，"桑如止住笑，"老板有什么指示，请您昐咐。"

"我就是路过，来跟你提一下，一会儿去我办公室拿资料，现在我们手上能谈的风投公司有两家，你做个关于我们公司情况的PPT，下周跟我提报去。"

"两个都在下周？"

"嗯。"

桑如比对着简历上的白底一寸照片，在会客厅靠窗的位置找到了人。看到对方学生气的打扮时她有一瞬间的愣神，随后走过去招呼道："梁斯齐是吗？"

男生闻声立刻站起身，略显拘谨地回答："是的。"

桑如先是随意跟他交谈了几句，见他稍微放松了一些后，便直截了当地进入面试环节。

很快，她就发现这小孩只是最开始有些生涩，但随着话题的展开，他的眼神和语言表达都坚定了起来。

怎么形容这种感觉呢？仿佛带着一种蓬勃的朝气，扑面而来。

这种气息让桑如有种久违的熟悉感。

面试结束后，桑如和梁斯齐顺路一起下楼。此时的梁斯齐又紧张得手脚不知道要怎么摆，桑如笑了笑，说："你别紧张。"

"没有……"

从十六楼下去需要点时间，没想到的是，电梯竟然一路顺畅，没在任何一层停留。两个人各占据电梯一角，颇为尴尬。

桑如不经意地问道："你多大来着？"

"刚二十岁。"

梁斯齐不知道这位面试官在想什么，只听她"啊"了一声，对他的年龄感叹道："年轻真好啊。"

他忙说："您也很年轻。"

桑如笑出了声，回道："别您了，叫我 Sarah 就可以。"

"好的，"他乖顺地点点头，"Sarah 姐。"

桑如懒得纠正他，就在这时候，电梯已经到了一楼。

与他道别后，桑如正好收到 Yuki 发来的打探消息：

　　Yuki：怎么样？

　　Sarah：什么怎么样？

　　Yuki：哎呀别卖关子了，快说，这男生能用吗？

桑如正走到大厅东南角的小咖啡厅，还没开口，店员就问："今天是要美式还是拿铁？"

总能成为附近咖啡店里的熟客，也算一种神奇，桑如朝店员笑了下："美式吧，冰的。"说完又顿了一下，"两杯。"

放纵自己真是够累的，就算是今天加了奶的咖啡也救不了她。

店员在柜台后忙活，桑如则就近挑了个位子坐下等待。

旁边不远处靠窗的卡桌上有人在交谈，其中那个镇定自若地看了她一眼又收回视线的男人，不久前才跟她在地下车库分开。

桑如接着回复 Yuki 的消息：

　　Sarah：还不错。

桑如没在这里停留多久，楼上还有傅屿新派发下来的任务在等着她去完成。

就在她走后不到一分钟，周停棹收到一条消息：

　　Sarah：去前台，给你留了个礼物。

合作方罕见地看到周停棹露出微讶的神情，还以为出了什么事，关切地问："周总，出什么事了吗？"

"没事，您稍等一下。"

周停棹起身离开，没过多久又回来了，不过看起来心情比离开之前要好很多，甚至有点神清气爽的意思。

合作方领导的视线在桌上原本就有的两杯咖啡和周停棹新端回来的咖啡上扫了一圈，开玩笑说："哈哈哈，看来周总的血管里也流动着咖啡吧！"

周停棹也笑着回道："是啊。"

他们就这次合作的事又聊了二十分钟，敲定了下一次正式会议的时间。周停棹把人送走之后继续在窗边坐了一会儿，对着面前放着的那杯美式咖啡出神。

所谓的"礼物"是什么呢？

一杯咖啡，和一份待付账单。

说要送他，又要他买单——借花献佛很好，借佛的花献佛更好——怎么着也该有点生气才对，周停棹却是半点被人戏弄了的情绪都没有。

他压下嘴角，动动手指就转出去一千块，附言——

Z：下次接着请我喝。

桑如收到消息的时候正在钻研从傅屿那儿拿来的资料，屏幕上的PDF已经在那一页停留了两分钟。

F.C. Capital 的高管列表里，某人西装革履的商务照明晃晃的。不得不承认，哪怕只是简单的白底证件照，周停棹也非常上镜。

唇线清晰，似有若无地带了点弧度，高高的眉骨衬得眼睛深邃。他的表情很平和，绝不是凶的那种，只有眼神像带了刀，锐利得很。

是一张合格的商务照，应该没有人会质疑他的专业性。

但是你说他看起来挺正经的，怎么行为就那么让人窝火呢？

桑如对着转账金额和那条简短的消息沉默了许久，才收下这笔横财，恶狠狠地回了消息。

Sarah：好说。

回复消息的同时，她也打消了不久前冒出的一个念头——
他会不会是负责她们公司这个项目的甲方……

02/

桑如日常加完班，回到家后就只想好好躺着睡觉。可这一觉好像睡得格外香，也格外长，她总觉得该醒了，眼皮子却很沉，怎么努力也掀不开。

这种清醒又无法醒来的感觉……

桑如深感不妙，该不会又要做那个梦了吧？

就这样挣扎了好一会儿，耳边有闹钟声由远及近，没多久好像又有人在拍她，说话的声音很温柔。

"崽崽，起床了，崽崽……"

重复了好几次，这个声音好像成了带她逃脱束缚的绳索，桑如猛地醒来，看见的是蒋女士年轻时候的脸。

"终于醒了，快起床，上学要迟到了！"蒋女士就连催她的语气也很温柔，虽然有点急，但不焦躁。

桑如正相反。

她要疯了。

广告公司的作息时间跟常规公司不大一样，桑如习惯了每天将近十一点才慢悠悠地到公司，多少年都没有赶着上早读课的经历了。没想到做个梦还要被迫早起上学，整个清晨她都手忙脚乱的。

于是，毫不意外地，她迟到了。

第一节课已经到了最尾声，关着的教室门外响起"笃笃"的敲门声。语文老师把门开了，只见数学课代表站在门外，脆生生地喊了句"报告"。

顶着全班的注目礼,桑如硬着头皮看向老师,也不敢随便进教室。

语文老师问:"身体不好?请假了?"

"……没有。"

"那还挺会踩点。"语文老师四十来岁,平时雷厉风行,瞅着桑如,却笑着说,"怎么不直接下课了再来?"

平常只有自己噎别人的份儿,现在风水轮流转,桑如被堵得哑口无言,只能弱弱地承认:"我错了,老师,下次不会了。"

不管如何,先承认错误。

语文老师挥了挥手让她进来,桑如这才如蒙大赦,加快步子,走到座位上。

几分钟之后,这节课就结束了,桑如泄力地趴在桌子上。一路跑着来学校,她有些累了,又涌上一阵困意。

有人用手指敲了敲她的桌子,桑如吓了一跳,抬头一看发现是语文老师。下课了却没走,大概是来找她算账的。

桑如跟着她来到教室外的走廊,做好挨骂的准备。

"我知道你是好学生,桑如。"老师声音仍然很柔和,"你看你的成绩,常年都是年级第二,第一是周停棹。你知道你比他的分数差在哪儿吗?"

桑如下意识在心里吐槽道:我当然知道,所以在高中生涯里才会那么纠结。但站在老师面前,她可不能放飞自我,只能乖巧地回答:"语文。"

"你的基础很好,前面大部分都没问题,你的问题经常出在作文上。"

桑如继续默不作声听她讲。

"作文看起来是可以让你天马行空地写,但其实条条框框的限制很多。你喜欢写记叙文对吧,记叙文就是很容易要么天上,要么地下,你但凡跑题了,就特别容易拉低分数。"

"我知道,老师。"桑如心里有数,这些问题当年直到高考结束她也没有解决,"但是我不太会写议论文,而且议论文很死板。"

老师笑了笑,说:"是,是很死板,记叙文你可以讲故事,议论文只能翻来覆去地讲观点，相比起来死板得不行。但是桑如，我们的目的不只是创作，还有考试。你的记叙文可以继续写，但你能保证每次都能不偏不倚地拿高分吗？如果不能的话，就同时准备准备议论文，这样你至少还有选择。"

桑如突然觉得这话很有道理，说："知道了老师，我会的。"

周停棹不知道要去做什么，从她俩旁边经过。桑如眼疾手快地拉住他的衣角，说："我有不会的，可以问周停棹吗？"

"可以啊，他的水平挺不错的。"老师点点头，看向一脸蒙的周停棹说，"有空的时候教教桑如怎么写议论文吧。"

周停棹顺着那只手看向桑如，见她正笑着看自己，抿起嘴唇的时候，两边鼓起的松鼠腮居然有些可爱。

他的喉结紧张地滚了一下，答道："好。"

数学题教过了，现在又有语文的牵扯。

桑如松开他的衣摆，竟然觉得今天这个梦做得还不错。

老师先行离开了，桑如的肚子却在这个时候不合时宜地"咕噜"了一声。

桑如条件反射地摸了摸自己的肚子，尴尬地笑了两声。

周停棹开口问："没吃早饭？"

桑如点点头，不好意思地说："睡过头了……"

尴尬的劲儿还没过去，只见周停棹皱了皱眉，转身回了教室。

桑如心想：这是什么意思？是来自学霸的嫌弃吗？

课间时间非常短，下一节课很快就要开始了。桑如没再多想，也从后门进去，准备趁着剩下的几分钟时间吃点东西。

走到某个位置时，身前突然横出一只胳膊，桑如被吓了一跳，没刹住车，空荡荡的肚子往这胳膊上一撞，顿时发出一阵悠长的抗议声。

高三的课间大多数时间都是安静的，更何况是刚刚结束第一堂课，很多学生都还恹恹地趴在桌上补觉，听到动静纷纷看过来，也有人在小声地笑。

桑如冷不丁地成为视线聚焦的中心，脸涨得通红。

她低头一看——刚点燃的怒火却在看清始作俑者后卡了壳。

周停棹的脸上还带着淡淡的笑意,给她递过来一瓶牛奶。

桑如一愣,用眼神示意——给我的?

"先垫垫吧。"周停棹惜字如金。

这是她常喝的品牌,桑如也不推辞,接了过来,指尖短暂地碰到了他的皮肤。

回到座位后,她才慢半拍地回想起来,他体温还挺高。

每周五下午都有一节班会。班主任老郑宣布了一个消息:"这次换座位,不像以前那样直接一排一排地挪动了,我们以尊重大家意愿、遵循良好学习和竞争原则为前提,重新分座位。"

同学们突然兴奋地"啊"了一声,其中的含义不言而喻。

"如果大家想跟谁坐同桌,可以表达出来。"老郑说到这里,扯起嘴角笑了一下,"虽然对方不一定能同意。"

有个不怕死的同学举手,大胆发言:"男女同桌也可以吗?"

老郑脾气好,同学们都不怕他,纷纷开始起哄。

"可以。"

话音刚落,班里更是沸成了一锅开水,甚至有人吹起了口哨。

"好了,安静点,现在每个人撕一张纸,在左上角写上自己的名字,纸的中间写你想找的同桌。"

见大家热情高涨,老郑又开口提醒道:"你们要填写能共同进步的同桌,别想那些多余的,都是高三的学生了,严肃点。"

台下不知是谁高喊了句"Yes,sir",引得大家哄笑一片。

历晨霏见桑如快速写完并叠好纸,便自信满满地问:"怎么样,你写的是我吧?"

桑如掀开纸的一角给她看了一眼,就这一眼,历晨霏差点没叫出声。她痛心疾首地说:"是什么原因让你抛弃了我投向别人的怀抱?是成绩吗?是分数吗?那我没办法改了,再见!"

"少在这儿演啊!"桑如把纸叠回去,又看向历晨霏,"等我去偷师成功后再来滋润你。"

历晨霏瞪大双眼,问:"真的?那我觉得我的排名还能再往前点儿。"

"包在我身上，而且你高考成绩会不错的，相信我。"

"你怎么知道？"

桑如露出一个狡黠的笑容，说："我穿越来的，后来发生了什么事我都知道。"

历晨霏翻了个白眼，表示根本不信。她重新撕了张纸，写了杨帆的名字。

桑如瞥了一眼，意味深长地说："他啊……"

历晨霏理所当然地说："同桌的同桌就是我的同桌，让我多沾沾周停棹的学术气息。"

桑如被噎得没话说，只好默默竖了个大拇指。

所有人都叠好纸条，从最后一个人开始往前传。

桑如却转身把纸塞进周停棹手里，一句话没说，只是眼睛一直盯着他。

这是周停棹今天第二次跟她的手碰上，又被她盯得心跳加快，匆忙移开视线接着往前传纸条。

桑如不以为意，拿了张卷子做了起来。

收齐了纸条，老郑说："待会儿我去办公室整理这些纸条，要是两个人都填了对方就让你们坐在一起，没有的话，就重新再填一次，或者直接按身高给你们排。"

"最后一节是我的数学，到时候留时间给你们换位子，现在我们接着把昨天的卷子讲完。"

桑如是在下一节课结束之后被老郑叫去办公室的。

进去之后就看见老郑正在往保温杯里加枸杞。桑如站好，问："老师，您找我？"

"对，坐吧。"

老郑的办公桌旁边常年放着凳子，是专门留给学生们坐的，他还说上课都是自己站着，学生坐着，反过来他反而不习惯。

桑如乖巧地坐下，就听见老郑说："桑如，你填的是周停棹，对吧？"

"嗯。"

"现在有一个问题,"可他的语气一点也不严肃,"想和他同桌的有好几个人。"

桑如一笑,问:"那他想找的同桌不在这几个人里吗?"

"他没写。"

桑如一愣。这情况确实不在她的预想之内,还以为他怎么也会写个男生的名字,想不到,年级第一就是年级第一,境界真是高。

老郑叹了口气,问道:"所以叫你来是想问问你的想法,为什么选他?"

桑如沉吟片刻,神情极其认真地说:"一直都是他第一,我第二,我想偷师来着,'师夷长技以制夷'。"

老郑听完答案,竟然沉默了。

待桑如回来后,薛璐也被老郑叫了过去,桑如心下了然。

还真是热门人选,男颜祸水。

桑如摇了摇头,并没有将这事放在心上。多大点事啊,做不成同桌,她也多的是跟他产生关联的方法。

03/

重新匹配同桌是一项大工程,同学们可以只考虑自己想跟谁坐,但老郑作为班主任,需要考虑的却很多。比如,身高情况,学习态度,等等。于是,从那些小纸条里拼凑出来的,可以顺利组成同桌的还不到十对。

再加上还有像周停棹这样的热门人选,无论男同学女同学,好多人写了他的名字,可他自己谁都没写。女生里最抢手的当数桑如,偏偏这个最抢手的女生又选了那个最热门的男生。

这两个人就能拆了不少同桌组合,老郑真是一个头两个大。

他想:要不干脆就把他俩凑一桌算了,反正都是好苗子,可以相互激励。

于是,问过了桑如,他又叫来了周停棹。

"想跟你当同桌的人很多。"

"嗯。"周停棹的反应很冷淡,好像这事与他并没有什么关系。

"全班只有你谁都没写,是找不出理想的同桌?"

周停棹停顿了一下,才说:"算是吧。"

"什么叫算是?"老郑嘟囔了一句,把选了他的六张纸条摊在桌上,问,"你看看这里有你觉得还行的同学吗?"

他几乎一眼就看见了那行娟秀的字。

明明让把自己的名字写在左上角,她偏不,要把"桑如"跟"周停棹"并列写在一起,甚至时间富裕得在旁边画了条带桨的小船。

停棹停棹,停船靠岸。

这几个字像是有脉搏似的,一下一下,让他的心也跟着跳动起来。

不如就停在这儿吧……

周停棹拿起来这张纸条,不动声色地摩挲着,说:"就她吧,桑如。"

老郑乐了,说:"我也是这么想的。"他拿过那张纸条又端详了片刻,乐呵呵地补充道,"别说,桑如画得还不错。"

周停棹随便附和了几句。

没想到,老郑又说了句:"对了,你告诉她,下次别在数学卷子上画画就更好了。"

一切都进展得十分顺利,桑如听到老郑公布的座位后,差点没笑出声。老郑也太天真了,这理由都信。

历晨霏也得偿所愿,跟她黏黏糊糊地拥抱告别,又约好了还坐在彼此的附近。

到了高三,搬动座位时通常是整张桌子一起带走,方便快捷。一时间,教室里都是搬动桌椅的嘈杂声,中间还掺杂着大家或欣喜,或不满的小声念叨。

桑如起身往外拖书桌,可用尽全身力气也只挪动了一点点——没办法,谁让她桌子上的书太多了呢。她停下来重新蓄力,猛地往后一拉,桌子没动,倒是脚后跟踢到了什么,一个没站稳直接往后倒了过去。

还好没摔倒,反而是撞进了谁怀里。

桑如回头一看,周停棹正低头抱着她。

他的黑框眼镜不是那种粗边的,细细的线条缠绕在镜架上,不显重感,乍一看依然是冷调,只会显得他这个人越发清冷、疏离,而黑色又衬得人严肃、庄重。

确实很配他,很好看,桑如看得有些出神。

这时周停棹松开了手——刚才怕她摔,双手便下意识地托住了她。

"我帮你吧。"周停棹说。

说话时,他的喉结上下滚动,桑如站稳后的视线差不多就与这里齐平。她盯了一会儿,直到周停棹觉得嗓子发干,下意识地做了个吞咽的动作才移开,转而看他的眼睛。

桑如笑了一下:"好,谢谢。"

杨帆已经将桌子挪到另一组的最后一排,相当于把空间给她腾了出来。周停棹把桑如的桌子挪了过来,转头看见她就跟在自己的身后,还乖乖地搬了把椅子,见他回头还感激地笑了笑。

周停棹匆匆垂眸,接过椅子放好。

终于落座,桑如灌了几口水解渴,像是休息好了才侧过头对他说:"刚刚谢谢你。"

"不客气。"

"也是,"桑如伸了个懒腰,大大咧咧地说,"都是同桌了。"

过了良久,才听见周停棹小声"嗯"了一声。

其他人还没搬好,还能再说一会儿话。

桑如轻轻地戳了戳新同桌,见他转过来了,问:"我写的是你,你知道吗?"

"嗯。"说完似乎也觉得自己话太少,周停棹又说,"知道。"

也就是这句话说完,女孩儿立刻就不笑了,而是换了一副从前罕见的,却在这几日让他熟悉起来的表情。

接着,他就听见她说:"但是你没有写我。"

周停棹不由自主地慌了,捏紧手中的笔,解释道:"不是的,我谁也没有写。"

"那也是没有写我啊。"

这可以称得上是无理取闹了,如果周停棹能保持从前的冷静,这时候大概会说"我们不熟"。

但他现在是前所未有地惊慌,脑子也有点短路,竟然什么话都说不出来。

桑如也没有真的生气,只是想看看对方会有什么反应。

他磕磕绊绊的,没说出什么话,但是像突然想到了点什么,抽了张纸出来,没撕,一大张,低头往上写着什么。

写完递过来,桑如一看——

周停棹　桑如

同样没有分什么左上、中间,两个名字整齐地排列在一行。
他的字漂亮,这两个名字列在一起,更漂亮。

04/

周停棹没有哄过女孩子,不知道这么做能不能让桑如高兴。

只见她拿着纸默不作声地看了好一会儿,忽而抬眼看向自己,那双眼睛弯弯的,眼底尽是笑意。她说:"周停棹,你真是可爱。"

他反驳:"我不是。"

"你是。"

"不是。"

"是。"

周停棹就不说话了,他想了很久也没想明白:一个一米八几的男生怎么能和"可爱"这个词产生关联呢?

换座位只用了小半节课时间,后半节课老郑直接布置了周末的数学作业——两套试卷。桑如拿着课本和辅导教材,边做边查漏补缺。

其实梦里的她能记得一些高中的知识点,虽然印象比较模糊,但比现实中工作之后的自己要记得清楚些,看来可能是老天爷都觉得让她在梦里还要准备高考实在太不地道,就给了她一些额外的加成。但总归还没太适应高中的刷题生活,第一套卷子她做得颇为艰辛。

临近下课,周停棹拿了套她没见过的卷子给她,说:"这是隔壁学校的模拟考题,你要不要做做看?"

桑如这才隐约想起来,周停棹的父母都是老师,拿到这些卷子应该很容易,便果断地说:"要。"

周停棹把卷子给了她,低下头接着做题。

他的脸部轮廓很硬朗,看得桑如有些心痒。

她矮下身靠过去,把下巴放在他的臂弯上,但控制着力道没真往下压,仰着头说:"明天就是周末了。"

像撒娇一样。

周停棹就这样微垂着眼眸看她,没说话,等着她的下一句。

"你有约了吗?"

周停棹摇了摇头。

离得太近了。

"那现在有了。"桑如退回去坐好,指头在刚收下的试卷上点了点,说,"一起做题吧,周停棹,像考试那样计时,咱俩比一比。"

第二天,桑如用蒋女士的化妆品化了个淡妆,到市图书馆门口的时候,周停棹已经在那儿了。

他很好认,白衬衫黑长裤,扑面而来的清爽感,但被那副眼镜和严肃的神情压着,又生生多出几分书卷气。

周停棹长大后也总是穿衬衫,只不过打了领带、套着西装,少了这份少年感。

有时候,周停棹也会穿着这样一身靠近她。直到正经衣服全沾染上混乱的气息,他便会带着点调笑的意味说:"这身衣服是穿不了了。"

这种时候，桑如就作势踹他，回道："拿去干洗。"

模样是不太一样，但桑如却意外地察觉到，这两种感觉她竟都很喜欢。

虽然时间还早，图书馆里已经有不少人。两个人找到自习区，桑如先一步在角落里的一张单桌落座，周停棹停下脚步，在她对面坐下。

开始时心猿意马，做起题来却不自觉地认真起来。

周停棹从腕上解下的手表就放在中间，两人能听见指针在走。

桑如不知道这次的梦境到哪里才会结束，索性把老郑布置的数学卷子全都做了找手感，现在写起来还算顺畅。

第一页的最后一题快写完时，她听见周停棹在翻页，心想：竟然没落后他多少，我还是挺厉害。

模拟题不算难，最后一问好好演算一番也解了出来。当了社畜之后会发现，做题真是解压的好方法。桑如写完舒了口气，一抬头正对上周停棹的目光，不知道他是什么时候开始盯着她看的。

周停棹的眼神有些躲闪，但还算镇定。

桑如心情颇好，牵起嘴角对他笑，用口型说："写完了。"

周停棹低头在草稿纸上写：

要看答案吗？

推过来，桑如在上面回：

要看。

周停棹拿出答案，对到最后，桑如错了道填空，他全都对。

桑如把那张写了答案的便笺纸挪过来，故意写道：

你是不是偷看答案了？

周停棹一笔一画地写道:

没有。

已经很分心了,没答错是运气好。

周停棹紧抿着唇,发觉自己最近确实不太能静下心来,这不是好现象。

桑如对他的回答不置可否,没有就没有吧。

她又写一句过去:

再来一张吗?

周停棹给了一个肯定的回应,没有任何犹豫。桑如暗叹他是不是有点太爱学习了,写:

我去那边买杯饮料,过会儿再继续?

周停棹点了点头。

桑如又问:"你喝什么?"

他一脸认真地思索一番后,低头认真写下几个字,桑如一看——

和你一样。

桑如将目光移到他脸上,周停棹却移开了视线,神色不大自然。

她就这么盯了他一会儿,不由得笑了一下,起身离开。

这是图书馆里唯一的饮料店,卖的东西种类很杂,放眼望去,矿泉水、牛奶、奶茶、咖啡,甚至是茶,应有尽有。不过除了矿泉水,其他饮品的味儿也都挺寡淡的。

遵循长大后的习惯,桑如点了两杯拿铁,掏出手机,然后一下愣住了——

十年前,手机支付还没普及,更没有遍地的二维码可以扫,而桑如完全忘了这一茬儿,压根没带现金出门……

桑如不死心地把口袋翻来覆去又检查了一遍,除了摸到一张卷皱的糖纸,依然什么也没有。店员已经在做咖啡,现在说不要也晚了。

…………

难不成要回去问周停棹要钱?

这个念头刚冒出来,就被桑如自己已经是成年人的心理压了下去。但周停棹就好像听见了召唤似的,等桑如回过神来,旁边已然伸出一只修长的手臂,柜台上则安安静静躺着几张钞票。

周停棹也不知道是什么时候跟了过来。桑如看看他,两人面面相觑了一阵。

桑如耸了耸肩,说:"好吧,下次我请你。"

周停棹顿了一下,点点头。

桑如想了想,又把刚摸出的糖纸塞到了他手里,说:"说话算话,你可以拿这个来找我兑换。"

拿上咖啡,他们没着急回座位,而是去了外头的露台透透气。

这里零星坐着几个人,桑如挑了一处阴凉的位子。周停棹在她对面坐下。

楼下是一片人工湖,水还算清澈。桑如盯着几尾游鱼,不觉开始出神,也没发觉自己的小表情都落进了某人的眼里。

周停棹没有光明正大地一直盯着她看,只是时不时地投过去一眼,正捕捉到桑如骤然拧起的眉头。

"好难喝。"桑如转过脸,苦着脸控诉着咖啡的口感。

周停棹冷不防地与她对视上,心下空了一拍,旋即冷静下来,嘴角浮起一个轻浅的弧度。

"笑我吗?"桑如佯作不可置信的语气,伸手拿过他的那杯,"让我尝尝你的。"

说完,径直要把吸管含进口中,却在接触到吸管时停下,抬眼望向了周停棹。

他神情呆愣，显然还没有反应过来。

桑如拉开些距离，继续征求他的同意："可以吗？"

周停棹的视线在他碰过的吸管和她的唇瓣之间游离了几秒，然后点了点头。

桑如弯唇笑了笑，低头垂眼，尝了一口他的咖啡，再抬头时质疑道："你这杯怎么比我的好喝？"

周停棹很惊讶，又听桑如说："不信你试试我的。"

说着，就将自己这杯推了过去。

周停棹迟迟不接。

桑如又追问："嫌弃？"

"不是。"周停棹嘴上这么说，语气却莫名显得很苍白。内心天人交战后，他终于还是妥协。

桑如托着腮，饶有兴味地看着他，只见他左手修长的手指扣在杯上，拿起咖啡送到嘴边，还有些犹豫，最终启唇，轻轻含住了那根吸管。

桑如偏过头，掩饰性地咽了下口水，又清了清嗓子。

还是周停棹先开口："我觉得……味道一样。"

能不一样吗？

不过桑如没这么说，只是随口应了句"是吗"，也就将自己的换了回来，默默喝了好大一口。

周停棹看着她啜饮的动作，下一秒敛眸，不知道在想些什么。

脚尖忽而被轻轻地碰了一下，周停棹再次抬头，问："怎么了？"

桑如问："过会儿比什么，还是数学吗？或者语文？英语？"

"我都可以，看你。"

"那英语？"

"好。"

效率极高地定下了之后的计划，这一小段空闲的时间也就被慢慢拉长。

桑如百无聊赖地晃着腿，晃了一会儿又觉得不得劲，挺直身子的同时把腿也伸了出去，意料之中地，碰到了周停棹的腿。

玩心顿起，桑如悠闲地玩起了某种攻防游戏，时而撞他脚尖，时而一左一右地挟制住他，幼稚得好像只是在打发时间。

周停棹却愣住了。

他曾经到过一片老城区，有栋房屋似是许久没人打理，爬山虎肆意生长着，爬满了整面墙。那时正值季节交替，斑驳的老墙上攀附的一半是苍翠生机，一半是凋零枯藤，它们交错复杂地缠结在一处，密密麻麻，仿佛能缠住人的心魂，叫他匆匆一眼便许久喘不过气来。

现在他自己成了那面墙，藤蔓正潜滋暗长。

他迟缓地加入游戏，两腿靠拢，用了些力气制止桑如的动作，竟叫她进退不能。

于是，桑如这才后知后觉地发现，他长大后的雷厉风行、擅长同人斡旋的风格，或许都是由这个阶段而来，是一脉相承的强势。只不过，她把他这个人从自己记忆深处挖掘出来时，恰好遇上了他还算青涩的年少时期。

仅剩的液体在塑料吸管中逆流而上，发出窸窣的声音，桑如三下五除二地喝光了咖啡。在发现桑如没有做出任何反抗之后，周停棹也默不作声地退回了安全区域。

桑如翻过这一页，招呼着："回去吗？"

周停棹也喝完最后一口咖啡，应声道："嗯。"

之后的英语比赛，桑如就有点心不在焉了，不知道是不是因为这篇阅读理解太长，她怎么读都读不进去，但表面上还得维持镇静。

周停棹也好不到哪里去，顺畅的解题思路好像被人打了无数个结，走一步，停一下，脑中蹦出来的除了英语单词，还有那种被轻轻碰撞，或是挤压的触感。

青春时期的任何一些细微的来去，都能成为少年人心中燎原的火种。当时他们缄默不言，都以为这只是一阵个人世界里的飓风，而对方毫不在意。

两人分别于午后的街头，勉强吃了一顿尴尬的午餐，桑如打消了跟他共度一整天的念头。

她意识到，自己的某些举动有些不合时宜了，也终于意识到梦里的周停棹并不是那么容易被"欺负"的。

既然如此，还不如先回家冷静一下，睡一觉，没准就能"睡醒"了。

醒了就好了。

"抱歉，你别放在心上。"桑如最后说。

周停棹站在原地看着她离开的背影，手不自觉地攥紧。

她没有说明白"别放在心上"究竟指的是什么，周停棹这才突然发现，自己或许是个悲观主义者。

回了家继续独处，思绪在深夜里泛滥，少年的情感是樊笼锁不住的困兽，把他一点一点地吞噬。

过了良久，周停棹才长长舒了一口气，重重地靠回椅背上，用手臂挡住眼睛。与光线隔绝后，脑海里竟还是她的样子。

原来一个人真能因为另一个人而变得不像自己。

第四章
Chapter 4

心战

　　她做什么题都习惯跟周停棹比,尽管从前也是,不过那时是自己暗自计较,现在则是正大光明。
　　从前输了就怀疑自己,继而讨厌他。现在输了,脸皮厚了不少,还能耍赖说自己没准备好,周停棹也从不反驳。

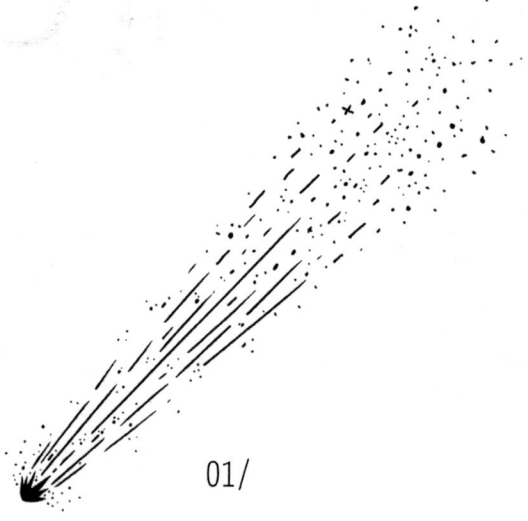

01/

　　桑如做完逃兵,却没有想象中的那般轻松。

　　她闭上眼,明明是想入睡的,眼前却又浮现出白天周停棹极力忍耐的模样,他望过来的眼神里淬着与平时大不一样的火,薄唇紧抿着,透出独属于那个时候的他的性感。

　　他明明是她在梦里构想出来的周停棹,但每个动作、神态,每一句话,都真实得像是在给她展现那个从前被她刻意忽略掉的人。

　　是他吗?

　　他以前真的就是这样的吗?

　　桑如忽然对周停棹充满好奇。在他重新进入自己的世界前,他大概只能算是一个符号,一面鼓舞她去把他打败的旗帜……

　　一个讨厌的人。

　　后来呢,他又算是什么?

　　欲望的出口,情感的阀门,还是打发时间的玩伴?

桑如也不知道。

眼下她只想赶快入睡，再赶快醒来。她需要立刻投入工作。

再睡醒时，桑如发现自己身处自己的卧室，当然，这是指现实里，二十六岁的桑如的卧室。

时间还早，她终于松了口气，却又不知为何莫名生出做了亏心事的愧疚感。

桑如掏出手机划拉了半天，懊丧地给历晨霏发了条语音："霏霏大主编，你那儿有没有什么治睡眠质量不好、多梦的方子啊。"

历晨霏现在是杂志社主编，有个健康栏目专门用来发表一些关于养生的文章，因此经常采访专业医生和心理学专家。

历晨霏比她上班时间早，这会儿已经在办公室里喝茶了。看到消息后就给她回复了。

桑如点开她发来的一张图，拍的是杂志某一页的内容，是有关于失眠多梦等睡眠问题的。

两个人又寒暄了几句，桑如对着图上的内容开始研究，看了半天，发现睡眠问题的成因五花八门，她一一对号入座，到最后看哪个都像是在说自己。

这样下去，会神经衰弱吧……

桑如默默记下一些注意事项——可以多泡脚，适当运动，忌睡前饮酒、茶、咖啡，忌精神压力过大……

等等。干广告这一行的人，精神压力怎么可能不大啊？！

桑如跟客户开完一个电话会议，对方光是诉求就快列满一页，还不包括他所想要的传播效果与付出价格不匹配的问题，是"用最少的钱要最好的效果"的典范。

小组几个人还没散，都在等桑如发话，可是这位领导此时正在揉着眉心。

Yuki 看她面色不佳，问："Sarah，我们打算点杯奶茶，你要不要也来一杯？"

桑如不怎么喝奶茶，摇了摇头。

"那咖啡要吗？"

桑如下意识点头，随后又拒绝了："不了，有牛奶吗？"

众人震惊，桑如看着他们的反应，反而乐了："怎么，不卖啊？"

"有，楼下的罗森、全家、711，"空空做作地给了她一个wink，"任君挑选。"

空空请假回来后的状态不错，作为在场唯一的男同事，语气一如既往地矫揉造作。

Yuki忍不住吐槽道："听你这话说的，还以为你在给Sarah推销什么呢。"

另一位同事搭腔说："反正不像是推销牛奶。"

众人笑作一团，桑如也跟着笑，烦恼不知不觉地消散了一些。

"对了，"Yuki忽然想到什么，"你昨天面试的那个小孩今天已经入职了。"

"梁斯齐吗？"

Yuki点点头，又忍不住夸赞道："真是帅啊，我感觉今天对着帅哥工作，效率都变高了。"

桑如点了点头，说："那正好，新方案我在下班前一定能看到吧？"

Yuki终于明白了什么叫祸从口出，装模作样地"呜呜"两声："不带这样的，其实我是想说，他桌上就放了瓶牛奶。如果你想喝，可以问问他，看他肯不肯给你。"

空空翻了个白眼："什么人啊？跟小孩子抢喝的。"

"不是吧，他都那么高了，原谅我完全不能把他当小孩子看。"

两个人斗了会儿嘴，桑如听着也笑出了声，见玻璃房外有人看过来了，便清了清嗓子，故作严肃地说："好了，别闹了，都回去工作吧。"

等走到门口时，桑如低声嘱咐了一句："别欺负小孩儿啊你们。"

比较轻松的工作氛围是桑如在这个行业长久做下来的原因之一，压力会接踵而至，但会在偶尔的插科打诨下渐渐褪去。回到工位后，她的心情已经好了很多。

如果没有后面发生的事的话。

其实不是什么大事，也就是在散会后的几分钟，她的办公桌上出现了一瓶牛奶。桑如顺着抬头看,发现梁斯齐正站在她面前。

今天他穿了一件简单的白色T恤,看起来格外干净,说话的口吻也很真诚。

"Sarah姐,空空哥和Yuki姐说你想喝这个。"

桑如一愣,觉得这事有损自己的领导威严,便说:"谢谢,不用,你拿回去吧,他们跟你开玩笑的。"

"没事,"梁斯齐笑了下,露出一点虎牙的痕迹,"就当谢谢Sarah姐让我通过面试。我去工作了。"

"等等,"桑如随口一问,"他们让你现在做什么呢?"

"做奶制品的竞品分析。"

他们刚接了一个奶粉品牌的合作,桑如了然地说:"好,加油。"

梁斯齐点了点头,转身走了出去。

桑如看着那个背影消失在拐角,又看向放在桌子上的牛奶,若有所思地盯了一会儿,半晌,她把脸埋进臂弯里狠狠地叹了一口气。

怎么好像到处都有你的影子啊,周停棹!

02/

桑如觉得自己可能得了入睡恐惧症。

她现在不太敢睡觉,因为不知道睡醒到底是不是真的睡醒,还是又进入了那个极其真实的梦里。

不过,当再一次"睡醒"并且发现自己躺在十六岁的桑如的卧室里,时间也早已经过了上学的时间,桑如意外地平和。

就连迟到,也很平和。

早读过了一半,桑如才从教室后门偷偷地溜进来,老师不在,算是逃过一劫。

座位居然是上次调换后的,桑如不由得感叹:这梦真是神奇啊,又续上了。

没睡好，桑如打了个哈欠。视线看向周停棹的侧脸，哈欠也打不下去了，猛然想到还有这一茬——

梦能续上，那就说明自己在图书馆里的那些幼稚行为，以及见状不对就逃跑的举措，他应该也还记得……

她要疯了，真的。

桑如一直没说话，周停棹也没开口——他其实很安静。

桑如回想了下，之前好像都是她主动找他说话，周停棹几乎没有主动跟她搭过话，不是在做题就是在看书，俨然是台"学习的永动机"。

两个人默不作声地过了一上午，桑如跟历晨霏去食堂吃了饭回来，发现自己的位子上坐了人。

薛璐坐在她的位子上，侧着身听周停棹说话，不时地点点头。他们没发现她，桑如走近了，能听见周停棹给薛璐讲题的声音，耐心、温和，跟给自己讲题时没有差别。

历晨霏拽拽她的手，故意咳了两声，说："你的位子上有人，坐我这里吧，桑桑，反正杨帆还没回来。"

桑如没有说话，薛璐这才发现她，匆匆站起身，说："不好意思，你坐吧。"

周停棹没什么表示，甚至都没有转头来看她。桑如坐下来，心里堵得慌。

周停棹说："没事，去你那边吧。"

薛璐愣了一下，然后笑了笑，说："好啊！"

桑如也愣住了，心里顿时堵成了个只进不出的垃圾桶。

两个人去了薛璐的位子上继续讲题。历晨霏坐过来，气道："这两个人怎么回事！"

"拍校园偶像剧呢。"桑如眼皮也没抬。

郎才女貌，很般配。

历晨霏想了想，说："距离一模也就一个多礼拜了，也可能是薛璐想临时抱佛脚。"

桑如终于抬起眼，挑眉问："你自己信吗？"

"呃……好吧，不信。"历晨霏拍拍桑如的肩膀，"没事，不就问几个题吗，问周停棹题的人多了。"

桑如也顺势点了点头，说："嗯，没事。"

周停棹再回来的时候，桑如正伏在桌上睡觉。她脑袋埋在臂弯里，束起的长发撇到一边，露出细嫩的后颈。

他伏下来，她轻缓地呼吸便放大了些，沿着木桌传至他耳边。

她好像在故意躲他，今天没有看他，也没有跟他说话。

教室里的人还少，大多去吃午饭了，还没有回来。不走开就要单独同她待在这里，可这样一来，就控制不住那些不好的念头。

她今天也很漂亮，应该说，她哪天都很漂亮。她无论做什么，总能让自己的心小鹿乱撞，这样下去迟早会失态，只好逃开。

她太危险了，把自己也变得危险起来。

周停棹闭上眼，就这样静静地听她的呼吸，直到上课铃响也没能真正睡着。

下午有节自习课，历晨霏那边传了张纸条给桑如，需要周停棹帮忙递过去。

他把纸条放在她桌上。一下午了，她终于趁做题的空当抬起头，漠然地看着他，意思是"什么事"。

"历晨霏给你的。"

桑如这才拿起纸条来，看完在上头写了回复。

周停棹等她写完，随时做好替她传回去的准备，却感觉到她的手绕到自己身后，打了个响指叫杨帆，并把纸条给了他。

越过自己，给了别人。

周停棹做题的手顿了一下，解题的思路被彻底打乱。

她从前也是这样的。

迎面遇到就视而不见，从不和他打招呼，她和很多人都讨论过题，可从来不找自己。

他知道她讨厌自己，几乎所有人都知道他们不合。

然而，她突然会对他笑了，看他的眼里有光似的，有时候也像是在撒娇。班主任让选同桌，她写了他的名字，还会和他约着一起学习，更甚者，他们有了些还算近距离的身体接触……

人的欲望果真是难以餍足的，她只是变了几天，他就好像再难以忍受她的态度回到从前。

这就受不了了吗，周停棹？

没什么好受不了的吧，他想。

03/

晚自习是老郑来盯着，中途让桑如去办公室抱练习册来。

桑如从老郑桌上找到两摞厚厚的本子，正在想怎么才能抱回教室去，身后忽然有脚步声传来。

她回头，是周停棹。她下意识地问："你来做什么？"

说完又后悔，觉得不该主动跟他说话，毕竟两个人好像正在莫名其妙地冷战。

周停棹走过来："郑老师说怕你搬不动，让我来帮忙。"

"不用你帮。"桑如逞强，把两摞本子叠到一起，刚准备抱起来，手腕就被人握住。

周停棹的手掌很大，圈住她整只手腕还有富余，桑如只觉他又圈紧了一些。

"你……在生气吗？"

桑如挣开，转过身抬头看他的眼睛，反问："我生什么气？"

周停棹沉默半晌，其实也没想通她不高兴的理由，但知道她肯定就是不高兴了，同时也想通了一点——假如她再跟从前一样冷淡地对待他，他的确难以忍受。

思来想去，只能倒推到那天图书馆的事，难道是因为自己阻止了她的"越界行为"，才让她不开心的？

于是，还没开口耳朵先红了，他嗫嚅道："我那天……是不是把你弄痛了？对不起。"

桑如没反应过来，"啊"了一声

"如果我阻止你……那样做，让你不开心了，对不起。"周停棹往前走了一步，"以后你想做什么，我不拦你了。"

桑如顺着他的话捋了一阵，才明白他在说什么。

她哪有那么幼稚啊？

实际上不过是突然间尴尬有余，又看他别别扭扭地不肯跟自己说话，还和薛璐走得那样近，才让她觉得不舒服，她便也拿不理不睬的法子来对付他。

但桑如才不打算解释，既然周停棹这么以为了，那正好顺水推舟。

桑如几乎要笑出声，但她忍住了，装作没什么反应，说："哦。"

她的回应太淡了，以至于周停棹不知道这句"哦"究竟是什么意思。

他蹙着眉，低声问："就只有这样吗？"

"那不然呢？"

周停棹答不上来，他要什么答案？要她说"没关系"吗？

可下一秒桑如给了他回答："我有道题不会。"

周停棹愣了一下，说："我教你。"

桑如："你一定会吗？"

"……我可以先自学。"

桑如看了他几秒，忽然就笑了，转身将作业本重新分成两堆，对他说："我们回去吧。"

无厘头的矛盾似乎就该由无厘头的和好做结尾。

而周停棹并没有做好准备，他甚至还没揣摩出桑如的意思，她已经先一步走了出去。

"我可以学会的，再讲给你听！"他对着桑如的背影说，语气里有着不同于平常的急迫。

桑如停下脚步，头也不回地说："再不回，老郑就要来找咱们了。"

周停棹紧了紧眉头，到底还是抱起作业本，大步跟在了她的身后。

这作业拿了有一段时间，老郑随口问了句："怎么这么慢？"

桑如面不改色心不跳地说:"刚刚不小心掉地上了,我们捡起来重新理了一下。"

周停棹看了她一眼,好家伙,一副理所应当的样子。

老郑听了后没有察觉任何不妥,挥了挥手让他们下去继续写作业。

晚自习结束后,桑如收拾完东西要走,周停棹突然拦住她,说:"那天下午我自己又逛了一会儿,给你挑了份礼物。"

桑如心想,左右不过是些小女生喜欢的发圈、手链、水晶球之类的小物件,结果等周停棹把东西拿出来的时候,她瞪大双眼,满头问号。

周停棹抱着一本厚厚的数学教辅用书和一本《议论文大全》,认真地说:"这本数学教辅书对于解最后一题很有帮助,很适合用来突破学习成绩。这本《议论文大全》我看了下,里面除了范文示例、点评,还包括一些例证,可以当素材积累……"

"停。"桑如接过书放在桌上,"谢谢。"

说完,她抬脚就要走,又被周停棹拦住。

"等一下,"周停棹拉住她的手腕,从口袋里掏出根红色的编织绳,"还有这个。"

这才对啊!

桑如脸色恢复了一些,抬起手说:"那你帮我戴上。"

周停棹低下头,认认真真地将红绳给她系在了手腕上,还端详了一会儿,直视着她的眼睛说:"很衬你。"

桑如歪了歪脑袋,终于露出一个真正的笑来,说:"谢谢。"

书是周停棹在书店花了两个小时挑的,买手绳是一秒做出的决定。

一位中年阿姨的路边小花摊,不仅卖花,还卖这小小的编织绳。

周停棹看到花就想送她,看到小红绳也想送她,挪不开步子时,摊主招呼他:"买来送给女朋友吧!"

他就这样买下了。

第二天再见面时,周停棹下意识地看向她的手腕。

她很乖,昨晚给她戴上了她就真的没有摘下来,红绳在被校服遮住的腕间若隐若现。周停棹顿时心情大好。

高三年级的上午大课间取消了跑操,半个小时的时间被用来统一做英语听力练习。听力播放前,广播台先播了一条通知。

桑如没注意听内容,光被播音的男声吸引了注意,托着腮小声念叨着:"声音还挺好听。"

周停棹正在看听力题干,听见这话顿住,淡淡地问:"是吗?"

桑如瞥了他一眼,说:"是呀。"

周停棹不说话了,像是在认真准备听力。

桑如忽然伸手盖在他的本子上,露出手腕上他系的红绳,问:"好不好看?"

"好看。"

"松了,你帮我弄紧一点。"

"好。"周停棹放下笔,替她解开红绳,又重新系好。

小骗子,哪里松了?

桑如一旦不那么同自己的成人心理较劲,想开之后,心情也由阴转晴。周停棹傻傻的求和言论在其中也多少起了些作用。

心情好,话自然就多一点。

桑如抓紧听力开始前的空当,问:"你朗诵过吗?"

周停棹淡淡地说:"以前参加过朗诵比赛。"

桑如来了兴致,追问道:"读的什么?作文?还是诗歌?"

周停棹不明白她在兴奋什么,只是觉得这个回答对她来说似乎很重要,便乖乖地说:"都有。"

"那下次念诗给我听,行不行?"

周停棹略显疑惑,却依然点了头,问:"为什么突然想听这个?"

桑如正快速浏览听力题干,想也不想地回答:"你声音好听啊。"

身旁一下子沉默了。桑如不明所以地转头看去,对上了他的视线。

"怎么了?"桑如倒有些惊讶了,"你自己不知道这件事吗?"

突然收到来自某人的夸奖,虽然近来类似的夸奖比较多,周停棹还是不由得有几分不知所措。

他支吾了几秒,开口道:"那……你想听哪首诗?"

桑如没来得及提要求,广播已响起了英语听力的前奏。

她笑着抬了抬眉,小声说:"下次告诉你。"

桑如不仅说瞎话时不眨眼,说些撩拨人的话时也是。

桑如现在已经习惯了在梦境和现实之间切换的生活模式,有时会在梦里只停留很短的时间,有时能在这里一连过上好多天。

她也同样习惯了梦里梦外的两个世界——醒来面对的是即将要去周停棹公司做提报的可怕事实;睡着就在学习之余,从梦里这个年轻版的周停棹身上找点乐趣。

既然抗拒不了,那就躺平,然后享受——这是桑如反复斟酌后得出的结论。

而且年轻版的周停棹真的好可爱啊,捉弄一下应该也不是什么大问题……

桑如很擅长自我说服——以自我为中心,快乐至上,就是她生活的信条。

她做什么题都习惯跟周停棹比,尽管从前也是,不过那时是自己暗自计较,现在则是正大光明。

从前输了就怀疑自己,继而讨厌他。现在输了,脸皮厚了不少,还能耍赖说自己没准备好,周停棹也从不反驳。

好在这回她占上风,在她全对的同时,周停棹错了一题。

"我赢了。"桑如像只小孔雀似的,尾音都扬起来了。

周停棹顺着话夸她:"嗯,真棒。"

听力结束,离上课还有几分钟,老郑把两个人叫到教室外面去。

"明天我们学校跟隔壁三中要互相观摩学习,你俩跟我,还有教导主任一起去听几节公开课。"

"去多久啊?"桑如问。

"大半天吧。"

周停棹接着问:"几点出发?"

老郑说:"你们先照常到学校来,出发的时候我来叫你们,估计九点左右。"

"好。"

老郑准备走的时候,桑如终于问出口:"能不去吗?"

"你不去也行,"老郑思考了一会儿,说,"那就薛璐和周停棹做代表吧。"

桑如:"老师,我去。"

周停棹在旁边闷闷地笑了一声。

到了饭点,老师难得没有拖堂,刚说了"下课",教室里就跑得没剩下几个人了。

周停棹站起来,却发现桑如已经趴下,开始睡觉。

他坐回去,怕惊着她,便轻声问:"不舒服吗?"

桑如起身,摇了摇头:"人太多了,不想排队,过会儿再走。"

周停棹沉默了一会儿,然后问:"那你要不要……去我家待一会儿?"

第五章_____
_____Chapter 5

宠爱_____

　　那是只美短，动作灵活，很快从沙发跳到了另一边。桑如这才看到屋子里还有猫爬架这样的东西。

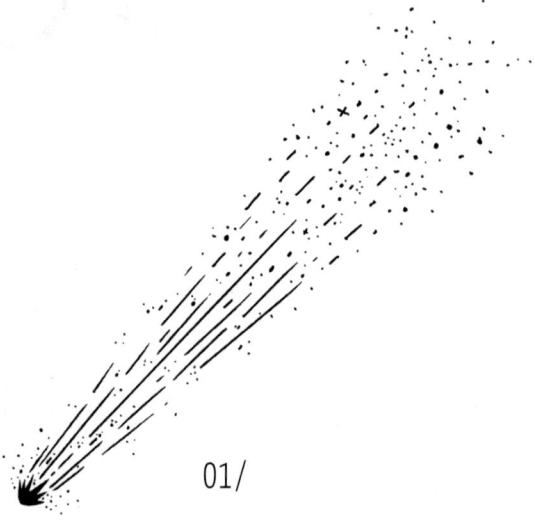

01/

周停棹的爸妈是这所高中的老师,桑如知道,但不知道他们一家人平时常住在学校后面的教职工宿舍楼里。

她跟着周停棹进了屋子,屋里很干净,井井有条,跟周停棹给人的感觉一样,清爽又规整。

"你先坐,"周停棹边说边往厨房去,"蛋炒饭可以吗?比较快。"

"可以啊。"桑如没坐下,也跟着走过去。

"有什么忌口吗?"周停棹顺手拿起围裙,又忽然停下,莫名其妙地想:在她面前穿这个,好像有点奇怪?

"没有,"桑如见他愣住,伸手戳了戳他,问,"怎么不穿?"

周停棹反应过来,把围裙穿上,紧接着身体一下子僵住。

她的手环住了自己的腰,手指从腰腹滑到腰侧,细密的酥麻感从她触碰到的地方漫开来。

但那丝触感很快没了,腰间一紧,一个蝴蝶结系在了腰后。

"系好了。"

突然间,周停棹不知道把桑如带回来的这个决定,是对还是错。

"叔叔阿姨不回来吃吗?"

"他们一般在教职工食堂吃午饭。"周停棹一边说一边从冰箱里拿出几个鸡蛋。

桑如摩拳擦掌地说:"我来打蛋吧!"

周停棹微微点头,示意道:"嗯,洗个碗来。"

于是,桑如挑了一个大碗,又洗了双筷子,等周停棹把鸡蛋简单地冲了一遍,便兴冲冲地把鸡蛋敲进了碗里。

周停棹拿出一根胡萝卜,边洗边注意桑如的动作。

她学习的时候总是很用功,玩心竟是体现在这种时候。

只见她低头看着碗里卧着的几个鸡蛋,先是晃了晃碗,再拿筷子小心翼翼地把蛋黄钩破,直到蛋液流出来了才开始搅拌。

可爱得要命。

桑如抬头遇上周停棹的目光,问:"你看我做什么?"

"没什么。"周停棹走到流理台前,把案板拿出来。

刚把胡萝卜放下,身前就多了个人。

她把碗抬起些,问:"是这样搅吗?"

她搅着蛋液,又问了一遍:"是这样吗?"

人与人之间总是有安全距离的,可眼下他们贴得这样近,彼此连呼吸声都清晰可闻,哪里还有什么距离可言。

周停棹怔了一下,说:"角度要倾斜一点。"

桑如照做。她一个平时根本不进厨房的人,从最基础的备菜做起也实属为难,但好在她看起来还有想学的劲头,是个好学生。

除此之外,出发点是什么,似乎也就不那么重要了。

奈何蛋液随着她毫无章法的动作零星地溅了出来,周停棹忍不住进行话语指导,到最后,干脆自己上手。等发觉碰到对方的手时,桑如倒不觉得有什么,神情坦然,周停棹则快速松开。

他耳根红得明显，说："你去休息吧，我来做就好。"

桑如对做饭没什么执着，听罢也只是瞧了周停棹一会儿，觉得他的反应实在有趣。她心情极好地回到客厅，坐在沙发上安心等着开饭。

厨房里不断传出各种各样的动静，桑如则暗自推测目前是到了哪一步。

好你个周停棹啊，想不到还有做"家庭煮夫"的潜质——她从来不知道，周停棹居然会下厨！

他们几乎每次见面都在酒店，要么顾不上吃饭，要么见面时先去吃一顿，互不干涉各自的生活。直到现在她才发现，周停棹的许多个人信息她并不知晓，比如除学习以外的特长什么的。

可能这也不算他的爱好。也许只是因为恰好他们重逢了，他又恰好缺一个玩伴，才在波澜不惊的、寻找刺激的生活里与她一拍即合。

凡事想得过于透彻，就会带来点惆怅。桑如支着下巴看他在厨房里忙碌，神思早就不知道游离到了哪里，最后，长长地叹了一口气。

不管怎么说，周停棹这人还蛮讨人喜欢的。

她能感觉到，眼前的他对自己并不排斥，甚至还会回应她那些"越矩"的行为。是个好兆头，得让他彻底喜欢上自己才行，桑如想。

等回到现实，如果她有机会，再有点胆量，哪怕只是假装开玩笑，她也一定要告诉周停棹——

"你上学的时候爱我爱得要命。"

想想就觉得满足。

"吃饭了。"周停棹端来两碗蛋炒饭，除了鸡蛋和胡萝卜，他又加了点玉米粒和火腿肠进去，卖相看起来很不错。

"好香啊，"桑如称赞道，"你怎么什么都会啊，周停棹？"

他把碗放在餐桌上，围裙也摘了，说："也不是什么都会……"

桑如欣赏了一会儿他不好意思的表情，笑了。

周停棹被她戏谑的表情打趣到，抿了抿唇，走到一边，蹲下身子，不知在弄些什么。

"你不来吃吗？"桑如没动筷，问道。

"你先吃,我等一下。"

周停棹说完,拎着一袋东西进了旁边的一个房间。

房间门起初是关着的,被他打开后传出几声细微的响动。周停棹进去后只稍稍带了下门,留了道小缝隙。

桑如好奇地跟了过去,抬手敲了敲门,得到周停棹的同意后,才推门进去。

刚一站定,突然就有一团毛茸茸的东西跳到了她脚边,然后蹭着她的裤腿从门缝钻了出去。

是只猫。

发生得太过突然,桑如被吓了一跳,惊魂未定的同时与周停棹对上视线。他正蹲在墙角倒猫粮,听到动静后,转过身来看她。

"吓到你了?"周停棹问。

"没,"桑如说着,指了指身后,"要去追吗?"

"不用,它自己会回来。"

"哦……"

桑如看着周停棹的动作,想不到他还养了猫,看起来还是个很娴熟的"铲屎官"。

她可养不了宠物。她妈妈倒是养了只博美,她只顾逗狗,最多帮忙遛遛,更多的事就不在她的管理范围内了。桑如的人生宗旨就是——先养活自己。

但这不代表她对其他人的宠物不感兴趣。宠物的存在,就像孩子似的,都是别人家的好玩儿,自己养就不必了。

她有点好奇那只猫去了哪里,又拿不准它的脾气,怕被抓到。于是,她只扒着门框探出头去,最后在沙发边搜寻到了猫咪的身影。

那是只美短,动作灵活,很快从沙发跳到了另一边。桑如这才看到屋子里还有猫爬架这样的东西。

刚才的注意力全都集中在某人身上,她压根没看房子里有什么。

桑如看着小猫爬上爬下,活泼中不失娴静,高傲中还不失可爱,顿时对抱它一下跃跃欲试。

"找到它了吗?"

身后冷不丁地传来周停棹的问话,桑如打了一个激灵,回过身,答道:"看到了,在那儿呢。"

她朝某个方向指了指,继续去看小猫的动向。就是在这时候,身后忽然传来一股热气。

周停棹将门又稍稍打开一些,没全敞开,也探出头去望了望,叫了声:"英语。"

桑如猛地回头,难以置信地问:"英语?它的名字?"

与之匹配的,是她睁得老大的眼睛。周停棹看到她这副样子,"扑哧"一声笑了。

"别人家的猫叫什么喵喵、毛毛,你家的……"桑如说着顿了一下,拿捏着措辞形容,"还真特别……"

"是有点,它还差点叫语文或者数学呢。"周停棹说。

桑如的眼睛瞪得更大了。

"我妈教语文,我爸教数学,刚把猫接回来的时候都争着给它起名字,最后议和,就叫它英语了。"

桑如心想:果然是神奇的一家人。

周停棹嘴角的幅度变得更大了,问:"你怎么是这个表情?"

桑如沉吟片刻,说:"我是觉得,叔叔阿姨给你起名字的时候还是挺郑重的。不然叫英语的就该是你了。"桑如想想就乐,"周英语,还不错啊。"

周停棹有些无奈地看着她,张了张口,最终还是没有反驳。

英语果然如周停棹所说,很快回到他的脚边,但没有太搭理他们,寻了个空隙就钻回了房间去。

桑如没再打趣周停棹,推着他转身,一起进去围观猫咪吃饭。

英语旁若无人地吃着猫粮,桑如则看得两眼放光,得到周停棹的首肯后,大着胆子去摸了摸它。它专注吃饭,竟也没有反抗。

周停棹忍不住提醒她:"你还没吃饭。"

"再等会儿!"桑如"嗷"了一声,受不了地对周停棹说,"它好可爱啊!"

周停棹默默地看着她,仅从侧脸就能捕捉到她的开心,并没有发觉自己的嘴角也弯了起来。

02/

最后还是周停棹说可能要迟到了,桑如才一步三回头地回到了餐桌边。临走前又依依不舍地抱了英语好半天。等周停棹把碗洗完,桑如对着猫咪猛亲了几口,还是英语自己挣扎着跳下去跑了。

桑如看了眼时间,终于决定回教室去,却发现周停棹正看着她出神。她抬手在他面前晃了晃,问:"发什么呆呢?"

周停棹猛地回神,视线从她的唇上移开,随口应了句:"没什么。"

这个时间的校园很安静,只在路过球场时,看到有一些男生在顶着大太阳打球。

中午打球的通常是低年级的学生,到了高三,几乎每个班的班主任都下了死命令,禁止他们用体育课以外的时间打篮球。既是怕他们耽误学习,也是担心他们在高三这种紧要关头受伤。

桑如工作多年,太久没有见到这种青春期荷尔蒙洋溢的场景,没控制住,多看了几眼。这一看就不小心来了个平地摔,幸好周停棹及时地扶住了她。

"看路。"周停棹轻轻地提醒道。

"看见那边那个了吗?"桑如靠过来一点,小声说,"好像长得还不赖。"

周停棹顺着她指的方向看过去,那几个人走位飞快,他已经分不清她指的是哪一个。

好在周停棹也并不怎么在意,只看了一眼就收回视线:"还好吧。"

桑如也看不清那个男生现在在哪个位置了,转回头目视前方,迟了一步对周停棹的话做出反应。

"还好?"桑如玩味地说,"好吧,比起你确实只能算还好。"

身旁的人骤然停下,桑如察觉后,也跟着停住,回头,周停棹正在后头站着,一动不动。

像是因她的话而定格了似的。

桑如稍稍抬眉,嘴角带着几分止不住的笑,问:"怎么不走了?"

阳光被教学楼分割,只差几步,他就能从现在那片火热的日光底下逃脱。桑如又往旁边阴凉的地方挪了挪,才见周停棹终于有了动作。

他三步并作两步地走过来,额上沁着点微微的汗,眼角眉梢却是上扬的。瞳仁在阳光下显得格外清澈,侵入她所在的阴影后沉静下来,如同能将人溺毙的深潭。

"真的?"

桑如也是一愣,大脑有片刻的宕机,呆呆地问:"什么真的?"

周停棹顿了顿,没说话。

桑如恍然大悟地说:"真的,你比他好看多了。"

周停棹神采奕奕,没再说什么,两个人并肩继续走。

过了一会儿,桑如忽然听到某人的声音响起:"虽然我会定期给英语做清洁,但是亲猫的话,会增加感染到它身上病菌的可能性,严格来说是不太安全的……"

桑如:"什么意思?"

周停棹一脸认真。

"不让我亲英语了是吧?"桑如皱眉,装凶地质问。

周停棹正想着怎么把这件事拗回来的时候,却听见桑如"啧"了一声,说:"算了。"

反正周英语也不止一个。

放学前,老郑又提醒了一次他们第二天去交流的事,说到别迟到的时候,意有所指地看了桑如一眼。桑如毫不心虚,笑眯眯地看了回去。

虽然这时候她还很有志气,可回家以后,她还是免不了担心起来,甚至以防万一,定了好几个闹钟——据她发现的规律,这梦总能续上,预定发生的事也一定会发生,不管她中途会不会醒来做回成年版桑如。

结果是一觉到天亮,没有中场休息,交流如期进行。

翌日,一起去交流的除了他们,还有高一、高二的老师和学生代表,所以学校统一用大巴接送。

上了车,桑如在后排靠窗的位子坐下,周停棹极其自然地跟着在她身边落座。

路程不算短,车一路摇摇晃晃地开着。

周停棹见桑如望着车窗外的街景,却不知道她正盘算着以后该用什么方法才能常去他家亲猫。

她最近有些不同,好像离自己越来越近了,周停棹心想。

离三中还有段路程,许多人已经开始昏昏欲睡,交谈声渐渐地低了下去。桑如也眯着眼睡觉,突然一个急刹车,她的头靠向周停棹的肩。

她没有睡着,但还是顺势蹭着他的肩膀继续休息。周停棹僵着身子,一动不动,颈窝被她的头发戳得有些痒。

就这样待了几分钟,桑如忽然又挪近了一点,头仰起些角度,还贴在他身上,鼻尖碰上他脖颈的肌肤,在他的耳边轻声问:"不困吗?"

瓮声瓮气,如梦似幻。

大家都在合眼休息,周停棹压下嗓子,声音变得更低沉:"不困。"

"哦。"桑如应声,忽而抬起右手遮住半边脸,好似在说悄悄话,"这样听你说话,传声效果好像不太一样,也好听。"

周停棹心跳得飞快,不知道该怎么回应,就笼统地"嗯"了一声。

他身上有种淡淡的香,可能是某种洗衣液的香气,跟现实里的他不太一样。

现实中周停棹虽极少在自己面前抽烟,但距离非常近的时候,她能闻见他身上丝丝缕缕的烟草气,不浓,是她可以接受的程度。

而眼前的他,气味干净、温和,没有后来的侵略感,是令人如沐春风的舒服。

03/

到达三中时已经快十一点，校方的人领他们到休息室里小憩了一会儿，正好去观摩最后一节课，课程安排在实验班。

周停棹和桑如都是一中尖子班里出来的学霸，老师也来自实验班，因而这次交流更像是两所学校尖子班之间互相学习和较量的活动。

他们被安排在班里空着的座位上，老师们则坐在最后一排听课。

桑如坐得靠前，周停棹靠后。他看着她的后脑勺，勉力让自己冷静下来。

这个数学老师跟老郑的画风不太相同，是一位年长的老者，讲课时显得有些严肃，不知道平时的课堂气氛是不是也是如此，多少有些沉闷。

但桑如还挺喜欢这位老师的，所以在他问同学们还有没有更好的解法时，主动举了手。

一道立体几何题，桑如给出的辅助线显然比之前那位同学的答案更加简便，减去了许多弯弯绕绕的解题步骤，因而得到了这位老师的赞许。

虽然这并不是她的本意，但她的确给一中挣了脸面，就连她的临时同桌——一位清秀好看的男生，在课间时分也拦住她，兴致勃勃地问她叫什么名字。

桑如没觉得有什么，跟他互通了姓名，还没来得及多聊几句，身后就有人叫她。

桑如回头一看，是周停棹。

他表情很冷漠，用冷淡的声音说："走了。"

桑如没来得及反应，就见他身后来了个女生把他叫住，问："同学，你叫什么呀？"

同样的境遇，桑如没忍住笑出了声。

临时同桌叫蓝廷,不知道她在笑什么,只觉得她笑起来,侧脸也很好看。

"怎么了?"

"没事。"桑如回过头,脸上还带着笑,让蓝廷有一瞬的晃神。

她说:"那我就先走了,再见。"

"等等,"他不知怎么就叫住了她,开口请求道,"加个QQ吧,如果有学习上的问题,也方便交流。"

桑如怎么会看不出来这个男孩子对她有点兴趣,只是眼下远一点有高考,近一点有一模,她也不知道会不会哪天再进这个梦里时就突然坐在了高考考场上,那简直太恐怖了。

在那之前多做准备总是没错的,有个可以讨论问题的人也很好,于是,她便把用了许多年的那串数字写在纸条上,给了他。

纸条刚递出去,后背就有热度漫过来,若即若离地,不压迫人,却很有存在感。

周停棹走到她身边来,又问了一遍:"走吗?"

"嗯,"桑如看向他身后,刚刚的女孩子已经不在,"你谈好了?"

周停棹像是不情不愿似的,"哼"了一声作为应答。

桑如瞥了他一眼,还是先回头跟自己的临时同桌告了别。

午餐被安排在三中的教职工餐厅,下午还要再听一节课,暂时回不去。

一中来访的老师和三中的老师坐了个圆桌,学生们则都坐在一起。有个学妹想找话题聊天:"学长学姐,高三是不是很辛苦啊?"

桑如想了想,说:"还行。"

周停棹没什么好说的,附和了一句:"嗯。"

这时有人压着声音说:"你怎么还带了手机?"

"我妈怕我走丢了,非让我偷偷带着……"

桑如看见手机,想起刚刚蓝廷问她要联系方式,再一想,不对啊,她连周停棹的电话号码都不知道呢。

她将手放到桌下,戳了两下周停棹。周停棹看她,以为她又要招惹自己，整个人如临大敌，戒备起来："别……"

这下轮到桑如愣住了，明白过来以后她坏笑起来，问道："我是要问你，你的电话和 QQ 号是多少？"

周停棹的耳尖又红了，从兜里掏出手机操作了几下，递给她："你自己加。"

桑如惊讶地问："你也带了？"

"嗯，"周停棹说，"防身。"

"防身？"桑如把他的答案重复了一遍，突然想到什么，靠近他悄悄地笑着说，"看来没用啊。你防住我了吗？"

周停棹拿筷子的手突然顿住，他抿了抿唇说："吃饭。"

桑如开心得很，把注意力放回手机上去。

过于古早的界面，桑如还有点不习惯，看到他的 ID 时愣了一下。

那里只写着一个小写字母：z。

很熟悉的名字。

现实里躺在她微信列表里的周停棹，用的 ID 也是这个，只不过是大写。

桑如一向有给别人备注和分清楚标签的习惯，加到了周停棹的微信之后，反而不知道要怎么将他归置，所以单独给了他一个标签，命名为：未命名。

备注也不知道怎么写，思来想去，他们的关系好像并不是能公开的，最后还是只有保持原样。

反正他很好认，简洁的字母加艺术画的头像，挂在互联网上标签就会是：装冷淡的文艺男。

桑如晃晃脑袋，把那些杂乱的联想从脑海里清除，用手指点了几下发给自己的验证申请，然后偏头问他："我能登录一下我的号吗？"

"嗯。"

桑如这么多年惯用密码就一个，她试了下，很快就登了上去，由于提前静了音，提示音并没有响起。

她通过申请，给周停棹发了条消息，然后退出登录。

"你上号看一下，好像有新消息。"桑如把手机递回时说，语气一本正经。

周停棹将手机收回口袋，说："不急。"

"你看！"

周停棹看看她，妥协，打开消息界面一看——

　　崽崽の：这里的饭菜一般，不如你做的好吃。

周停棹关了屏幕，默默地咬了咬后槽牙。

而发了消息的人正咬着筷子侧着头看他，神情狡黠，一副坏事得逞的高兴样。

他微不可闻地叹口气，心都软了，还怎么对她的恶作剧生气。

有了联系方式她便不能安分，周停棹比平时晚睡了半小时，终于等来桑如再次发来的消息：

　　崽崽の：小周在吗小周在吗？
　　z：在。
　　崽崽の：有道题不会，明天教我！
　　z：好。
　　崽崽の：你就不能多说几个字？
　　z：……早点休息。

桑如躺在床上看着他的回复，长长地叹了口气。

　　崽崽の：睡不着。

周停棹见她这么说，以为她出了什么问题，蹙起眉头正准备问，这时屏幕上又跳出消息来：

　　崽崽の：一闭上眼睛就总是想到你。

桑如发完消息便抱着手机畅快地笑出声,她甚至能想象出周停棹会是什么反应,比如他现在很久没回消息,就是他最正常的反应。

周停棹冷静了好一会儿,才回了一句驴唇不对马嘴的话:

  z:晚安。

桑如好像一直守着似的,回得很快,见他绕过话题,也不把话头往回拉,只是顺着他的话说:

  崽崽の:小周晚安,小周明天见。
  z:明天见。
  崽崽の:要说崽崽明天见。

周停棹心跳悄悄加快,犹豫一下,手指还是飞快动了起来。

  z:崽崽明天见。

关掉手机,失眠的人不是桑如,反而成了周停棹。

周停棹看着天花板发呆,思绪游离着,却又兜兜转转,始终绕不开一个人。

叫了昵称,那是不是说明,他们的距离又近了一点?

第六章_____
_____Chapter 6

竞争_____

周停梏并不知道她这样做的原因,是不想听了,还是因为别的什么。他只能清晰地感觉到,自己胸腔里躁动了许久的什么东西,终于应声破裂了。

一个未到午间的平凡日子,他的月亮为他升起。

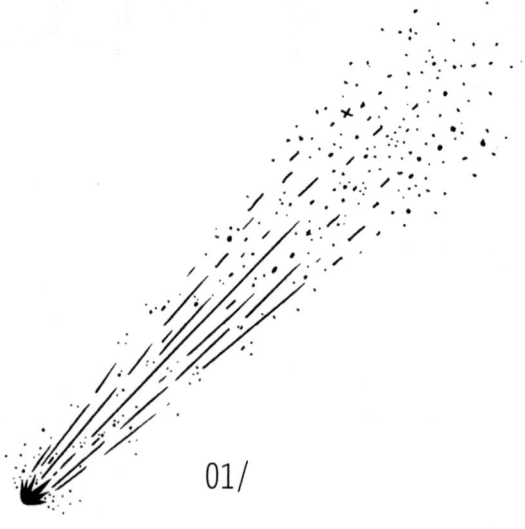

01/

今天整个班级陷入恐慌,是从有人提了一句"下周这个时候就是一模"开始的。

桑如也变得紧张起来,见周停棹毫无波动,忽然就想逗逗他。

"周停棹,"桑如轻轻地扯了扯他的衣袖,说,"你是不是从小到大总是第一?"

他顿了一下,然后点头:"嗯。"

"我也是,但是碰到你之后就不是了。"见周停棹若有所思地抿唇,她故意问,"那你这次,要不要把第一让给我?"

他回答得比桑如预想的快,开口时似乎有些难以启齿:"不给……"

桑如顿时笑起来。

这是很周停棹的回答。

接着又听他说完了后半句:"不用我让,你自己也可以赢我。"

桑如的笑容僵了一下，然后又装作若无其事的样子，抬手揉揉他的耳尖："嗯，当然。"

"对了，"桑如放下手，想起昨晚收到的消息，说，"蓝廷约我周末去图书馆自习，你说我去不去？"

周停棹听到这个名字，没反应过来，问："谁？"

"蓝廷，记得吗？三中的那个男生，跟我同桌。"

周停棹"嗯"了一声算作回答，心里头默默计较起她"同桌"这个词的用法。

"他名字第二个字的读音跟你一样，成绩好像也很好，长得也挺好看的……"

周停棹听着她不停地絮叨，沉默着一言不发，直到她凑近自己。

"我去吗？"桑如托着腮，将问题抛给他。

周停棹看看她，然后低头看书，语气假装平和："看你自己。"

"行，"桑如转回身去，回道，"我已经答应了。"

周停棹的目光落在书中的某个字上，没再往下移，开口时带着连自己都没察觉到的醋意："那还问我做什么？"

他听见她在笑，听见她用手指一下一下地敲着桌面，又听见她说："你生气了？"

好像见不得人的阴暗心理被窥见，周停棹蜷了下手指："没有。"

"你有。"桑如说，"不如你跟我一起去吧？"

周停棹怔愣了一下，抿了抿嘴，说："他没约我。"

桑如故技重施地挠他，真诚地笑着说："我约你呀。"

这次的梦很长，居然能坚持到这个约会开始。

桑如美美地打扮好从楼上下来时，周停棹已经在楼道口等着了。

他昨晚第一次主动给桑如发来消息，居然是问要不要来接她，再一起去图书馆。

这段时间的铺垫好像有了成效，桑如欣然答应。

他们今天到得比较早，等了几分钟，蓝廷也到了图书馆门口，身后还跟着一个漂亮女生。

桑如看那女生面熟，见她一直盯着周停棹笑，这才想起来那天拦住周停棹问名字的人就是她。

四个人面对面站着，有些尴尬地打了个招呼，接着大眼瞪小眼，互相看了一会儿。

女生打量着周停棹和桑如的穿着，支支吾吾地说："你们……"

桑如看看周停棹，又低头看了看自己。

白衬衫，牛仔裤，白色休闲鞋，不谋而合的穿着，被认为是情侣装也不为过。

视线跟周停棹撞上，桑如弯着唇笑起来，对那个女孩说："巧合。"

"那就好，"曾安羽看起来像是松了一口气，"我们进去吧。"

她在说话时已经自然地走到周停棹旁边，桑如像没放在心上，自动落在后头与蓝廷并肩。

"周停棹，我们又见面了，真高兴！"

"你好。"周停棹礼貌地回应，回头去找刚才还在身侧的人，见二人聊得开心，笑容也灿烂，便继续往前走。

桑如余光瞥见他的动作，不动声色地笑了笑，当作是在回应蓝廷刚才说的话。

四人找了张桌子坐下，桑如与蓝廷坐在同一边，周停棹跟曾安羽坐在他们的对面。

坐下时桑如和周停棹四目相对，在同样的地点，同样坐在对面，他们几乎同时下意识联想到上次二人单独出来自习时的情形。桑如歪歪脑袋看着周停棹，周停棹便低头看试卷，一副心如止水的样子。

安静地自习了一会儿，曾安羽便开始频频向周停棹请教问题，他尽量在纸上写解答，偶尔有几句言语沟通，还是产生了微弱的嘈杂声。

桑如正听得心烦，面前出现了一张白纸。

蓝廷递过来的，写着："图书馆好像不太适合讨论，要不我们一会儿去肯德基吧，走过去差不多就是饭点儿了。"

桑如点点头，蓝廷这才把纸转到对面去给另外两人看。

周停棹不是没留意到蓝廷的做法。

这是谁啊，写完非要先给她看，什么心思都写在脸上了。

又过了一会儿，大家准备离开，桑如示意他们先走，自己要去趟洗手间。

三个人收拾着东西等她，就在曾安羽凑过来要说什么的时候，周停棹口袋里的手机震动了两下。

打开，她的头像正不停地跳动，周停棹侧过身来点开新消息。

悬悬の：I区201—499

一个书架地点，不知所以然，但好像有什么东西随着这条消息钻进了他的心里，鼓噪得他不得安宁。

"我去借本书。"他说。

曾安羽立刻回道："我也去！"

"不用，稍等。"

周停棹语气严肃地应道，曾安羽撇了撇嘴，坐回原位。

I区，文学区。

周停棹并不觉得桑如会是因为有什么好书要给他看才叫他去，也并不想问原因。

她叫他去，那去就是了。

找到对应的书架时，她正捧着本书在看，光从外头照进来，她背对着光线，好像有什么东西要从周停棹的心中溢出来。

周停棹一愣，然而她抬起头来，隔着几米的距离看向他。他不由自主地朝她走去。

"我找到一本喜欢的书。"她说。

"是什么？"

距离缩短至半米。

"《博尔赫斯诗选》，"桑如半合起书，给他看封面，"还记得你欠我什么吗？"

周停棹思索了一会儿，问道："读诗？"

"嗯，"见他记得，桑如心情不错，"是不是该还了？"

"好。"他干脆地答应了。

"你不问我要你读哪一篇？"

答应得太快，几乎不假思考，还债的人竟然也这么急迫。周停棹又思索了两秒，问："那读哪一篇？"

桑如低声地笑起来，翻开自己刚刚看过的那页，递给他："这篇。"

周停棹扫了一眼，缓缓念道："我用什么才能留住你？"

桑如给出一声表示肯定的鼻音，周停棹却突然把书合上。

"我给你念另一个译本，好不好？"

"你记得？"

"看过，就记得了。"

桑如轻笑："好，你念。"

他深沉地看了她一眼，再开口时好像是要把情意全都铺开。

"我给你萧索的街道，绝望的落日……"

他念得很慢，怕吵着别人，所以嗓音压得低。桑如一点点将这半米距离缩到咫尺，低声提示他："要看着我的眼睛念。"

周停棹停住，喉结下意识地滚了一下，接着念道："荒郊的月亮……"

他这么说，却不这么想。

荒郊没有月亮，天上也没有，那月亮藏在哪里呢？

周停棹看着眼前人的眼睛，好像找到了月亮的居所。

桑如沉溺于他的声音里，也沉浸在他的视线里，离他越来越近。

她悄悄勾起他的手指，抬头，二人的距离不过毫厘。

她考验他："最后一段是什么？"

周停棹低沉的嗓音里好像混入了什么，开口时略显喑哑。

"我给你我的寂寞……"

桑如勾着他的手指轻轻地蹭着。

"我的黑暗……"

"我心的饥渴……"

他的声音在努力抑制着什么，桑如听出来了。听出来了才快活。

"还有一句。"她说。

"我试图用困惑、危险、失败来打动你……"

念到这里，周停棹忽地停了下来。

"你"字没能吐露完，中途就被她打断了，他念诵无意间记下的诗，却到最后都没有圆满。

书页合上，盖住了余下的段落，浅淡的墨香萦绕鼻端。她的动作突如其来。

周停棹并不知道她这样做的原因，是不想听了，还是因为别的什么。他只能清晰地感觉到，自己胸腔里躁动了许久的什么东西，终于应声破裂了。

一个未到午间的平凡日子，他的月亮为他升起。

02/

比较是一件很没意思的事，无非你在这里胜过我，我在那里高过你。在年少时期，比较则大多表现于考试分数的高低，奖项的数量和含金量。

周停棹是这场漫长的竞赛里长久的赢家，他一直知道。

"他可是周停棹啊……"输掉的人这样说。

竞争者的认输是他们沦为猎物的开始。

斗争本能在频频告捷中潜藏了起来，惯性的胜利让一切变得毫无趣味。

直到遇见她。

桑如的好胜心向来直白，比分追逐的游戏里她常在他后头咬得死紧，她比任何一个人都更接近他的胜利。

她在输着，却从没认过输，即便多次得到相同的结果，她也总能卷土重来。

一个有趣的竞争者光顾，让竞技场上重新吹起号角，周停棹能感觉到自己的血液在隐隐沸腾。

钝化的好斗性被她打磨,他的目光一次又一次在她身上停住。

而这样的审视什么时候悄悄地发生了变化,他也不知道,只知道等他反应过来,她在他眼里的一切都已不同。

桑如其实并不像他一开始想的那样"耐输",落后时也会偷偷红了眼睛;她唯一的好胜心就是与他争先,也可能不是必须跟他争,无论前面是谁,她都会想要争上一争。

除此之外的一切迹象,无一不在说明,比起好斗的雌狮,她更像是个软和的小兽。

到后来,许多人觉得桑如强势,周停棹谦逊,两个人之间有那么些不愉快全是因为前者狭隘。

然而,强势包裹着柔软,谦和掩藏着兽性,狩猎者长久以来完成兽的驯化,卸下配枪,甘愿成为她的猎物。

她可能以为是自己跟在他身后追逐了许久,等一切都被推翻,才发现是他已经注视她的背影走过了漫长的年头。

而这一切浮出水面耗时多年,不在此时,也不在此刻。

时光洪流回溯十载,那个背影也愿意回一回头。

桑如微仰着头,目光以一种安静而柔和的态势迎上来,周停棹不知不觉就被卷进其中,无端而起的心潮搅得他不得安宁。

周停棹知道自己在她面前很难不动如山,却不知她只是这样一个动作、一个眼神,就能让他暂时失去所有的表达能力。

他回给桑如一个安静的注视,与此同时桑如忽而讶异地移开书本,被短暂封锁的嘴唇获得了自由。

她抬手,指尖停留在他的眼角,轻轻一抹,带走了一点湿润。

"你……怎么在哭?"

周停棹浑然未觉,垂眸凝住她的指尖,眉头不觉微蹙。

他寻不到这份情绪的来源,好像已经在内里压抑许久,直到成为本能,以至不需要更多激发的条件,只是这样一个片刻,就足以制造出令人惊讶的结果。

桑如原先只觉得周停棹的声音好听,现在却觉得,那首诗从他口中念出来时,仿佛就是他在表情达意,每一字每一句,都在撩拨她内心不坦荡的触角。

他根本不需要用困惑、危险、失败来打动她。

过来得够久了，该回去了。

去跟蓝廷他们会合的路上，他们默契地都没有说话，直到桑如忍不住又小声地问他："你为什么会哭？"

周停棹也想不明白，刚刚不知道哪里来的情绪又消失了，就好像是一瞬间涌来，又悄无声息地湮没。

"不知道……"

桑如停下来看他，突然说："你好可爱啊，周停棹。"

她不是第一次用这个词形容自己了，周停棹放弃抵抗，默默地叹了口气，说："走吧，他们应该等很久了。"

再回到座位，蓝廷还好，曾安羽用"你们果然是一对儿"的眼神看过来。

桑如说："走了。"

几人吃了一顿垃圾食品，顺道讨论了一些题目。

桑如见周停棹眉头紧蹙，大约是难以忍受在这么喧哗的地方学习，便提议提前结束。

在分别前，蓝廷叫住他们，给出提议："我们建立一个四人学习小组，以后周末或者节假日就出来一起学习，怎么样？有难题还可以一起讨论。"

曾安羽很快举双手赞同，桑如还有些犹豫，她其实更想撇下这两个尾巴。两个人单独学当然也很好，或许还更有效率，不过四人一起更能互通有无，更重要的是，她约他出来就更光明正大了。

于是，桑如下意识地看周停棹的反应。

事实上周停棹想同意，这样以后跟她一起出来学习也就有了理由，但……

周停棹瞥了眼蓝廷，眼神又冷了下来。

"你觉得呢？"桑如问。

周停棹："看你。"

桑如想了想："那行呀。"

另外两个人听到她这么说，表现得很兴奋，周停棹却一时间不知道是该高兴还是难过，片刻后跟着道："那好吧。"

03/

城市在暑气中更彻底地沦为热岛，历晨霏出门前仔仔细细又全身喷了一遍防晒，才驾车来到市中心的一家法式餐厅。

侍应生将她领到座位上，约她出来的人却还没发现她的到来，依然心不在焉地看着窗外。

"喂，回魂了。"

桑如这才如梦初醒地说："来了啊。"

神情也就活了一瞬，下一秒又颓了下去。

历晨霏拿过菜单边看边说："你不是说周末也要赶个工作吗，怎么突然有空找我？"

"唉……"

"唉声叹气干什么？说！"

桑如说："历主编，我可能单方面恋爱了。"

历晨霏："和谁？"

"不是……"桑如欲言又止，再次叹了口气，说，"先点菜吧，点完再说。今天我请客。"

侍应生拿着菜单离开，桑如才组织了一番语言，把最近频繁做梦，在梦里边复习边泡小男生的事跟历晨霏说了。当然，她略过了某些不方便说的细节。

历晨霏听完，顷刻把那副如临大敌的架势收了回去，不以为然地说："我还以为你真跟谁谈了，原来就是做了个梦。就这？"

桑如："这还不算吗？"

"所以你上次问我怎么治多梦,就是因为这个?"

"嗯,"桑如抱着水杯啜了口水,思绪飘到那首诗的尾声,"怎么说呢,太真实了。我以前做梦都是睡醒就忘,但最近这些梦,我愣是想忘都忘不掉。"

历晨霏:"我懂了。"

桑如一脸蒙:"什么?"

"日有所思,夜有所梦。"历晨霏控制不住地想笑,"天啊,我们桑如女士也要来尝爱情的苦果了吗!"

桑如给了她一个嫌弃的眼神,托着腮愁道:"他还约了我今晚见。"

"你指的是梦里的,还是你公司楼上那个?"

桑如哽住:"……你说呢?"

历晨霏一脸"你看我知道吗"的表情。

桑如无语,补充道:"公司楼上那个。"

历晨霏现在是唯一知道她跟周停棹关系的人,自然了解他们并不是什么常规意义上的情侣,更不是什么情侣预备役。

人做什么事,初始目的很重要,开始的方式也很重要。

她跟周停棹的第一步就已经显得不合时宜,想要寻求什么突破,她实在不知道要从哪里下手。

想来想去,桑如更愁了。

除了偶尔被家里催着谈恋爱,历晨霏多少年没见桑如为这样一件事心烦了,心下明白这次她大约是来真的,于是正经地问道:"你记得我跟你说过的一件事吗?"

"哪件?"

"就周停棹上学时候给你写情书那事。"

"啊……记得。"桑如用吸管缓缓搅着杯里的水,"但我从来没见过那信。"

她声音低低的,听起来有些怅然。

历晨霏"啧"了声:"想那么多干什么,当时确实有人看见了那信才说的,要不怎么传得这么神乎其神呢?你看,大家还传薛璐喜欢周停棹呢,那她确实喜欢嘛!"

桑如默了半晌,轻轻地哼道:"歪理。"

"听我的,就你这张漂亮脸蛋,这魔鬼身材,还有这颗聪明绝顶的脑瓜,光是摆在这儿,也绝无单恋的可能性!"

桑如:"嗯,我心情好多了。"

"是吧。"

"是——"桑如拖着长音应和她,"我谢谢你。"

历晨霏对她眨眨眼睛,笑着回道:"还不是看在你请我吃这顿饭的分上,我馋这家很久了。"

侍应生来给他们上菜,精致的摆盘让食物显得更加诱人。

历晨霏的视线扫过全桌的餐盘,问桑如:"有道名字巨长的招牌菜是哪个来着?"

"是说这个吗?"桑如指了下其中一道菜,最中间的鱼子酱搭配四周散布着的花菜泥,密集恐惧症患者看了都得怵,"是叫蟹肉鱼子酱塔佐龙虾冻及椰菜泥。尝尝看,还不错。"

历晨霏满意地鉴赏完这道菜,又把其他几样菜挨个儿试了几口,尝完过后随口一问:"那你梦着我了吗?"

桑如说:"当然。"

历晨霏顿时颇有兴趣地回道:"讲讲看!"

桑如先是把她的美貌夸了一通,沉吟片刻后又说:"你跟杨帆做同桌了。"

历晨霏猛地咳嗽起来,却一言不发。

"冷静点儿,说了是做梦呢。"桑如顿一下,"梦里你还喜欢他来着。"

历晨霏脸上还有因咳嗽浮出的余红,听见这话热度又升上去了,她梗着脖子说:"那怎么了,我们本来就有一段儿,我高考后就跟你承认过,而且……"

桑如追问道:"而且什么?"

"我跟他这两天刚又联系上……"历晨霏看着她脸色,赶忙解释,"先别生气!我不是故意不告诉你的,这不是才发生没多久吗,你听我说……"

桑如放下刀叉,摆出一副洗耳恭听的模样:"好,你说。"

事实就是,在几个月前的同学会上,不只是桑如和周停椁慢慢又扯上了关系,历晨霏和杨帆也算是多年不见,作为彼此的前任,却默契地没有打破双方之间的距离。

他们当年高考结束后在一起过一段时间,只是后来考的大学不在一个城市,两个人因异地勉强和平分了手。

是杨帆提的,历晨霏为此亲自飞去他学校彻头彻尾查了一遍,发现不是他出轨,而是他可能真的只是单纯好心,发觉自己无法给历晨霏足够的陪伴,出于一种"为了你好"的念头决定放手。

历晨霏没吵没闹,只是觉得没意思透了,二话不说又飞了回来,同时删除拉黑了他所有联系方式。接下来的半个月,她都在拉着桑如发酒疯。

桑如不明白,以历晨霏的性格,怎么会允许自己吃回头草,这毕竟算是她心里的一个结。

"我们同学会那天其实没怎么接触,前几天我们杂志要出一期关于体育和健康的问题,就找专家采访,结果有人找来了他……"

从前是体育特长生的杨帆,现在已经做了大学老师。历晨霏带的这批人里有个还在校的实习生,实习生知道他在专业方面很强,于是找了他去做了篇采访。

历晨霏这次只是跟了选题,为了锻炼新人,其他环节上她并没有给予更多的关注,于是,她知道这件事的时候已经晚了。

开的是线上会议,采取圆桌会谈形式,历晨霏也在里头旁听。最初看到"杨帆"这个名字,她心中虽然有点波澜,最后也只以为是重名,直到他开麦说话。

"然后你们就破镜重圆了?"桑如插了一句。

"怎么可能?"历晨霏抬抬眉,"看他的表现再说吧。"

"现在不异地了?"

历晨霏点了点头:"嗯,他也在这里。"

桑如沉默片刻,道:"也好,要是还喜欢就再试试吧。"

历晨霏笑了,一扫刚才略显凝重的气氛,继续问道:"别说我了,你打算怎么办呢?"

"不知道,走着看吧。"这下子轮到桑如继续犯愁,她忽然想到了什么,问,"你知道周停棹谈过几段吗?跟谁?前女友是什么类型?"

"停停停,机关枪似的……我还真没怎么听说过他跟谁谈了,朋友圈不知道,毕竟微信都没加上多久。"历晨霏思索着,然后自我肯定地点点头,"至少QQ空间没官宣过。"

桑如笑骂道:"有病。"

历晨霏很不服气地说:"那我当年跟那个谁,不就是高考后第二天在QQ空间宣布的吗?别瞧不起人啊!"

"OK,各自努力吧,争取再官宣一次。"

历晨霏刚把土豆泥送到嘴里,不方便说话,只抬起食指对她做了个噤声的手势。

桑如问:"你暂时还不想?"

历晨霏咽下嘴里的食物,摇摇头,送给桑如一个善良的笑容:"我是说,你用不上'再'这个字。"

"什么?!"

04/

桑如和历晨霏吃完饭,又就近在一家商场逛了一个下午。

确认对周停棹有了那么点心意后,再收到他的邀约总会觉得有些奇怪,但桑如还是答应了。

见面的地方就在附近,桑如懒得再回家一趟,直到时间差不多了,才跟历晨霏分开,前往目的地。

在夜晚真正降临之前,他们还是会像模像样地一起吃顿饭。

那可能是他们最像情侣的时刻了。

周停棹已经提前到了，坐在位子上等她来，桑如远远地望过去，发觉把他放在人群里，他不光脸蛋长得好看，就只说气质这块儿，也能分分钟脱颖而出。

好帅，更喜欢了。

谁料他无意间抬头，桑如冷不丁地跟他的视线对上。

桑如："……"

桑如假装镇定，偷偷捏了下手袋，抬腿朝他走过去。

周停棹一直看着她，直到她入座，贴心地递过去一份菜单。等到桑如点完自己想要的，就忽然听见他说："我一直在等你。"

桑如傻了，又看了下时间："我迟到了吗？"

周停棹像是听到了什么有趣的笑话似的，笑着说："不是。"

桑如一愣，眼里盛满无辜和困惑，让人无端联想到好奇心满溢时的猫咪。

"我一直在等你再请我喝咖啡，"周停棹一脸坦然，"不过你好像完全忘了这件事。"

桑如脑海里无端蹦出"微信收款一千元"的音效，顿时噎住。

"先欠着。"

"那什么时候还？"

周停棹那眼神的意思摆明了就是，她跑，他就追。桑如放弃迂回地跟他打哈哈，妥协道："下周。"

周停棹："周几啊？"

桑如："要不我把那一千块付给咖啡店好了，给你包月。"

周停棹"扑哧"一下笑了，说："可以。"

这下轮到桑如愣住了，心想：今天他怎么这么好说话？

事实说明她还是太天真了，对他善解人意的评价做出来还没超过五秒，周停棹就亲自将其打破。

"那我只好去你公司讨了。"他优雅地铺好餐巾，"没记错的话，我们好像有个案子要谈。"

桑如做了一个深呼吸，尽量让自己冷静下来，语气乖巧地回道——

"好的周总，下周每一天。"

第 N 次来这家酒店，两人第 N 次心照不宣。

周停棹因为要开车滴酒没沾，桑如倒是喝了点，烦心事多，没留神，一不小心多灌了点儿，所以很快开始上头，加上脸。

红扑扑的脸蛋直往人怀里凑，周停棹像发现了什么新世界似的，抬手捏捏她，又屈起食指托起她的下巴。

"醉了？"

桑如摇摇脑袋，泛着水光的嘴唇擦过他的指节皮肤，就感觉他的力道变大了一点，委委屈屈地咕哝："疼……"

周停棹松开些，说："娇气。"

桑如打开他的手，又闭着眼睛靠在男人的肩窝上，小声反问："你不喜欢娇气的吗？"

"嗯。"

"好吧，"桑如，"那我不娇气了。"

周停棹愣了下，旋即勾起唇，问道："如果我又喜欢了呢？"

她忽然直起身子，看着他的眼睛还是笼着层水雾似的迷蒙，眉头紧紧皱着："你好善变！"

周停棹肯定地"嗯"了声，逗她："那你怎么办呢？"

桑如嘴一撇，重新趴回去，抬手挂在他身上，开口时声音低低的，还有点儿委屈："其实，我还是很娇气的。"

周停棹不自觉地笑出来，胸膛跟着发出些震颤。

她是很擅长撒娇的，只不过清醒时总爱嘴硬着同他较个高低，喝醉了就很乖，两种样子都很讨人喜欢。

周停棹低头亲亲她的头顶，明知跟小醉鬼不用说太多，却还是告诉她："你怎样都很好，不要为了别人改变。"

桑如也不知道是听进去了还是没有，迷迷糊糊"嗯"了声。

两人这么安静地待了会儿，周停棹险些以为怀里的人已经睡着，她却忽然又开口了。

"你还怪我不请你喝咖啡，还威胁我。"桑如说得很慢，声音到这里低了下去，随后语调又爬上来，听着是很认真的控诉，"就是因为你，我这么爱咖啡，都神经衰弱到好几天不敢喝了……"

周停梼脑子顿了顿,问:"怎么了?"

"我老是梦见……梦见你,"桑如说着,打了个小嗝,竖起一根手指,"每一天。"

"梦见什么了?"周停梼哄她。

桑如想了一会儿,说:"我在高三,做题。"

"还有呢?"

"还有你……"

周停梼抓住关键,追问:"我怎么了?"

"你……"

周停梼竖起耳朵。

桑如:"也做题。"

周停梼一阵心塞。

接下来好半晌也没动静,周停梼低头一看,桑如已经沉沉睡了过去。

第七章
Chapter 7

看你

嗯,双眼皮明显,相比之下左眼有略微的内双。趁他眨眼的时候桑如才发现,他右边眼皮上有颗淡淡的小痣。他的瞳孔是棕色的,偏淡一些,桑如不自觉地朝那儿多盯了会儿,于是在其中发现了自己的倒影。

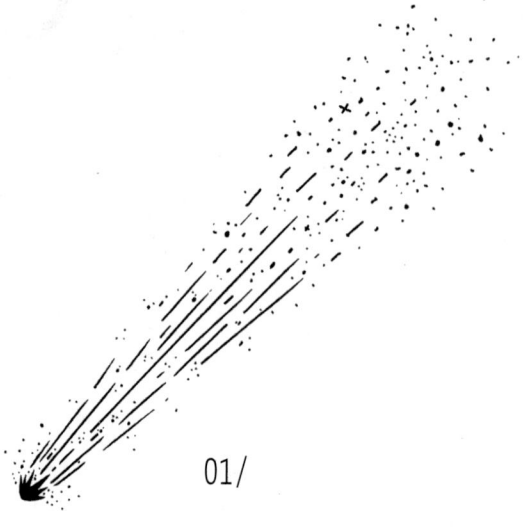

01/

桑如在梦里都做了些什么事?

也不算说谎,真是学习。

一踏进这个熟悉的世界,桑如就被告知一模迫在眉睫。

她许久没考过试了,怕拖了自己的后腿,好胜心也不允许自己落后于周停棹,总之她越发专注地投身学海了。

跟某人建立良好的关系是要紧事,考试更是,目前来说,暂时还是得把学业的优先级往前排一排。

书架间的那十几分钟里,周停棹能清晰地感觉到,有什么东西在他们之间沉默地暗涌,在那之后却并没有人挑开明说。他表面上与她继续平静地相处,心里却惴惴不安地等待她下一步的宣判。

可桑如没再有什么举动,顶多跟前些天一样,偶尔对他隔靴搔痒似的撩拨一下,撩完就跑。

跑去做什么了呢?

做题。

不能说她做得不对,周停棹也只好更卖力地投身题海。

学校担心考生的心理状态,一模前统一组织了心理课,并不是在教室里进行,而是全班共同去了心理辅导中心。

高一和高二的时候大家只听说有这么个地方,只有少部分压力大的同学才会主动去。到了高三,大多数人才见到了心理辅导中心的庐山真面目。

他们排着队进去,先是参观了一圈倾谈室、放松室、宣泄室、沙盘室等,最后又回到活动室,在老师的组织下分成两排站好。

"现在,请第一排的同学向后转。"

空旷的活动室里传来阵阵疑惑的声音,桑如记得自己从前也来过,具体上了什么内容的课却不怎么记得了,只能跟着老师的指令向后转。

于是,她就跟周停棹突然变成了面对面——他们来时的队伍是按座位排的。

大家都不明所以,直到老师说:"都站好了吧?那么现在,请大家认准你对面的那位同学,你们或许已经很熟悉了,但其实也可能不那么熟悉。我们的第一个任务就是,两两相对的同学为一组,互相观察对方的面部一分钟,其间不可以分心看别的地方。"

话音刚落,四周顿时此起彼伏地响起一片"啊"的惨叫声。

别说是女孩子了,不少男生也都变得忸怩起来——这个要求,着实让一向只被规训着要"好好学习,天天向上"的青春期学生有些不好意思。

连周停棹都觉得诧异,脸上瞬间添了几分薄红。

桑如也没想到会是这种任务,但她心态上毕竟已经高出在场各位小年轻几个等级了,一点也不冤,反而因为看到周停棹的反应,让她觉得更有意思了。

"同学们不用不好意思,这只是一项很常见的,能拉近大家之间距离的活动。"老师解释道。

"报告!"

大家齐刷刷看过去。

有个男生高举着手，问："能不能申请换一个搭档？"

"有什么困难吗？"

"我跟她从小一条裤子穿到大的，很难不对这张脸厌倦。"

对面踹过来一脚，嫌弃地喊道："滚！我也不稀罕看你那张脸！"

宋习烨踹完也举起手来，吐槽道："老师，我也申请换！最起码得长得像周停棹那样的吧，至少不会对眼睛造成不可逆的伤害！"

周停棹无故躺枪，众人看热闹的目光又都聚到了他身上。

这时有人说了一句："那让齐瀚跟桑如一组不就好了！"

齐瀚就是最开始举手的那个男生。

老师无奈地笑了笑，回道："别闹了啊，别的同学也不一定答应换呢。"

桑如的目光跟着大多数人聚焦到刚刚引起骚乱的那两个同学身上，男生在所有人里帅得打眼，女生现在虽然背对着桑如，但桑如觉得这孩子就算是背影也太好看了，不由得多看了几眼。

她跟周停棹倒是没说同意还是不同意，老师刚想揭过这一茬，就有人起哄："周停棹，救救宋习烨吧！"

桑如正看戏呢，就碰上了他的视线。她微微偏头笑了笑，并没有要解围的打算。

这时，旁边传来一声："齐瀚你脸红什么？"

被点到名的人恼羞成怒地回道："滚！"

这个反应很容易让吃瓜群众上头，其余的人抻着脖子一会儿瞅瞅齐瀚，一会儿又瞅瞅桑如，却见后者压根没什么反应，似乎没有被间接打趣了的自觉。

老师还在场，他们也不敢大声喧哗，在一片嘟囔声里，众人忽然听见周停棹说："不换。"

虽然接触过后就会发现周停棹脾气挺好，但他平时一向是很严肃的，因此这句话的口吻公事公办，倒也符合其他人对他的印象，众人笑笑也就过了。

活动回到正轨，桑如无意间瞥见薛璐投过来的那道欲言又止的目光，似乎想换搭档的不止齐瀚和宋习烨。

在听到老师"开始"的一声令下之后，桑如回过心神，按照规则抬头去看周停棹的脸。

周停棹的脸色比出现插曲前冷多了，原先的局促也淡了几分，不知怎么的，他敛了敛眸，才重新看向她。

桑如唇角扬起来，以只有他能听见的音量说："我也不换。"

周停棹一愣，桑如却已经听从指令，目光一寸一寸地开始描摹他的五官。

嗯，双眼皮明显，相比之下左眼有略微的内双。趁他眨眼的时候桑如才发现，他右边眼皮上有颗淡淡的小痣。他的瞳孔是棕色的，偏淡一些，桑如不自觉地朝那儿多盯了会儿，于是在其中发现了自己的倒影。

她收了收心神，发觉周停棹似乎不大自在地把肩膀往后缩了几分。

什么意思？

不让看？

桑如皱了皱眉，眼神里带着疑惑。

周停棹的身体顿了顿，肩膀微微地动了一下，然后回到原位。

桑如还算满意地微抬眉，目光慢慢地往下滑——不得不说，周停棹的皮肤是真好啊。

很多高中男生正值青春期，皮肤问题层出不穷，周停棹的脸却很干净，毛孔很小，没什么闭口、痘痘，近看还能捕捉到脸颊上细细的绒毛，平白地给这张帅脸添了几分亲近感。

至于嘴唇——

桑如看到这里时，只觉得他似乎更不自在了。

周停棹抿了抿唇，再放松时唇色变深了些，看起来，很好……

脑子里闪过了一个字，桑如打了一个激灵，连忙把那念头赶出脑海。再然后，她看周停棹的眼神多少也带点心虚了。

一分钟说长不长，说短也不短，尤其在这种很容易尴尬的场景下，便仿佛一个世纪那么漫长。因而当老师一说"时间到"，每个人立马如释重负地移开视线。

老师的语气很像哄幼儿园小孩："好了，让大家互相观察了一分钟，大家有没有非常清晰地记住了对面同学的特征呢？"

"有"和"没有"的应声乱糟糟地混成一片响起来，其中忽而突兀地出现一句："他痘印还没消干净呢。"

"闭嘴吧你！"

这就像打开了吐槽的开关，两个男生一组的同学都打开了话匣子，互相吐槽；两位女生一组或是男女一组则安静许多，大多是在看他们的热闹，闹哄哄地笑成一团。

老师及时阻止了这群皮猴子，试图把进度拉回来。

"现在需要大家回答一个问题：'你对对方脸上最满意的一个部位是什么？'"老师说，"每个人都要想好，然后告诉对面的同学。"

桑如背对着老师，听到这话，立时陷入了选择困难的境地。

美女的烦恼就是这样。

想了一会儿也没想好是该宠幸他的眼睛、鼻子，还是其他哪里，桑如索性主动出击："你觉得你哪里最好看？"

周停棹："眉毛？"

桑如抬眼一瞧，一双眉走势凌厉，浓淡相宜，是不错。她观察了会儿，若有所思地说："回头我给你修修眉毛，应该更好看。"

"修眉毛？"

桑如解释道："就是把边上多余的杂毛除掉。"

周停棹"哦"了声，反问："你呢？"

结合自身经历，似乎自己说是哪里，对方就会下意识去看哪里。

既然如此，桑如想了想，说："嘴巴。"

果不其然，周停棹看了过来，但很快移开了视线。

看的人比被看的人还不自在……

看大家说得差不多了，老师又下了新的指令："现在再想一想，你觉得对方最好看的部位是哪里，我随机抽一些同学来回答。"

得知要当众回答，不少人面有难色，桑如压低声音问周停棹："你想好了吧？"

周停棹的目光自然地从她的眉眼缓缓移到下巴，又移了回去：

"嗯。"

有如抽奖的点名,在最后轮到桑如和周停棹这一组。

"女同学先回答吧。"

桑如早就考虑好了,说:"眼睫毛,我觉得他的眼睫毛最好看。"

老师正站在她旁边,做了个手势,轻声示意:"具体是因为……"

桑如笑了笑,这笑容,用课后历晨霏跟她形容的词来形容就是——慈爱。

"他眼睫毛很长啊,还很密,很漂亮。"

其余人:"漂亮?哈哈哈哈哈!"

桑如连忙解释说:"漂亮不只能形容女孩子。"

解释是解释了,周停棹有没有被这句话安慰到,她可就不知道了。很快,轮到他回答。

周停棹早早就准备好了答案。

"眼睛。"周停棹说,"她没说出来的话,从她的眼睛里能看到。"

02/

一模的考试时间排到了周四、周五两天,按上回考试成绩排名分的考场,桑如和周停棹在一号考场遇见,一前一后地坐着。

第一场语文开考前,周停棹忽而感觉后背似有小猫在挠一样,回头看去,桑如微微前倾靠近他,小声说了句:"紧张吗?"

周停棹摇头,发尾跟着动了动,反问道:"你呢?"

桑如如实说:"有点儿。"

周停棹小幅度地侧过身来,鼓励道:"别担心,你复习得没大问题。"

"你还记得上回心理老师说的话吗?"桑如冷不丁地问。

她想起那个环节结束时,老师说:"可能有些同学觉得这个小游戏很奇怪,但这是能最快缩短大家之间距离的方法之一。"

"跟你们的学习生活最近的,可能不是家长,也不是老师,而是你们面前的同学。高三了,大家的心理压力都在变大,希望你们能够信任彼此,当感觉到有困扰,可以有勇气向对方说出来,像今天的夸奖也好,吐槽也好,凡事不要憋在心里。当然,你们也可以来向老师寻求帮助,我一定不遗余力。"

大家似乎都有所触动,后面的每个环节都更配合老师的安排。

包括桑如。

周停棹显然也想起来了,问:"你是有什么烦心事吗?"

桑如的笑眼弯了弯,回道:"你不是说,能从我的眼睛里看到我想说什么吗?不妨猜猜看。"

桑如只是逗他,中间掺杂着几分信任,她自己也说不清楚。

周停棹却很认真,大半个身子转了过来,专注地注视着桑如的眼睛,试图从中探究到什么。

桑如被他盯得不由得眨了眨眼,悄声说:"旁边有人在看。"

他没说话,似乎毫不在意,依然凝视着她的眼睛。

"你很不安。"周停棹说。

桑如淡淡地笑了。

印象里,当年这次考试她掉了名次,结果不是很好。桑如并不确定在这个梦境里,事情是会按照原来的轨迹重演一遍,还是能有所弥补。

周停棹问:"你在担心成绩吗?"

桑如"嗯"了一声。

"就当我们还在教室里做题,这只是一次普通测试而已。"周停棹眉眼柔和,声音也低,就像只在对她耳语,"别担心,我就在这儿。"

到了高三,临考前的时间被拖得很长,真正在考场上的时刻却转瞬即逝。

一模结束之后,是个难得的清闲的周末,春日午后的阳光并不刺人,适合出门踏青。

桑如站在周停棹家门口,整理了一下裙子,才抬手敲了敲门。没人应。

担心周停梓没听见,她又敲了几次,还是没有人来开门。

周停梓不是只说他爸妈这周回乡下看望爷爷奶奶去了吗,没说他也不在啊……

难道是临时改变了行程?

在回去的路上,桑如越想越泄气。本想着给周停梓一个惊喜或者惊吓,结果还扑了个空。

学校里的小卖部依然开着,桑如路过时,临时决定去买瓶水解渴,也降降火。

她一边拿出手机给周停梓发消息问他在哪儿,一边走进了小卖部。

桑如闭着眼睛都能找到饮料柜,一边发着消息,一边径直走了过去,选来选去拿了瓶牛奶,手机这时忽然响起了新消息提示音。

z:你回头。

桑如猛地转身,却见周停梓正从收银台后面站起来。

"哈哈哈,你什么时候升级成周老板了?"桑如走过去,把水放在柜台上,开始掏钱包。

周停梓从自己兜里摸出三枚硬币结账:"没,林大叔有事出去一趟,让我帮他看一会儿。"

林大叔是这家小卖部的店主,平时也住在学校,人也和蔼可亲,学生里几乎没有不认得他的。

桑如自然也晓得。

她注意到周停梓的动作,也没推辞,只把刚掏出的钱放在那儿,又顺手从近旁拿了包糖果,正值三块,放在了柜台上。

周停梓瞧了她一眼,桑如抬抬下巴,对他说:"结账。"

"你啊……"周停梓无奈地笑了笑,照做。

结了账,桑如把糖果往周停梓面前一推,嘴上却说着无关的话:"周英语呢?我都想它了。"

周停梓犹豫了一下,还是收下了糖果,说:"爸妈说怕影响我学习,这次顺便把英语送去爷爷奶奶那儿暂时养着了。"

桑如叹了口气，颇为失望。

周停棹怕她不开心，转移话题问她怎么来学校了。桑如说："你不知道吗？我来找你啊。"

桑如与周停棹在一起看了会儿小卖部。周末生意不多，只偶尔有教职工宿舍里的住户来买些东西。

他们大多数都认识周停棹，看见旁边还坐着个漂亮女娃娃，都问周停棹她是谁，桑如就乐呵呵地跟人打招呼："阿姨好，我是他同学。"

桑如只要愿意，总能把人哄得团团转，周停棹就这样默默地坐着，听桑如与那些叔叔阿姨已经聊到了房价和股市。

林大叔总算回来了，见到除周停棹之外还有别人，愣了一下。桑如礼貌地叫了声："林大叔好！"

"你好你好！"林大叔热情地回应，突然想起来，说："我记得这个小姑娘，每次来都买不少吃的！"

桑如一愣，周停棹却笑了。

两个人与林大叔告别的时候，桑如已经获得了小卖部永久九折的亲情优惠。

"我们去哪儿？"出来后周停棹就一直跟着她走，这才发现这是通往校外的路。

"你是不是忘了，我还欠你一次请客。"

周停棹立刻想起来，她说的是图书馆买咖啡那回事。

他摸了摸口袋，掏出一张薄薄的纸片，在阳光底下闪着金灿灿的光。桑如见到信物，愣了下，旋即笑了，说："还留着呢？放心，没有这个我也请你。"

说着她就伸手想要拿走扔掉，周停棹躲开，把糖纸折好，又放回了口袋里，目不斜视地说："走吧。"

桑如把挑选请客地点的权利给了周停棹，他最后选了一家离学校不太远的奶茶店。

桑如也爱喝那家的饮品。

等待饮品制作的间隙,桑如拿着手机回了几条消息,周停棹欲言又止。

桑如余光发现,在手机上点了发送之后,抬头问:"怎么了?"

周停棹看着她,回道:"一直看手机对视力不好。"

"是蓝廷问我,我们的学习小组什么时候再一起自习。"

还真是他。

周停棹垂眸,抽了张纸把桌子擦了擦,没出声。

桑如叫他两声,问:"你什么时候有空?"

周停棹:"看你。"

桑如笑了笑,说:"我们的安排又不一样,也得看你。"

店员把奶茶送过来,桑如立刻转移了注意力。

她正跟珍珠斗智斗勇的时候,听见周停棹开了口,语气淡然却执拗:"还是看你。"

03/

于是学习小组就安排在第二天会合,还是约在了老地方。

一行人在图书馆学习了半天,吃过午饭后又在讨论区聊了会儿题。

历晨霏忽然打了电话来,兴奋劲儿透过电话传过来,让桑如猜她现在在哪里。

"哪儿呢?"

"学校附近,离你家不远,要不要下来玩儿!"历晨霏听起来有些亢奋。

桑如觉得奇怪,大周末的她怎么想起来学校了,便问出了口。

历晨霏有些支支吾吾地回道:"我就是碰巧……"

"少来,不说实话还想让我去?"

"别别别！"历晨霏投降，随后应该是靠近了话筒，声音变得小了些，"杨帆他们在训练，我路过，顺便想进去看看。"

桑如也不傻，故意逗她："那你就进去呗。"

电话那头的人语气果然急了："不行！哎呀你陪我一起嘛，正好他们有球拍，我们可以打打羽毛球！"

提到这个，桑如还真有些心动了，这样一想，她好像确实很久没碰过羽毛球了。

但她现在……

另外三个人不知道什么时候停止了交谈，都在盯着她打电话。

桑如瞥了他们一眼，心想自己这也没法走开，正思考着要选哪一边，嘴上也就无意识地"嗯嗯啊啊"应和了两声。

"哼唧啥呢？来不来啊？"

桑如犹豫了下，把跟周停棹几个出来自习的事告诉了历晨霏，对方却不觉得这是多大的事："周停棹不就住在学校宿舍区吗，让他一起来不就行了！"

有道理。

刚挂了电话，蓝廷就开口问道："朋友？"

桑如点了点头："嗯，约我去打羽毛球。"

蓝廷愣了一下，接着问："你要去吗？"

桑如略带歉意地点了点头。

蓝廷有点失望，原本以为他们至少还有一个下午的时间。不过他没有表现出来，而是笑着说："没事，那我们下次再一起。"

相对于他的失落，曾安羽就显得截然相反了。

虽说几次相处下来，她对桑如的印象已经比一开始好了很多，但听到她要走，还是忍不住窃喜——她走了，那周停棹不就是一个人了吗？这是好事啊！

谁知桑如起身回去收拾东西，周停棹也跟着站了起来，对他们说了句："那我也先告辞了。"

曾安羽急急地站起来，问道："你干吗去？"

周停棹扫了眼前面的背影，淡淡地回道："送她过去。"

"你又不知道她去哪儿,而且她这么大个人,还能自己走丢了?"

"有可能。"

周停棹回答完,便加快步子跟上前去了。

桑如走得快,背影已经消失在门后,像是没有任何留恋似的。

她把握着节奏收拾东西,等到最后一本书放进背包,果然有人站到了她身旁。

她不作声,看着周停棹动作利索地把他的东西也收起来,随后理所当然地小声问道:"走吗?"

他们是在校门口会合的,历晨霏等了有一会儿,已经在跟门卫大叔谈笑风生,甚至出来的时候还从人那儿带回来一个苹果。

历晨霏一见到两个人就打量了一番,嘲弄道:"还真是一起来的啊?"

周停棹不明所以,桑如却知道她在打趣什么。

"有些人是自己跟来的。"桑如意有所指地道。

"有些人"看了她一眼,没有反驳,迎着历晨霏玩味的表情开口道:"嗯,顺路。"

历晨霏还想八卦两句,桑如径直拉了她的手朝里走:"再不走,杨帆该等急了。"

"什么啊?"

历晨霏浑然不觉被带偏了话题,红着脸,声音也变小了。

走到操场时,杨帆和其他几个体育生正在分别训练。桑如坐在看台上看了一会儿,杨帆一直在重复着练习起跑,几米后停下,再返回起点。

"他是在练短跑吧?"

历晨霏也不太懂,胡乱应道:"应该是,他说他今天主要就是练长跑和短跑。"

"这么了如指掌啊。"桑如转头看了历晨霏一眼,又回去看杨帆,笑着说,"以前怎么没发现呢,杨帆还挺帅的。"

话音刚落,两个人都沉默了。

历晨霏快速地动了动她聪明的脑袋瓜,心想,桑如绝不是那个意思,要么是在笑她,要么就是……

她越过桑如，视线悄悄落在站在旁边的周停棹脸上。

他侧脸真好看啊……除了这个，历晨霏从他脸上倒也再看不出其他什么情绪来，周停棹就好像根本没听见桑如的话似的。

桑如："你看什么呢？"

历晨霏"嘶"了一声，看热闹不嫌事大地说："那杨帆跟周停棹比，谁帅？"

"不一样，运动系很吃香的，你看他那身肌肉，"桑如认真分析起来，指了指杨帆没被无袖运动背心遮住的手臂，啧啧称赞道，"看起来体力就很好。"

历晨霏顺着她的话不停点头，完全忘了提问的初衷，直到一道声音冷不丁地响起来。

"你们不是来打羽毛球的吗？"

桑如转向右边，看见周停棹眉头微蹙，情绪不大高的样子。

唇角已经不自觉地翘起，桑如压下这点笑意，反问："是呀，那你是来做什么的？"

周停棹噤声。

她要走，他还有什么留下的理由？

上学以外的时间，他向来是习惯一个人学习，一个人读书，一个人运动，其他人的存在对他来说大概率只会成为困扰。遇到的大多数难题他都可以自己解决，跟别人互通有无不是他的习惯，他通常只是给予帮助的一方，真正能在学习上给他助益的人其实很少。

即使如此，他还是答应了跟她一起加入学习小组，然后跟不太熟悉的同学待上大半天，接受时不时被打断解题思路，去讨论别的问题的情况。

那么，如果她要离开，这些他在试着去做的事，也就没有了必要。

他是来做什么的呢？

"回家。"周停棹最终回答。

没人再去细究他要回家，却为什么在这里停留。杨帆已经结束今天的训练，站在跑道上向他们挥手。

桑如的笑容很灿烂，看得出非常真诚。周停棹心底浮起微妙的不甘，默默低头看了眼自己的手臂。

明明他也有肌肉。

桑如此时还不知道，她随口说的一句话被周停棹当了真，并暗自计较起来。

之后的羽毛球赛里，无论是单人还是双人，无论杨帆在对面还是在自己这边，他都拿出了比其他时候更卖力的劲儿。

轮到两位男士单独对战的时候，两位女士就在场外喝水休息。

历晨霏快要不敢相信自己的眼睛，感叹道："什么时候见周停棹这么拼过，原来他也这么看重输赢？"

桑如的目光跟着某人走，他轻轻一跃，抡起胳膊把球打了回去。随之出现的是他流畅的手臂线条，鼓起的肌肉毫不遗漏地彰显着少年的体格。

桑如心想——任何人在他面前都没什么可比性。

周停棹，帅死了。

第八章
Chapter 8

缘分

少女的怀抱充盈着青春的馨香气息,纵然十七岁的身体里住着的是二十七岁的周停棹,他此刻竟也产生了这样一个念头:如果梦境如此,不醒来好像也很好。

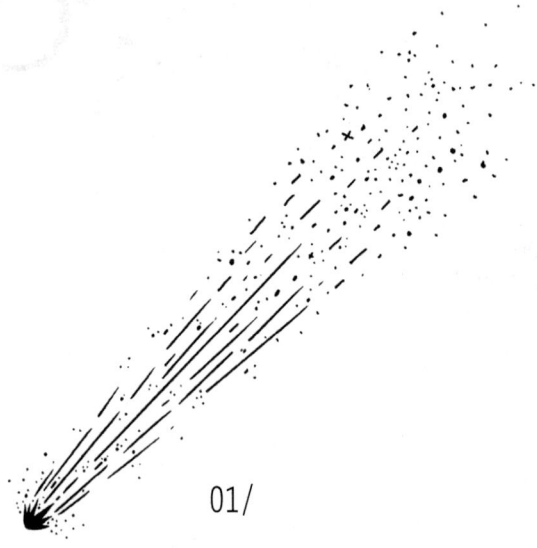

01/

 这是桑如第一次醒来之后,不在二十六岁的自己的房间,也不在十六岁的自己的房间。

 她愣愣地躺了一会儿,想起来看看情况,却根本动弹不得,腰间横着的手让她无处可逃。

 她打了一个激灵,艰难地翻过身——

 正对上周停棹的脸。

 梦里分别前,他额头上还留有打羽毛球后的汗水,此时却是干干净净的。

 五官在沉睡时也好看到具有十足的冲击力,桑如听着他平缓的呼吸,不知不觉间就好像被蛊惑了似的,抬手轻轻地滑过他的眉。

 回过神,她自己也是一惊,于是试着从他的怀里钻出去。

 周停棹忽然出声:"醒了也不安分?"

 桑如动作一滞,就定格在手撑在他胸膛的那一秒。

 梦里接连过了好几天,现在思绪回笼,桑如已经想起来,入睡之前,她也是跟周停棹在一起的。

而周停棹已经徐徐睁开眼,略显疲态,见她不答,又问:"酒醒了?"

桑如"啊"了一声,做贼心虚地点了点头:"嗯。"

"不再睡会儿吗?"

"不了,我还有事。"桑如瞟了眼他没什么遮挡的肌肉,"我们昨晚……"

周停棹反问:"什么?"

装傻是要付出代价的,周停棹挨了她一记轻捶。

"别装。"

他低低笑起来:"没发生什么,我不至于对醉鬼有什么想法。"

桑如不由得开始怀疑起自己的魅力。

周停棹见她肉眼可见地消沉下去,开口说:"需要的话,可以现在补上。"

"不用,谢谢。"桑如推他的胳膊,"放开,我的电话响了。"

周停棹深沉地看了她几秒,于是,桑如的额头就被亲了。

她依然淡定,但还是强调道:"以后没刷牙别亲我。"

"遵命。"周停棹挑眉,刚睡醒的声音很慵懒,一边说一边放开对她的钳制。

桑如接了电话才想起来今天跟爸妈有约,爸爸前段时间身体不好,家里人就去白云寺烧香拜了拜,现在痊愈了,一家子该去还个愿。

周停棹听明白了,非常大度地放她走,这次也同样为她准备了身衣服,是昨天怕她吐身上,中途停下来去买的。

桑如收拾完毕,都走到门口了,想了想,还是折返回去。周停棹半靠在床上看着她,看起来像一只被抛弃的可怜大狗。

她亲了他一下,说:"走了。"

门一关,周停棹就给裴峰拨去了一通电话。

"白云寺去不去?"

桑如来了白云寺才知道,爸妈提出要来,还愿只是原因之一,还因为最近有个高僧回来了。

裴峰远远地看见桑如,就像孔雀开屏一样准备过去打招呼,周停棹拽住他:"这是什么地方,你稳重一点。"

"你能不能稳重一点?别拽本少爷衣服!"

周停棹劝道:"慎言。"

裴峰本来莫名其妙地被他拉来庙里,起床气还没散干净呢,没好气地说:"说人话。"

周停棹瞥他一眼,回道:"闭嘴。"

再看过去,桑如已经两手各挽着爸妈往外走了,周停棹收回视线,对裴峰说:"进去吧。"

"你能不能说你到底是来干什么的,没事想烧香了?"

"听说这儿有个高僧,签很灵。"周停棹说,"给你算一个,看什么时候有人来治你。"

裴峰噎住,反击道:"我看是你想被人治住吧,单身狗!"

周停棹冷冷地看他一眼,回道:"不行?"

等裴峰反应过来的时候,周停棹已经往前走了。裴峰赶上去,叽里呱啦地八卦着。

"真的啊?铁树开花了吗?真的是真的吗?"

周停棹头也不回地吐槽道:"佛曰,你好吵。"

02/

白天本来就够折腾的,回来又在家加了几个小时班,桑如头刚沾上枕头,就又顺利地沉入梦乡。

考试分数飞快地赶在周一出来了,把好不容易缓了两天的大家打了一个措手不及。

桑如将自己各科分数列在稿纸上,仔细对比了一下,这次的结果虽然不如预想的好,但比她现实里高三那次倒退快十名的情况还是要好上一些,可以暂时松口气。

她的这些神情落在周停棹眼里,却是另一副样子。

刚公布了排名,他第一眼便下意识去看她的,第七,比之前的第二掉了几名。

而现在她的表情看起来严肃,抿着唇一句话也不说,好像在纸上计算着分数。

周停棹有些担心,毕竟这事对她来说很重要,贸然开口反而不好。

周停棹得了第一也没什么喜悦,想了想,从成堆的书页里寻出几张整洁好看的空白纸来。

下晚自习后已经很晚了,桑如走到家楼下才想起来要让家长签字的试卷落在了教室里头,只好把东西放回家再原路返回。

原本高三就是最晚下课的年级,而现在校园里空空荡荡,已经不剩什么人。

夜里风起,楼道口老旧的铁门敞开着,被风吹得微微开合,桑如裹紧些校服外套上了三楼。教室门没锁,试卷就放在桌面上的书堆里,不难找到,所以桑如进去没开灯,就伴着外头的月色又翻了出来。

关上门,走廊还算亮堂,楼道里却没什么光,只有安全出口的标识发出微弱的光亮,隐隐感觉有些瘆人。桑如加快了步子,走到一楼却发现楼道口的那扇铁门已经上了锁。

这道门在校区翻新过后是没有的,而现在还是原来的老样貌,散学了便锁,大抵是为防有人偷溜进教室,或是穿过这里到后头的楼里去。

每天都会有保安来做最后检查,大概是因为她没开灯,他们又已经查过教室,以为没人,便锁了。

以前桑如不觉得这有什么不妥,直到自己被锁在里头了,才发觉这真是个奇特的设计。

桑如拍拍铁门上的杆子,问了好几遍"有人吗",都无人应答,只剩外头的路灯将树枝照得影影绰绰。

前面是望不尽又若隐若现的黑,后面则一片空荡,夜风一吹,桑如便觉得整个人都凉飕飕的,随即转身跑上二楼去。

保安室离这里太遥远，喊估计对方也是听不见的。桑如没带任何通信设备，只能尽力去看楼下有没有人经过，然而视野里没什么人影，她酝酿了一会儿，喊出声："有人吗？"

　　又是好几声，没人回应。

　　饶是桑如总是天不怕地不怕的样子，遇到这样的境况也不由得寒从心生，白日里充满生机的教室此刻仿若存在着许多未知生物的空域。

　　她攥紧卷子，跑回了三楼教室，直到坐回熟悉的座位，才觉心跳有所缓和。

　　身旁的座位难得空着，周停棹并不在这里。

　　他要是在这里多好……

　　桑如收紧环住自己的手臂，只觉得孤立无援。

　　过了很久，桑如反复深呼吸直到镇定下来，她明白眼下最重要的是要有人发现自己，于是决定回阳台去看是否有人经过。

　　她满怀期待地等，却只能远远地看见远处通明的灯火。

　　等得久了便略微释怀，最坏的结果，无非就是在这里过夜。

　　风正卷得起劲，桑如的眼睛被吹得干涩，渐渐困倦，昏暗的路边灯火晕成小小的黑点，又像是镀了光一般，朝这里而来。

　　桑如瞬间清醒，睁大眼睛俯瞰不远处的身影。

　　可以确信的是，有人正从风的方向来。

　　那人的身影被路灯照着，在身后拖得很长，一步一步地朝这儿走。

　　桑如等了许久，终于等来可以出去的曙光，兴奋感顿时将困意扫了个干净，大声地叫住他："你好！看这里！"

　　明明只相隔百米，可那人好像没听见。他微微低头，看不清脸，但行走间板正的姿态隐约透出些熟悉感。

　　桑如没死心，她又喊了几声，就在嗓子也开始疲惫的关头，那人的步子终于停住。

　　他抬头，循声望过来，视线与她的在空中骤然相撞。

　　灯火昏昏，眼前也起了水雾，桑如看不明白他的神色，只知道自己临了抓住的浮木——还是周停棹。

他停下了，桑如却突然不知道说什么好。声音被夺去该有的功能，只留在喉间盘旋，见到他，张口怕是会吐露出呜咽。

于是，桑如挥了挥手，周停棹好像也认出她来，忽而加大步子走向这里，走着走着又变成小跑，到楼下不过十余秒的事。

他胸膛微微起伏，开口想说什么却又停住，而后似有些犹疑地问道："桑如？"

"嗯，"她应声，没时间跟他讲来龙去脉，只说，"我被锁在里面了……"

听起来可怜得很。

周停棹沉沉地看着她。桑如撇了撇嘴，紧接着便见他的身影隐没在楼下，很快又折返，大约是去检查铁门是否能打开。

"周停棹……"桑如叫他，正准备让他去找门卫来，忽然被冷风吹得打了个喷嚏，再一看，差点吓得把手上一直攥着的卷子也扔掉。

排水管道从楼顶直通到地面，周停棹竟然直接徒手攀住它往上爬。

"你在干什么……阿嚏！"桑如急得拍阳台的窗户，打喷嚏的间隙也不忘阻止他，劝道，"快下去！"

他恍若未闻，动作居然还挺干净利落，踩着边上的凸起处，手三两下抓住二楼的阳台边就翻了进来。

真是疯了！

桑如急急准备下楼去看他的情况如何，却在拐角撞进他怀里，听见他闷哼一声，匆忙问："你没事吧？"

周停棹原本那下意识护住她的手垂下，说："没事。"

"什么没事？"桑如神经依旧紧绷着，拉着他前前后后从头检查到脚，"刚刚那样很危险，你不知道吗？"

周停棹没答话，任她翻来覆去地检查，过了良久才轻轻地"嗯"了一声。

桑如气急了。

还"嗯"！知道危险还这么做！

她是打算再说些什么的，可抬头望进他眼里，却什么也说不出来了。

"下次……下次不许这样了。"

"好。"

单单一个字,让桑如心跳得飞快。

周停棹没戴眼镜出来,没了玻璃的阻隔,视线的炙热程度更上一层,他这样专注地看过来时,便能封锁人所有的惊惧和不安。

目光将人牵引至他怀中,桑如向前一步,重新贴近他,拥抱他。心神在今夜长久的独自等待与徘徊里被高高提起,却于此刻骤然失去挟制,从高空轻飘飘落下。

她埋在他肩窝里喃喃:"谢谢你过来……"

过了好一会儿,背上传来他掌心的热度,周停棹一下下地轻抚着她的背,低声一遍遍地安慰道:"不怕,不怕。"

他安抚人的时候总会这样,像大人哄孩子一样,拍拍背,摸摸头,无论是那次考前,还是现在,抑或是多年后她在他怀里颤抖的某些时刻。

周停棹本身的存在就是最大的安慰,无论狂风骤雨是否由他带来,他始终有这样的能力,让人一看到他就会感到一切都有法可解、有路可出。

然而这回的出路可能比较堪忧。

桑如把最后一滴眼泪蹭在他衣服上,抬头,开口时声音还带着湿意:"可是你上来了,我们不就是两个人一起被关在这儿了吗?"

周停棹偏过头,避开视线:"没来得及多想。"

桑如觉得有些意外:"……算了,先回教室再想办法。"

电源已经被切断,现在想开灯也不能了。

桑如被冻得够久,先一步回座位坐下。回头见周停棹慢悠悠地跟过来,看了看她的座位,又看看自己的,随即从自己的桌子上拿起一本书翻开,似乎在看扉页。

"不坐吗?"

"坐。"他说完,坐下来,但总是拘谨,又有点心不在焉。

不知道哪儿来的不对劲,桑如问:"你怎么了?"

周停棹转过身来看她,却一言不发。

桑如很少有被周停棹盯得这样头皮发麻的时候,不禁问:"到底怎么了?"桑如看看他,目光落在他单薄的长袖T恤上,了然,又问道,"你是不是冷了?"

桑如拉下外套拉链,敞开衣服把周停棹半裹着抱住:"这样就不冷了。"

她全然没发觉外套下的另一个人已经愕然僵住。

03/

周停棹被裴峰敲了一次竹杠,要请客一周。裴峰没想到的是,周停棹居然答应了。

是夜,周停棹睡得昏沉,像是只睡了片刻,又似是睡了很久。

再睁开眼时一股比宿醉还难受的眩晕感涌上来,周停棹合眼缓了一会儿,等那股晕乎乎的劲儿消得差不多,他才终于有余力,发现了自己所处环境的不同。

面前是无比眼熟的书桌,整齐地摆着各种试题考卷,上层书架放着课外读物,夹着书签的《国富论》放在一旁。

这都是他高中时读的书……

怔愣了好一会儿,他才发觉手底下一直压着几张白纸。拿起来一看,字迹熟悉,是属于他自己的。

上面只写了几行字,是封未完成的信:

桑如:

你想过十六岁的宇宙是什么样的吗?

宇宙的存在时长以亿计数,在漫长的生命周期里,十六岁只是一个很小的分支。而无论那时候是什么样的,现在这一刻,没有人会否认它的瑰丽。

你也是一样。

写到这里没了下文。

这封曾被人误以为是情书的信,眼下重新摊开在自己面前,周停棹心间微动,将纸叠起夹进书的某一页。

所有画面陌生且熟悉,猝不及防地让周停棹愣了一瞬,脑海里想法万千,最终只在两个选项里盘旋。

是梦境,还是时间旅行?

猛然间脑袋又一阵眩晕,一些细碎的片段在记忆中涌现。

周停棹陷入自我询问的困境——这些明明从未发生过。

说是梦,又什么都能真切地触碰到,说是真回到了十七岁,发生的事却跟回忆中的不大相同。

后来那些多出来的画面,关于她的,全都与原先不同。

周停棹苦思冥想了许久,没得出答案,索性起身打开门,出了房间。

没走出去几步就听见有人叫他:"怎么出来了,要什么?"

是母亲,还是十年前模样的母亲。

周停棹:"……"

他开口时有些磕绊:"不……我去跑步。"

靳青看了眼窗外,感觉有些诧异:"这么晚去?"

"很快就回来。"周停棹平和下心情,"早点休息,妈。"

靳老师笑了笑:"去吧,注意安全,我出来倒点水,批完作业也睡了。"

周停棹轻轻"嗯"了一声,却还站在原地,盯着母亲的背影看了良久,才转身出门。

夜间的操场是他的秘密基地,从以前开始就是如此。但凡有什么想不通的题,烦心的事,或是单纯想来吹吹风,他都会来这里。

红色跑道圈住一块空阔草地,周停棹跑了几圈,无数画面从脑海中闪过。

可众多熟悉段落里也生出了变数,唯一的变数——

桑如怎么会在这时候就同他生出这么多的关联?

倘若一切按照原本的轨迹进行,他们应当还处于"相看两生厌"的地步,然而新冒出的记忆里竟有那么多他们和平相处的画面。

周停棹忽然觉得，这或许是自己的执念筑成的一场绮梦。

徘徊良久，他终于决定先回去，或许睡一觉醒来，一切又会不一样。

去教职工宿舍需得绕过教学楼，周停棹还在处理一团乱麻的思绪，忽而听见有人在叫他。

他的眼睛近视度数其实并不高，遵循了后来不戴眼镜出门的习惯，然而此刻，他很想把眼镜戴上，好仔细确认一下自己是否被夜色迷了眼，才会觉得想了一路的人竟就在眼前。

许是到了执念最深的关卡，谁知道呢。

她冲他挥手，他来不及思考便向她靠近。

真的是她。

她求助，语气十分委屈可怜，他是有些想笑的，笑她竟然会被锁在教学楼里，傻得要命。

但他怎么也笑不出。

行动由不得理智来支配，即便不知道现在身处怎样的境地，他还是义无反顾地爬上楼去，脚下不稳摔在了二楼走廊里，顾不上感受疼痛，又很快起来去三楼找她。

想把她带出去，她在害怕。

满脑子这样的想法。

而她撞进了他怀里，又一脸紧张心疼地帮他检查伤势，再后来她竟又主动拥抱他。

他的心跳快得几乎要跳出胸膛，好像一下子就回到了年轻时候那愣头青的模样。

肩上湿润了，她在哭。他一下子慌了，顺着脊背轻轻地拍着哄，直到她发觉事情不对。

做事常被说周到、缜密的周停棹，原来有一天也会犯这样的傻，他听见她的问话才发觉，自己明明有这么多条可选的路，偏偏挑了个把自己也陷入同样困境的笨办法。

后来回到教室，周停棹迟迟没有落座——

他们成了同桌，这是记忆之外的变化，另一个让他犹疑的原因是：在他的记忆里，在这个年纪的时候，他从没离她这样近过。

桑如的聪明劲儿不知去了哪里，竟以为他冷，他没来得及说不是，居然就被她抱住了。
　　少女的怀抱充盈着青春的馨香气息，纵然十七岁的身体里住着的是二十七岁的周停棹，他此刻竟也产生了这样一个念头：如果梦境如此，不醒来好像也很好。

第九章
Chapter 9

入梦

相同陈设布局的教室千千万，穿着同样奇特审美的校服的考生数不胜数。这不过是总会如约到来的一个普通白日，这些平平无奇的场景组合在一起再平常不过，却在这一秒因为她而显得那样不同。

01/

凉风从门外拂过后背,周停棹终于回过神,从她怀里退出来,很轻地说了句:"不冷。"

险些就任她这么抱下去了。

桑如当他是不好意思,拉好外套拉链坐回去,问道:"你怎么会在这里?"

"跑步。"

"跑步?"桑如诧异地问,"这个时间?"

周停棹的脑子稍微顿了顿,回道:"想点事情。"

桑如"哦"了一声,气氛便莫名地陷入安静。

外头的风声确实有些大了,教学楼后院种了两株银杏,一株百年,一株略年轻些,不过都已经长得很高,树叶被卷得哗哗作响,反倒比屋里热闹上许多。

桑如托着腮,偏头看他,问道:"这时候你应该说,你呢?"

周停棹便问:"你呢?"

桑如低头笑道:"忘了把要给家长签字的试卷带

回去了,回来拿。"

"嗯。"

没能把自己的思路理清,周停棹的确不知道说什么好。

他听见桑如小声地叹了口气,下一秒竟起身坐到了他的桌子上。桌子相撞发出"砰砰"的响声,扰得他心神不宁。

窗外的月色是唯一的光源,眼下被她挡去大半,桑如手撑在桌面上,弯下腰,说:"你离我近一点。"

静静地望了她片刻,周停棹没问她要做什么,倾身靠前。

"我们小周怎么不开心呀,嗯?"

似曾相识的话让他没来得及反应,怔在原地。

小公主有着比他想象中更细腻的情绪感知力。

在长大后,这又会是怎样的境况呢?

她跟不相干的人说那么多话,又留下联系方式,即使是裴峰也不行。于是他将她欺负得狠了,她眼角、脸颊都晕着红,强端着正经的语气说:"我们周总不开心?"

他想说没有,但说不出来。

太违心。

意识飘飘悠悠晃去了遥远的地方,直至感知到她的靠近才骤然回笼。眼前是同一个人,只不过换回了十年前的校服、马尾。

桑如揉了揉他的脸,像逗小孩儿似的。

"好了,不要不开心。"

人影重叠,心跳恍然间越发像是在擂鼓,周停棹的鼻息忽然变得深长且克制,最终找到自己的声音:"没有不开心。"

桑如没说话,只是这么安静地看着他。

"你是谁?"周停棹忽然开口。

桑如人都傻了,探了探他额头的温度,自言自语地嘟囔道:"没发烧啊……"

"你是谁?"他又问了一遍,神色认真。

"桑如啊……"

周停梽站起来,两人顿时视角翻覆。

他微微俯下身:"谁?"

"桑!如!"

两人就这么对视着,一个探究,一个困惑。

就在这沉默的片刻里,忽然听得门外传来匆匆的脚步声和熟悉的嗓音,有些急切。

"崽崽?在吗崽崽?"

桑如一急,下意识推开周停梽:"我妈来了!"

周停梽深深地看了她一眼,外头的声音已经逐渐逼近。

桑如正要跳下来,腰间却忽而被一双大掌握住,下一刻她被人腾空抱起,紧接着便稳稳当当地落在了地面。

周停梽等人站稳才松开手,说:"去吧。"

桑如心跳未稳,下意识地问:"那你呢?"

周停梽轻轻地拍拍她的脑袋,答非所问:"你走吧,我有办法。"

说完他便阔步走到了教室前方去。

蒋女士的呼喊犹在耳边,桑如拿起试卷,从后门出去前再度回头,正看见周停梽在讲台后蹲下。

以他的身高这样做,应当很为难。

桑如只想了一秒,又返回将试卷放在了桌上。

踏出教室门的一刻,蒋女士正走到这里,一见到她,那失去平日端庄的呼喊声忽然顿住,焦急的神色凝在脸上,一把将她抱住。

桑如被紧紧地抱着,听见蒋女士在耳边好像带了哭腔似的念叨:"你怎么出来这么久都不回家呀,知不知道妈妈有多担心……"

桑如不知怎么的,有点想哭,拍拍她的背,说:"妈妈对不起。"

"找到了就好!"

桑如循声望去,说话的是站在旁边的保安大叔。

她又拍了拍蒋女士以示安抚,从拥抱里抽身,转而牵住她的手,朝保安大叔点头致谢:"麻烦您了,谢谢。"

"没事,"大叔说,接着困惑地挠了挠头,"可是我都检查过了啊,楼里明明没人了我才锁的门。"

"可能是您在检查的时候,我正好上去拿东西了,您没看见我。"

"哦哦,那咱们走吧。"

他转身,桑如便也牵着蒋女士跟在后面。

"你以后还是把手机带在身边吧,妈妈不担心你玩手机影响学习,只要别再像今天一样让我找不到……"

桑如乖巧地"嗯"了一声,不动声色地回头看了看。

身后的走廊重新回归寂静,却没了自己孤身一人时令人脊背发凉的氛围。

他还在那里。

铁门"吱呀呀"地被重新上了锁,桑如盯着保安大叔的动作,耐着性子等。

等一个时机。

这个时机直到他们到了校门口时才降临,桑如停下脚步,"哎呀"了一声。

蒋舒:"怎么了?"

"我就是来拿试卷才被锁在里面的,结果试卷又忘拿下来了。"

"我再去拿一下!"桑如咧嘴笑笑,哄了哄蒋女士,又向保安大叔求道,"叔叔能把钥匙借我一下吗,我去拿东西,马上回来!"

保安大叔想了一下,解下钥匙给她说:"行,快点啊。"

"好嘞!"

桑如拿到钥匙就往回跑,听见蒋女士在后头喊:"慢点儿!要不然我陪你去吧!"

"不用了!"桑如边跑边回头叫道。

到达教学楼下时,心跳频率已经很高,桑如顾不上休息,开了门立刻往楼上走去。

三层楼不高,但一口气爬上去还是挺累人,到了楼梯拐角,桑如停下,撑在楼梯扶手上喘息了几秒钟,便又立刻赶回教室。

后门虚掩,留了个小缝。

刚刚离开时，门明明大敞着，她故意没关。

桑如推开门，试探性地叫他："周停棹？"

没有回音。

她又唤了一声，身后突然传来应答。

"我在这里。"

桑如回头，却见她寻找的人正站在身后，胸膛微微起伏着，像是也才匆匆赶来。

她走近他："你去哪儿了？"

周停棹没答，抬手向她递来一样东西，桑如这才发现他手上一直拿着几张纸。

她接过来，是她故意留在这里的试卷。

"你落东西了，正准备给你。"周停棹说。

桑如困惑地问道："可是我刚刚上来的时候怎么没看见你？"

"嗯，"周停棹想了想，说，"我出去以后看见你又回来了，就跟着过来了。"

"你是怎么出去的？"

周停棹抿抿唇，缄默不言。

桑如了然，淡淡地问："从二楼翻下去的？"

周停棹看看她，又不自在地移开视线看向地面，轻声"嗯"了一下。

怎样上来便怎样下去，桑如安然回去就好，他又有什么所谓。

带着她落下的试卷，连翻个楼也万分小心。通往校门有一条更近的小路，只不过道旁栽满绿植，夜里不常有人走。

他想追上去，虽然没想好怎样把试卷还给她，但跟在后头，总能找到机会。然而她忽然沿原路跑了回来，没看见他，径直往教学楼去。

周停棹看着她奔跑的背影，那样匆忙的样子，大约就是回来取试卷的。

于是他跟在她身后，到达三楼，忽而连自己都没察觉到紧张地放缓了脚步，到后门口，却听见她在叫他的名字。

她叫他名字的声音很好听，尤其是叫"周停棹"的时候，每一个咬字都像在抓挠他的胸口。

这个声音换了种语气，可能是生气，也可能是担心，又或者有别的什么意思。桑如下命令似的说："以后不许再这样了。"

周停棹顿了顿，道："好。"

02/

周停棹起床是不需要闹钟的，生物钟能让他每天准时醒来。

这栋楼有些年头了，细长曲折的黑线在天花板上撕扯出几条小口，周停棹少见地没立刻起身，盯着这几条小口出神。

他居然还在这里。

周遭所有人和事物几乎都是印象中的样子，连天花板的裂痕也不例外，只除了她和昨夜发生的事。

她的性格有些不同，记忆里她高中时期十分冷淡，后来，魅惑、居高临下的小公主脾性从未改变。

而昨晚的桑如，似乎是放下了一贯的架子，跟他交谈时既对他流露出疼爱，又像是在撒娇，甚至让他捕捉到了关切的蛛丝马迹——

她为他回头了。

记忆里，他从未得到这些，而今有了这样的变数，周停棹真要怀疑，这是自己臆想捏造出来的泡沫。

大概是昨晚吹风被冻着了，桑如接连打了好几个喷嚏，接着旁边也传来一样的动静，她转过头，看见周停棹正握拳虚掩在唇边。

周停棹今天怪怪的，盯着她看了好多次，要不是反复照镜子确认过，桑如简直要怀疑，她脸上是不是有什么脏东西。

历晨霏刚好过来找桑如，见状，用指头在他们之间比画了两下，问："你们俩这是怎么回事，一夜之间一起感冒了？"

桑如按下她的手指，解释说："我是被风吹的。"

历晨霏的视线飘向周停棹，一脸讳莫如深的表情，桑如也看向他。

周停棹一本正经地说:"我去夜跑了。"

"哦——"历晨霏意味深长地说,"都是昨晚上被冻着了呗!"

周停棹没有任何被打趣之后该有的反应,桑如作势要拍历晨霏的手:"有什么事赶紧说。"

"没啥事,"历晨霏笑了两声,用讨好的语气说,"昨天布置的数学卷借我看看呗,有几题答案我不确定。"

桑如答应下来,在昨晚的作业堆里翻找试卷,找着找着,她动作一滞,突然回过头来问道:"昨晚还有数学卷?!"

这时,上课铃声响起,老郑腋下夹着试卷,手里端着保温杯,踩着铃声走了进来。

历晨霏在迅速溜回座位前留下一句:"过会儿给你传答案!你先自求多福!"

老郑有时候会偷懒,直接让同桌交换作业后边讲边批,这次也是一样。

桑如翻出那张空白试卷,叹了口气。

昨天回去太晚,她完全忘了这件事。

正准备向周停棹求助时,桑如发现他正低头盯着自己的试卷看。

桑如再一看,同样一片空白。

桑如露出难以置信的表情:"你也没写?"

周停棹瞥她一眼,又看试卷,低声应道:"应该是。"

老郑中气十足的声音传到了最后一排:"都换过来了吗?"

桑如"啧"了一声:"我们好像也没有交换的必要了。"

周停棹发出一声鼻音,是赞同的意思,随后拿起笔在前两题的空格里填上答案。

敢情他刚刚看了一会儿,就把答案看出来了?

真有你的!

桑如快速提笔跟上,也开始认真做题,临时补救。

答题太过专注,两人没注意到老郑已经走到他们边上。

老郑看着手上的试卷,随口问道:"课代表,说说吧,第四题答案是多少?"

桑如计算得认真,没听见。

老郑又叫道:"桑如?"

"哎!"桑如从椅子上弹起来。

老郑眯了眯眼睛,踱步靠近。垂眸一看,试卷上半张都填了答案,下半张被桑如用手挡住了。

"手挪开。"桑如慢吞吞地把手移开,看见卷面,老郑笑了一声,调侃道,"哟,没写啊。"

桑如没来得及开口,周停棹突然站起身:"报告,那是我的。"

桑如诧异地转头看他,周停棹站得笔直,目光平静,看向教室前方的黑板。

这群孩子机灵得很,刚刚桑如算题算得那么起劲,还他的?

老郑:"把你手上这张给我看看。"

周停棹顺从地递过去,不见任何心虚。

老郑一看,卷头果然写着桑如的名字,正面填得满满当当。他作势还回去,骤然又缩回手来,将卷子翻到背面。

果然空着!

"你俩都给我去办公室,写完再回来!"

两人常年居年级榜前列,因而大部分同学和老师都认识他们。

进办公室时只有隔壁班的物理老师在,见到他们便问:"来抱作业?"

桑如摇摇头,讪笑道:"作业忘做了,被赶过来补。"

那老师惊讶地睁大眼睛,问道:"你俩都忘了?"

桑如和周停棹异口同声地回道:"嗯。"

老师无语,默默竖起大拇指。

特意留给学生坐的那张椅子放在过道里,桑如把它挪到办公桌背后,跟老郑的专座放在一起,才对周停棹说:"你坐里面。"

周停棹没动:"你坐。"

里头那张椅子更大,还有软垫,坐着会舒服一些。

桑如:"我喜欢硬座。"

再想谦让也来不及，她已经径直在外头的椅子上坐下，先一步低头认真地做起题来。周停棹没办法，只好从她背后的空档走过去，在靠里的椅子上坐下。

"等一下。"桑如正看着题，忽然听见周停棹出声。

她抬头问道："怎么了？"

周停棹把手上的试卷与她的试卷调换了一下，说："这是你的。"

是那张被临时"伪造"成她的试卷。桑如低声笑了笑，顺从地接了过来。

周停棹做题认真，答题速度也在线，把原来领先的填空题填上后继续解题，跟她的进度已经差不多。老师在前面应该是在批作业，笔勾得飞快，时不时愉快地哼一段歌，也偶尔怒其不争地叹一口气。

桑如也跟着叹气，尽量不让自己分心，难得地在老师办公室里认真补起作业来。

03/

人还是得服老，年轻时候连讲几节课都不喘气，到了现在这把年纪，上一节课就得靠喝白开水续命。老郑连连叹息，心想那两个小兔崽子现在不知道怎么样了。

"郑老师好！"

"哎，你好！"老郑一边应着学生的问候，一边推门，没推动。

再一看，门关得死紧，一条缝也没留。

写作业还得把门都关了，穷讲究！

好在还有窗户。

老郑透过窗户，默不作声地看了一会儿，两人还跟同桌似的坐着，看起来倒是很认真的样子。

不错。老郑敲了敲窗，桑如立刻跑过来给他开了门。

"写得怎么样了,二位学霸?"

桑如跟在老郑后头,回道:"还行吧。"

周停棹"嗯"了一声。

"哟,还挺自信啊,这次的题可有难度。"老郑接了点水,站在办公桌边上看他俩的卷子,反面都还剩三四道大题没写完,按他们平时的答题速度来说是慢了点儿,"看来是有点难度,连你俩也没平时做得快。"

两人都没说话。

"行了,跟我回去上课,下次再忘记写作业,可没这么简单了啊!"

桑如"哦"了一声,悄悄瞥了周停棹一眼。

三人从后门进教室的时候大家正在课间休息,动静不大,因而历晨霏幸灾乐祸的笑声即便压低了也很明显,接着又有别的同学也开始起哄跟着笑。

很快笑声便连成了一片——学霸的笑话谁不爱看呢。

对于善意的"嘲弄",周停棹没什么反应,桑如也并不生气,默默瞪了带头的历晨霏一眼,回到座位。

"你们还好意思笑别人,看看自己有几题做对的!真的是!"老郑回到讲台上,给弱势的一方帮腔。

前座的女生转过身来,是难得没发笑的那个,用柔软的声音问了句:"桑如,你们补完了吗?"

"没呢,有点难度,写得慢。"桑如抿唇礼貌地回答,手肘杵了杵同桌,"你说是吧,周停棹?"

桑如本意是调戏他,原以为他大概率会红着耳朵附和,谁知周停棹只轻轻地笑了两声,说:"嗯。"

敌弱我就强,敌强我便弱,桑如不知怎么,觉得脸有点烧得慌。

那女生突然"咦"了一句,问:"你们手上的绳子是一样的欸,还挺好看,在哪里买的呀?"

周停棹垂眸,看见自己腕上的红色线绳,像是血液在聚集,一圈一圈地把人缠绕。

昨夜刚看见这根红绳的时候，他在脑海里对比了很久，总觉得与白天在白云寺得来的红绳别无二致。而在这里，这似乎是她为他亲手戴上的，他自然舍不得摘。

可能这是他做梦都想遇到的事，所以上天让他在梦里实现了一回。

周停棹："有人送的。"

桑如："寺庙求的。"

两人同时出声，答案却不一样，前桌听得疑惑，桑如及时地补救道："是去寺庙拜佛祈求高考顺利时，一个大师送的。我们都去了，刚好遇到，所以拿到的也一样。"

"什么？"枯燥而漫长的备考生活中，任何一点新奇的事情都能让人倍感兴趣，前座另一位女生原本在睡觉，忽然也一下转过身来，顶着大黑眼圈兴奋地问道，"灵吗？我也去拜拜！"

动作太大，把周停棹放在最上头的几本书扫到了地上。

"不好意思，不好意思！"她道着歉去捡。

桑如就是随口一编，谁能料想到还有后续问题，信口回道："还行，心诚则灵。"

"那你说的寺庙是哪座？"

桑如悄悄向周停棹投去求助的目光，他应当是接收到了，顺着她的话头半真半假地回道："白云寺。"

谁也没留意到捡书的窸窣动静消失了片刻，前座女生过了一会儿才起身，把书拍了拍，按原位放回周停棹桌上。她的脸却爆红，视线在周停棹和桑如之间转了几个圈，然后又看了看他们的手腕，似乎欲言又止。

"好了，快上课了。"她转过去，把同桌也提溜着转了回去。

桑如不觉得有什么，继续写起题来。

周停棹却好像忽然意识到了什么，从那沓刚刚掉下去的书里抽出一本，快速翻页一看。

那张被自己叠起夹进书里的信，此时正卧在这里。

那封后来被传得神乎其神的"情书"，原来是在这个时候被人看见的。

"对了，周停棹……"桑如靠过来，话音刚落，就见周停棹将书快速合上，像是有什么不想让她看见的东西。要说的话卡在喉咙口，她转而笑道："藏什么呢？"

周停棹只是回答："没什么。"

桑如不置可否地微微挑眉，用手背撑着下颌盯了他一会儿，才说："真的？"

周停棹原本是淡淡地与她对望，听了这句问话后，垂眸掩去视线焦点，随后手指翻动两下书页，将藏在里头的信纸取了出来，犹疑了几秒，递到桑如眼前。

曾经，这封未完成的信无意间被人看见后，班里流言四起。对周停棹感情状态好奇的人总是很多，连一块儿打球的兄弟也开始旁敲侧击地向他探听消息。

各种各样的问法，无非是要从流言的主人公这里得到一份答案：你周停棹是否像传言里那样，对桑如情深意重？

他没有给出答案，便有许多人不当真。

也有人当他默认，仍旧乐此不疲地将这一段传说反复提起——对于被众星捧月的人来说，沾染上世俗情感倒令他看起来近了几分人情。

而传说中的另一位主人公似乎未被波及，从前怎样现在还是怎样，好似这段插曲从未发生过。或者说，他对她喜爱与否，都没有对她产生任何影响。

周停棹遇见的所有挫败感，都是从桑如身上来的。

放任他们将"流言"口口相传，原来并不能起到任何作用，那么，如果直接给她看呢？

如今的周停棹二十七岁，生意场上的多年历练使他面对大场面时越来越镇定自若。而此时此刻，他面上还能强装平和，胸腔里热烈的动静却瞒不过自己。

相同陈设布局的教室千千万，穿着同样奇特审美的校服的考生数不胜数。这不过是总会如约到来的一个普通白日，这些平平无奇的场景组合在一起再平常不过，却在这一秒因为她而显得那样不同。

这一天迟早会成为历史里随意揭过的一页，却在周停棹的那本书里成为特意用书签拎出的重点。他终于第一次真正正面地向她送上他的真心，而后等待宣判。

她看得认真，神情中的笑意逐渐隐去。

短短的一段话，她似乎看了很久，再抬起头时嘴角仍不自知地弯起。她明知故问道："给我的？"

她的眼睛漂亮，像泛着柔柔的水光，周停棹不自觉地放轻了声音："嗯，给你的。"

桑如贴近他，将话递至他的耳边，言语便自动生出了小钩子。她问："算是情书吗？"

课间还没结束，周遭充斥着杂音，他却只能听见她的声音。

周停棹默然片刻，而后答道："不算。"

桑如笑出声："那算什么？"

"一封……"周停棹想了一会儿，不像是回答，倒像在跟她打商量，"安慰信？"

"对我没考好的安慰吗？"

周停棹肯定的应答声很轻，怕挑起她的失落感。

桑如却没有出现他担忧的反应，她只是歪着头想了想，而后朝他露出一个笑容。

"那很有效。"她说，"谢谢你。"

第十章
Chapter 10

暗恋

"你也对她有意思?"

周停棹思索了会儿,摇摇头。

"那你……"

"从我爱她开始,好像已经过了很多年了。"周停棹说。

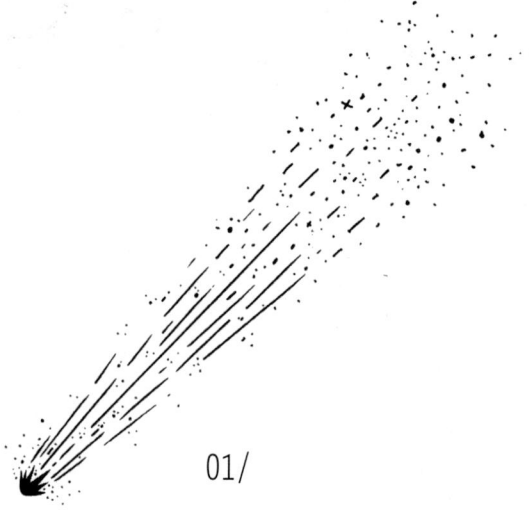

01/

    遮光窗帘沉沉垂着,把整个房间都笼罩住。

    床上的人忽然坐起,发出了急促而粗重的呼吸声,头发也没有人前的规整,乱糟糟的,如同他此刻的心境。

    房间里安安静静,那根从香火里带回的红色绳线,依然在床头柜上默默躺着。

    周停棹极少有迟到的时候,这天破天荒地迟了好一会儿才来上班。

    精神状态不佳,他径直走向咖啡店,准备喝上一杯提神。

    谁料前台服务员见了他就一直盯着他看。周停棹也时不时就会遇到这种被频频观看的情况,并没放在心上,只自顾自点单:"一杯冰美式,谢谢。"

    "好的。"那个小姑娘嘴上应下,动作却慢吞吞的。

    周停棹是这家店的常客,没见过这个服务员,估计她是新来的,也就当她业务不熟练,除了眉心微蹙,也没说什么。却见她从桌上拿起一张不知道是照片还是什么的东西,对着他的脸比了又比。

周停棹终于消耗完最后的耐心,开口问道:"请问,是有人在通缉我吗?"

女孩终于确定眼前这个帅哥就是照片上的人,一个兴奋,脱口而出道:"是的!"

周停棹一愣。

"不是不是!"她把已经做好的咖啡摆到周停棹面前,又把照片也交给他,"有个小姐姐说,要把这个给你,她已经买过单了!"

照片是他常用的商务照,咖啡是他偏爱的美式。

"对了,还有张纸条。"

周停棹接过女孩递来的小纸片,只见上头清秀娟丽的字迹写着:

敬爱的周总,用餐愉快!

后头还跟着画了个小小的爱心,还有一行小字,备注着——

PS:1000-3000RMB。

周停棹想起她信誓旦旦的一句"下周的每一天",于是看着这些东西,不由自主地笑起来。

他将照片、纸条和咖啡一样不落地收起来带在身上,临走前笑着对那过度严谨的女孩说了声:"谢谢。"

桑如正在做傅屿要的 PPT 的收尾工作,微信接连蹦出几条消息。她打开一看,发现是早晨加上好友的那个咖啡店店员妹妹。

早起的虫子:报告美女姐姐,已完成任务!

桑如回了句谢,又发过去一个红包,女孩却不收。

早起的虫子：举手之劳而已！而且我们店不允许的，被发现我会被开除的。

她又发了一个猫咪瘫坐的表情包过来，桑如笑出声，回了句"好吧"，又打了一句话过去。

Sarah：对了，他是什么反应？
早起的虫子：本来看起来心情好像不太好的，收到姐姐的纸条和咖啡就笑啦！
Sarah：那就好，谢谢你。
早起的虫子：都说好多句谢谢啦，不用。我去工作了！

女孩的性格像向日葵，充满着热烈的朝气，桑如被她感染到，心情也稍微轻快起来。

她之所以不把咖啡当面送给他，其一，是看见甲方有压力；其二，她分得清梦和现实，对情感却很难分明白。

桑如承认，在某些时候，面对难以平衡解决的事，尤其是个人私事，她也会选择逃避。

不过她本以为周停棹会发消息来，却几个小时过去了也没有任何动静。

居然无动于衷？

她"啧"了一声，咬着牛奶吸管开始磨牙。

周停棹的心情这两天像坐过山车，不过好在现在已经平稳下来。他之所以没主动联系桑如——

昨夜对她的臆想，让他忽然意识到自己竟有许多不堪。

这时候他还不知道，自己会连着好些天，做一个"不堪"的人。

夜已深。

陷入沉睡之后，周停棹惊讶地发现，他居然又回到了高三的那间教室，以及那个场景。

竟是昨日梦境的续篇。

周停棹愣了一下，才倏忽回神。他留意到，桑如也有那么一瞬的怔愣。

两个人沉默地四目相对了一会儿，桑如先笑起来。

她说："之前有人跟我说，你写了封情书给我，我原本不信。"

周停棹的眉头微不可见地蹙起。在这梦里，信才刚刚写好，无意中看见了信的前座也还未来得及散播"谣言"……一件他从未跟别人提过的事，怎么会有人发觉？

"什么时候？"

桑如静默下来，想起了那场同学会，想起了历晨霏神神秘秘地跟自己说的关于他的八卦，再然后极其自然地想起了那时透过灯红酒绿望见的人。那人的脸与面前的人重合，桑如有些恍惚。

她轻轻地扯了一下嘴角："好像已经很久了。"

她的目光寂静而辽远，像在透过他看另一个人。

下午的体育课竟归还给了他们，全班哪怕最不爱运动的也撒欢儿似的跑去了操场。

体育老师体谅大家现在少有放松的机会，跑了两圈就放他们自由活动。

桑如跟历晨霏去器材室拿了排球，回来没见周停棹的踪影，没多留意，看操场上还有别的班也在，两人索性去了教学楼后面的那片小活动场地，人少，清静。

工作后进行这样户外运动的机会更少，久违的畅快在你来我往的击球间绽放得淋漓尽致。

打了一会儿，桑如不小心没有把握好力道，让球偏离方向，斜飞进了场地旁的花园里。

她反应过来，立刻钻进低矮的灌木丛里去捡球，眼睁睁见它滚落到银杏树脚下被阻住去路，她小跑过去，捡起球抱在怀里，视线却黏到遒劲的树干上挪不开了。

嶙峋的纹路显出老态，这株百年古木跨越世纪生长，她抬头，满目繁茂的枝叶在春日阳光里扑进她的眼中。桑如看得有些痴了，连历晨霏跟过来了也没发觉。

"你怎么了？"历晨霏拍她的肩膀。

桑如回过神，说："没事。"

那晚被锁在楼里，就是它，在窗外做了她与周停棹的观众。

她抬手理了理被风拂乱的碎发，笑着说："只是想起了一些关于这棵树的事。"

"你知道什么典故吗？"历晨霏起劲了，"百年银杏欸，一定见证过很多事，也不知道它刚被种下的时候是什么样。"

桑如略一思忖，缓缓开口："听说当年起义频发，咱们学校以前就是一座私塾旧址，有次参加学生游行前，一位先生带着学生种下它，寄托了对成功的期盼。"

"那后来呢？"

桑如轻轻推开她凑过来的脑袋，说："后来，失败了吧，游行的学生被抓住，那位先生不知去向。"

"没了？"

"没了。"桑如见她听得津津有味，忍着笑说，"听老人家讲的故事，不知道真假，我就这么一说，你就这么一听。"

历晨霏懊恼地叹了口气："要是可以回到过去就好了，真想去看看。"

桑如一顿："回到过去……"

"对啊。"历晨霏将排球接到自己手里，原地颠着球问，"你呢，如果可以回到过去的话，你想去什么时候？"

桑如抬手拂过粗糙的树干，半响，轻声回应道："就是现在。"

"你没好好审题吧！现在的话还要穿越干什么，你已经就在这里了啊！"

桑如静默良久，忽而笑了笑，一声"嗯"悄悄地散在了风里。

她没有这样的超能力，没有玄乎其玄的际遇，她只有一个美梦，将她牢牢地困锁在这里。

在这段美梦里，她重新认识了那段掩埋在记忆深处的岁月，重新遇见了许多人，不只是周停棹，不只是历晨霏。

还有一些旁的人。

薛璐从身后叫了桑如的名字，欲言又止。

她们好歹是加了微信好友的关系，虽然不算多亲近的朋友，也好歹称得上是有朋友圈的点赞之交。桑如看出她有话要说，便站在原地等她的下文。历晨霏适时地说去小卖部买饮料，给她们让出了交谈空间。

"你这次排名，好像掉了很多？"

薛璐一开口，桑如直接被问蒙了。

她们什么时候成了会关心彼此学习成绩的关系……

薛璐大概也发觉了自己过于直接，又说："你别多心，我只是觉得现在正是紧要关头，你成绩那么好，如果因为一些事耽误了高考就不好了。"

桑如笑了笑，说："谢谢你，不过你放心，没什么事耽误我，就是这次复习有点遗漏。"

就算再是学霸，隔了十年再做高考题也总得有个过渡期吧，桑如现在的心态还不错，至少比自己当年真当学生的时候好得多。

桑如的反应完全不在薛璐的意料之中。往常桑如哪怕是考个第二都会闷闷不乐，这次发挥失常居然还能谈笑风生。

薛璐想到某种可能，咬了咬唇。

人的注意力是有限的，如果在这里投注的感知少了，那大概就是注意力转移到了另一个地方。

对桑如来说，那会是什么呢？

是他吗？

桑如见她久久不说话，问："怎么了？"

"我在图书馆看到你们了……"薛璐顿了顿，说，"你跟周停棹，周末也会一起去学习吗？"

桑如迎着她的视线，点头应道："会。"

没有交代那已经是他们第二次一起学习，也没说下一次是不是还会一起，桑如选择了一种不那么精确，但又没有什么错的回答方式。

薛璐的面色肉眼可见地消沉下去。

"我们只是一起做题，没别的。"

"没别的？"

"……嗯,暂时没别的。"

薛璐一时不知该露出怎样的表情。

薛璐喜欢周停棹,桑如现在是知道的,她明知这不过是一个青春期女孩再正常不过的喜欢,心里却很容易生出一些其他念头。

周停棹跟她之间是不是有点什么?是否对她的喜欢有所回应?这些疑问还横亘在桑如心里头。

很难不介意。

薛璐很快就走了,好像情绪不大高的样子。桑如也正准备离开,身后忽而传来脚步声。桑如回头看,正是刚才那番谈话里没在场的主人公。

她的视线越过周停棹的肩膀,看向他身后:"你刚刚在那棵树后面?"

另一株银杏,虽不及百年,树干也有两三人合围那么粗,人躲在它后面,确实不容易被发现。

"嗯。"周停棹应声。

"你什么时候来的?"

"你来的时候,我已经在这里了。"

桑如一惊:"那你还那么久都没动静!"

周停棹笑了笑,说:"不想打扰。"

原本靠着树干独自安静地待着,她忽然闯入,周停棹没出声,也没被发现,就这样百无聊赖地安静地听她和朋友笑闹,听她们无厘头地对话,又无意间听见她与人周旋。

无论是哪个环节都让人生出不愿搅扰的心,就这么看着她,听着她,仿佛早就成了本能。

"没别的了?"周停棹忽然问道。

桑如"啊"了一声。

"你说我们之间,没别的,"周停棹执拗地问,"是这样吗?"

身高差的作用在这时候完全体现。

周停棹微微低头,目光认真而固执地缠住她,桑如一瞬间被沉沉的压迫感吞没，倏地失去了组织语言的能力。

青涩的少年仿佛已经悄悄地完成了向成熟的蜕变，给她织出一张密不透风的网，让她一时竟找不到逃脱的出口，最终只能呆愣愣地给出回答："我说了，暂时没别的……"

周停棹看了看她，轻轻地笑出了声。

有那么一瞬间，他好像触摸到了真实。

02/

薛璐高一时第一次遇见周停棹。

那次有人替老师传话让她去办公室，她匆匆跑去，却在另一间教室门口不经意地撞上了人。那人高出她许多，她来不及看，光顾着道歉，等到反应过来，那人已经淡淡地说了句"没事"，便向前去了。

后来她发现他们的目的地居然一样，原来各班老师就区里演讲比赛的事，将自己班里名列前茅的学生们都一起叫了过去。

算是学霸们的会面，薛璐却有点心不在焉。

方才撞上的人站在她斜前方，身形挺拔，看起来干净而严肃，哪怕穿着普通的校服，也是异于常人的好看。

原来他就是周停棹。

心动大概就是从那时候开始的，所谓的一见钟情。

他们撞上后周停棹说的一句"没事"，她当时只当是礼貌，而今突然想到，周停棹大概是真的不在意。

他离去时的步伐有条不紊，现在想来，或许也只是追逐者心无旁骛的敷衍——像她后来紧紧地跟在他身后一样，那时去往办公室的路上，桑如就已经走在周停棹的前方。

追逐游戏从一开始就是这样的局面，她却没有看清，直到她鼓起勇气去跟桑如谈起。她们都是聪明的人，不需要进一步多说，或是再多问一句。

而这场暗恋的走向,终于也该有点眉目了。

经过一节体育课,周停棹还好些,桑如的感冒症状却越来越严重,说话间已经带上鼻音,到了下午最后一节课,她讲话已经彻底瓮声瓮气。

周停棹直接向老师打报告,说要带她去医务室,说完自己也打了几下喷嚏。

老师见状后立刻同意,强调了一番高三的重要,身体尤为重要,早点治好也免得传染别的同学。

校医给桑如量了体温,说:"有点发烧,你躺着休息一下,挂点水。"

桑如没觉得有什么,倒是周停棹顿时蹙起了眉头,一脸严肃地问:"还要挂水?严重吗?该吃什么药?多久能好?"

校医是个中年阿姨,听闻一连串的问题后笑着说:"能多严重啊,现在换季,感冒发热都很正常,过会儿给小姑娘开点药,记得按时服用,然后注意保暖就行。"

即使这么说了,周停棹的眉头还是没松下来。桑如悄悄地挠挠他的手心作为安抚,而后说:"您帮他也看看,他也有点感冒。"

"行。"校医也给周停棹量了体温,确认他没发烧,又问,"有什么症状吗?头晕不晕,流鼻涕吗?"

周停棹还没答,身旁那人倒答得很快:"不流鼻涕,就是会打喷嚏。"

桑如转头看他,理所当然地问道:"你头晕吗?嗓子痛不痛?"

周停棹卡了壳,顺从地回答她:"有一点头晕,嗓子不痛……"

桑如便连着他的答案向校医复述了一遍,让校医忍不住发笑:"我也听着哪!"

桑如没见半点不好意思地笑了两声,见周停棹的嘴角也翘起来,只当他在调笑自己,便伸手悄悄地捶了他一下泄愤,却被周停棹紧紧抓住。

"好了,你们先拿单子去缴个费。"

桑如一个激灵,欲使劲挣脱,周停棹这才终于把手松开,接过两个人的缴费单道:"我去交,麻烦您先给她把水挂上。"

"行。"

转身前周停棹再次看了眼留下的人,她也望过来,墨色瞳仁湿漉漉的,神情不知怎么的,有点委屈,像舍不得人走一样。

交完费回来,桑如已经乖乖地在病床上躺好,医生刚给她挂上吊瓶。

周停棹开口时不自觉地放轻了声音:"还难受吗?"

桑如无奈地说:"哪有这么快好的。"

周停棹自知急了,说:"好,你睡一会儿,我看着。"

桑如眨巴几下眼,视线在他身上流连了好一会儿才点点头,偏过脑袋闭眼睡去。

人到底是累了,没过多久呼吸声便平缓规律起来。周停棹坐到窗边的沙发上,顾忌着医生的叮嘱,为免交叉感染,并不敢离她太近。

他有些爱上这里了。

等到晚自习开始的铃声远远响起,换班的医生还没来,倒是有护士来查看情况。

大概还要一个多小时才可以拔针,她醒来大约会饿。周停棹想了想,拜托护士照看她,自己回了趟家。

周老师去看晚自习了,靳老师倒是在家,见他颇不常见地在自习的点回来,又直接进了厨房,便靠在门边问:"做什么呢?"

"煮点粥。"

"你今晚没吃饭?"

"嗯。"周停棹想了想,又说,"同学病了,给她也带一点。"

靳青盯着儿子看了半天,了然地笑笑,离开前说:"送人的啊,那我就不跟你抢着做了,水可以多加点,别煮成米饭了。"

周停棹拎着保温盒走在学校里头,微凉的风,深沉的夜色,跟第一次梦回这里的那夜竟有些相仿。没过去两天,却好像已经过去很久,思及还躺在病床上的人,周停棹顾不上再多想些什么,加快了步伐。

换班的医生不知道什么时候已经来了，是看起来比他们大不了几岁，名叫洛河的男医生。他还在玩《愤怒的小鸟》，正上头，只随便瞥了一眼来人，发现是这个学校的学生，手上依旧调整着小鸟的发射方向，问来人："什么症状？"

极不专业的态度。周停棹绷着表情没答话，直接进了里间。

洛河被忽视了也不生气，回头看了眼他去的方向，猜他是去看里头那位了。

桑如还睡着，悬起的输液瓶里一滴一滴地往下坠着透明液体，现在还剩一点。

周停棹拢起掌心，在嘴边哈着气焐热了一些，才放到她额头试探温度。还有些烫，不过已经比带她来的时候退下去一点了。

脚步声从屏风外靠近，到病床前止步。

洛河环着手臂看着他俩，问："你是这小家伙的同学？"

小家伙？

周停棹起身，正面与他对上，两个人的身高差不多，视线齐平。

他僵着语气说："显而易见。"

洛河一副不置可否的表情，耸耸肩，回道："关心一下我妹妹的交际，别这么冲。"

周停棹因他消极怠工的态度而冒出的火气顿消，重复了一遍："妹妹？"

"嗯。"洛河挑眉，"邻居妹妹。"

妹妹和邻居妹妹可不一样，火气只偃旗息鼓了一瞬便又萌发。周停棹看着面前散漫的人，忽然觉得好像在哪里见过。

"你喜欢她？"男人问。

周停棹哂笑着问："邻居还管这个？"

洛河"扑哧"一声笑了，回了句："怎么现在的高中生都这么冲？我八卦八卦也不行啊？"

见周停棹没说话，洛河也不自讨没趣，看了眼输液瓶里的药液余量，正经地说："快输完了叫我啊。"

"当然，希望医生不是在跷着二郎腿玩手机。"

洛河把反击的话吞回去,无奈地笑了笑,然后走开。

周停棹坐回沙发上继续守着人,终于想起来那个医生为什么有些眼熟。

他的确见过他,在公司楼下。

03/

周停棹接连迟到了两天,裴峰惊掉了大牙,围着他左三圈右三圈地观察了个遍,最后问:"你有夜生活了?"

周停棹拿资料的手一顿,掀起眼皮看了他一眼。

"还是这么不解风情,看来是没有了。"裴峰撇嘴,实在按捺不住自己的好奇心,"那你到底干什么去了?"

周停棹,一个从来都极其守时的男人,居然会迟到!还是两次!反正裴峰跟他共事这么些年,第一次见他这样。

但这个闷葫芦,他要是不想说,还真别想从他嘴里挖出什么话来。

"行了,不问你了。"裴峰"啧"了一声,"AOFEI 的人再过半小时就来了,两点半,三号会议室,别忘了啊。"

周停棹:"知道了。"

裴峰不知道联想到了什么,突然说了句:"嘿嘿,不知道 Sarah 来不来,我都好多天没看见她了。"

周停棹冷不丁地抬头问:"你还没换目标?"

"也不是,目标分为短期目标、中期目标、长期目标,谁说只能有一个?"

周停棹"扑哧"一声笑道:"那她属于哪一类?"

裴峰换了一条腿接着跷,想了想说:"中期?难说。她好像不太好追。"

周停棹听完没说话,只站起来走到裴峰对面的沙发上坐下,手上端着今天的第二杯咖啡。

裴峰刷着手机上工作群的消息，头也没抬地随口问："忙完了？"

话音刚落，他就被不轻不重地碰了下鞋边，跷起的脚被迫落回地面，换成个规矩的坐姿。

周停棹收回腿，语气认真："裴总，中期目标换个人吧。"

"啊？"裴峰愣了，一下子没懂他的意思。

周停棹喝了口冰咖，苦涩的滋味在舌尖蔓延开。他有时会想，美式就靠那点苦味把人钓着。

他垂眸道："如果不是认真的，就别接近她。"

裴峰发完愣，抖着肩膀开始笑，说："你是她爸还是我爸啊，还管得了这个。"

裴峰的私生活确实不怎么样，周停棹作为好友也只是偶尔话赶话一下罢了，会提一嘴让他做个人，但从来没有真正干预过，更不要提像这样为一个女孩儿跟他聊。

周停棹看了看他，回道："你要是乐意，叫我爸也行。"

"滚滚滚。"

气氛稍有缓和，两人沉默了一会儿，裴峰忽然问："你认真的啊？"

"嗯。"

"你也对她有意思？"

周停棹思索了会儿，摇摇头。

"那你……"

"从我爱她开始，好像已经过了很多年了。"周停棹说。

桑如一大早就来了公司，再跟傅屿核对了一遍PPT和提报内容，结束后傅屿给她拿了盒感冒药。她的声音有一点瓮，不过还好，影响不是特别大。

不知道怎么回事，梦里生病了，现实中她居然也在感冒，简直是好的不灵坏的灵。

她确认了最后一项行程安排："今天跟F.C.是下午两点半见面，明天跟合华资本约的是下午两点，那家离得远，我们要提前出发。"

傅屿点点头，问："你有别的人要带着一起去吗？"

这是个很好的学习机会，桑如想了想，道："那再带上 Yuki 吧，我让她帮忙查过一些竞品公司融资阶段的情况，或许她能帮上忙。"

"行。"

"那个……"

傅屿看到桑如欲言又止，问："怎么了？"

"F.C. 跟咱们对接的负责人叫什么啊？"

"裴峰。"

桑如"哦"了一声，一下子也不知道是该如释重负，还是该觉得可惜。

合作伙伴处于楼上楼下时，做什么事就会格外方便。

虽然电梯上去也就几分钟，出于礼貌和诚意，他们还是提前了近二十分钟出发。

前台让他们稍等一会儿，果然裴峰很快就出来把他们接了进去。桑如注意到，他中途看了她好几次，但出乎意料的是，裴峰居然没说自己跟她认识。

三号会议室暂时没人在用，他们就提前进去了。

傅屿是老板，Yuki 负责做会议纪要，桑如作为主讲，还需要提前调试设备，以免出错。

时间临近，开始陆续有人进来。

桑如坐在傅屿下首，最靠前的第二张座位，她保持着端庄的笑容，对每一个新进来的人都从容地颔首示意。

离开始还有三分钟，对面最前面还空着两个座位。

裴峰解释道："不久前突然有紧急的事找上来，我们章董在处理，马上就到。"

话音刚落，门口就传来动静。

"不好意思，没来晚吧！"

章先鸣走进来，会议室里所有人都跟着起立，在他抬手示意后才坐下。

他显然是个成功的中年男士形象，不过肚子不算大，头发不算秃，精神头看起来很不错。

桑如跟在傅屿后面跟他握手问好。等每人都坐回自己的位子，对面依然空着一个座位。

桑如抿抿唇，心下暗暗祈祷："不是他就行。"

傅屿问："章董，现在开始吗？"

"不好意思，等一下啊。"章先鸣拍拍裴峰，"小裴帮我去看一下，小周帮我拿个水杯，怎么还没到啊？"

"来了。"

桑如一个激灵，循声望去，心灰意冷。

怎么没人告诉她周停棹也会来啊！！！

周停棹礼貌地同他们问好，视线最后飘然落在桑如身上。

二人面对面坐着，没有人会怀疑这注视有什么不合时宜。

"可以开始了。"

装镇定桑如是再拿手不过的了，她已经提前准备好了，便上台开始进行提报。

AOFEI 正处于 B 轮融资阶段，靠一己之力很难完成，显然到了向投行寻求帮助的时期。桑如全面介绍了公司的情况，又罗列出自身优势和发展前景，结合 F.C. 的特点阐明合作优势等，考虑得算是很周到了。

桑如顺利讲完，松了一口气。

只不过在表达时，她需要与众人有眼神接触，尤其是对方的大领导，因而在看向章董和裴峰的时候，总能带上周停棹的脸。

她难免心里有点紧张。

说到后面就好了很多，只是周停棹一直没什么表情，看不出有什么想法。

提问环节。

章董先开口："周总先说说看呢？"

桑如站在台上，顿觉自己好像成了一个箭靶，每一个提问都是指着她而来的箭，而周停棹将射出第一支。

"好。"周停棹望向台上，缓缓开口，"在这份 PPT 里，我没有看到你们对融资后款项的去向规划，请问可以介绍一下吗？"

"是有的。"桑如翻到某一页上，大概说了几点，"我司对这笔款项的预计是，用以购入更多媒介资源，搭建自身媒体平台，以内容资源引进和打造为重点……"

在场有些人听完点了点头，桑如涨了一些自信，朝他回看过去。

"那么会是怎样的比例分配呢？"

桑如愣了一下，傅屿快速接过话头，答道："目前我们的重心还在如何整合我们双方优势、筹集资金这一块，款项去向只做了初步的规划，暂时还没有到那么细致的程度，不过我们会继续优化的。"

周停棹笑了笑，往后靠在椅背上，整个人看起来显得有些懒怠，说出的话却十分有重量。

"不瞒傅总说，在与 F.C. 合作的条件下能完成融资的公司不少，却有很多家企业由于对资金使用不善，极短的时间内就几乎将资金全部烧光。"周停棹说话声音不是很大，但每一个人都在屏息仔细听，"真正拿到钱后，才发现自身缺失的企业太多了，我只是提个建议，希望贵司能将这个维度纳入考量范畴，也好增强我们合作的信心。"

傅屿认同地点头："周总说得是。"

章董这时"哈哈"笑起来，手朝周停棹指了指："小周啊，一下子就这么问，让人后面怎么说？"

傅屿和 Yuki 都担忧地朝桑如看了看，她面色看起来不是很好。

桑如没有生气，她只是觉得周停棹说得很对，他们的确没有那么多时间，也没有想着要一下子把那么后面的事规划得特别清楚。

他说得很对，是她准备不充分。

裴峰悄悄地拍了下周停棹，小声说："狠了啊。"

周停棹没搭理他，轻轻旋了下手中的笔，垂着眸不知道在想什么。

接下来又陆续讨论了几个问题，桑如几乎都答上了，少数没说太全的，傅屿也会帮忙补充。

桑如又问："还有什么问题吗？"

没人回应，桑如如释重负地回道："没有的话……"

然而，在一片鸦雀无声中，周停棹举了手。

说实话,桑如多少有点创伤后应激障碍。

但她还是保持着礼貌和微笑:"您说。"

她就像一只受惊的兔子,还以为自己将内心忐忑掩饰得很好,别人看不出来。

桑如做好了心理准备,以为他还会再提出什么犀利的问题,却见周停棹嘴角隐隐浮出笑意。

"Sarah 的提报很好,问题回答得也很好。我刚才提到的是大多数企业的通病,而 AOFEI 能考虑到这一步,已经领先很多其他企业。"周停棹说到这里,转而直直看着她,"Sarah,如果我的话冒犯了你,非常抱歉,你可以不原谅我,但是你很棒。"

周停棹看着她的眼睛,发现有发红的迹象,那是她要哭的征兆。

04/

会议结束,章董在桑如他们离开前对傅屿说了句:"代问你爸妈好。"

傅屿答应了。

桑如只知道傅屿是实打实的富二代,没想到章董也是他父母的朋友。但他既然不说,自然就没想着靠这层关系拿下合同。

最后本该是裴峰送他们出来,周停棹代揽了这项任务,还默不作声地走在了桑如身边。

这会儿大家都在上班,电梯间没什么人。

傅屿见他跟着出来后,明明已经告了别却迟迟不走,开口道:"周总请回吧,我们就在楼下没多远,很快就到了。"

周停棹"嗯"了一声,还是没有半点要走的意思,视线始终黏在桑如身上。

傅屿将笑容收起来,拿出手机给桑如发了两条微信:

傅屿：过来点儿。

傅屿：他好像一直在盯着你，别有什么歪心思。

桑如没忍住，笑着回了句："我们认识，没事。"

电梯很快上来了，桑如刚准备走，周停棹拉住她的手腕，低声说："等等。"

Yuki 的视线在二人之间转了转，嗅到了八卦的味道。

桑如想了想说："你们先回去吧，我马上就来。"

等到电梯门关上，这一层电梯间就只剩她跟周停棹两个人。

桑如："怎么了？"

周停棹从口袋里拿出刚才匆忙回自己办公室去取的药，放进她手里："你感冒了。"

桑如手心一翻，还给了他："我有。"

药是还了，手却抽不开了。

周停棹握着她的手，低下头看了她半晌，低声问："哄不好了啊？"

桑如"哼"了一声，道："谁要你哄？"

"谁被我欺负了，我就是在哄谁。"

桑如偏过头，说："没人被欺负。"

周停棹叹了口气："都差点当那么多人的面哭鼻子了……"

"我才没有！"

"好。"周停棹用哄小孩的语气哄道，"你没有。"

这会儿知道温柔了，刚刚怎么就那么凶。

"放手。"

"不放，松开你就走了。"

"不走。"桑如抬眼看他，眼睛里湿漉漉的，"你松手，让我打你出出气。"

周停棹这下听话地放开了手。

桑如往他手心捶了两拳。

理性上当然知道他没有错，这种问题他不问，说不定其他人也会问。她不是生气，只是为自己的缺漏而难堪，为说出那话的人是他而有些难过。

但他最后又弄了那样一出，倒叫她怎么也不是了。

怎么办，好像又被拿捏了。

桑如做完手头的事，差不多七点多，还剩个周停棹要她接着修改的策划案。关于融资后资金使用具体规划的策划案，不急在这一时。

她果断地发了个消息，通知周停棹自己已经下班。

他很快回复。

Z：好，车库，老位置。

周停棹见桑如生病，非要带她去医院，她拗不过，加上明天她还有个艰巨的提报任务要做，想来想去还是从命了。

医生给她开了些药，又扎了一针，临走前桑如忽然说："我要去神经内科一趟。"

"神经内科？你怎么了，还有哪里不舒服？"

"没有……"桑如被他一连串的问题砸蒙了，"我就是最近老做梦。"

"走，我带你去。"

桑如带着片子回去见医生，周停棹就在外面等她。

没多久，有一位医生进去找桑如的主治医生有事，离开时门没关上，就此开了一条缝隙。

周停棹站起来去关门。

"你说你的梦都是连续性的？"

听见他们的对话，周停棹愣了一下。

"对。"桑如说，"就比如说，如果我今晚做梦，梦里的事就能跟昨天梦里发生的事情连上。"

医生又问："那你在梦里面都是在做什么呢？"

桑如说："我就是家和学校两点一线，忙高三的学习，还有……"

医生是个中年阿姨，跟蒋女士估计差不多年纪，妈妈辈儿的，桑如有点不好意思说出口。

医生像是看出了她的顾虑："没关系，我们是会保守病人的一切隐私的。"

桑如迟疑了下，说："嗯……还恋爱了。"

医生的反应几乎就是没有反应，非常平和，这让桑如略略安心。

此时门外的周停棹却越听越待不住。

医生替他问出了他内心的疑问："是跟谁？你的现实生活里有这个人吗？还是你虚拟出来的呢？"

桑如说："跟我同桌的男生，现实里也有这个人。"

桑如心想：就在外面等着呢。

周停棹听到这儿更蒙了，桑如高三的同桌不是历晨霏吗？明明一直没换过别人，他留意着的，不会有错。

"你们发展到哪一步了？"

"没有没有……"桑如有点难以启齿，挑了点能说的，越说越觉得这像是幻觉，因为这事还来找医生，她的脸烧得慌。

医生看出她的窘迫，亲切地笑了笑，安抚道："没事，很正常。"

桑如点点头。

"还有一个问题，你在这个梦里最想做成的事情是什么呢？"

"高考成功。"桑如顿了一下，"还有之后跟他谈恋爱……"

医生语塞，随即笑起来。

桑如也不好意思地笑了笑，问道："这能看出什么吗？有什么关联？"

"梦的成因有很多，频繁出现，甚至每天梦见，可能代表在潜意识里，这是你现实里的缺憾。"医生娓娓道来，"根据你的描述，这个缺憾可能是学习方面，可能是恋爱方面，因为现实里没有得到，或者不符合期待，所以大脑会替你在梦里圆满。"

桑如若有所思地"啊"了一声。

"也就是说你的高考成绩，或者是你说的那个男生，就是你出现这种情况的诱因。当然了，你前面说的工作压力略大，还有过于依赖咖啡的生活习惯，不规律的睡眠等，都是外在因素。"

…………

周停棹默默地听完，总觉得桑如的话就像他的性转版自述，医生说的每一条诊断他都可以对号入座。

他跟桑如不约而同出现这种情况，那么，他们做的会是同一个梦吗？

周停棹思索着，陷入一种迷惘。

他觉得他可能也需要在这里挂一个号。

第十一章
Chapter 11

同梦

"你……几岁了？"

她还真回答起来，只是嘟囔声堵在喉间，周停棹只听见她含糊不清地说："……六岁了，不对，我十六，十六……"

而后声音渐渐低下去。

周停棹想了想，喊了另一个名字："Sarah？"

她依旧答："嗯？"

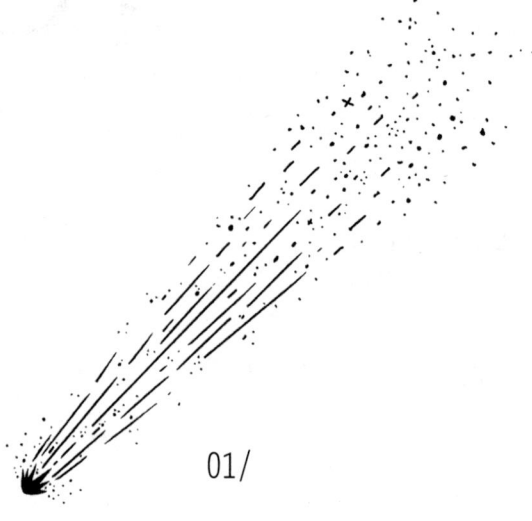

01/

周停棹复而坠入梦网,发现自己依然坐在学校医务室的病床边。

这时病床上的人忽然有了动静,像是不舒服似的皱起眉头,发出点朦胧的鼻音。

他泄了力,匆忙跨步上前,伸手探她额头的温度。不那么烫人了。他放下心来,轻轻地拍了拍她的被子,直到她眉头慢慢舒展开。

真是在哪里都让人难以放心。

周停棹准备起身,却听见她小声地嘤咛,他俯身贴近,听见她在哼唧——

"周停棹……"

胸膛像是被什么撞了一下,周停棹抬手轻抚她的头顶,用极低极柔和的声音说:"我在呢。"

她似是满足了,又发出一声乖巧的鼻音。

想起在医院那扇门外听到的对话,周停棹越发想要印证脑中那个荒唐的想法。

忽而有个猜测涌上心头。

真的太想知道答案了。

周停棹轻声叫她:"崽崽。"

桑如闭着眼无意识地"嗯"了一声。

"你……几岁了?"

她还真回答起来,只是嘟囔声堵在喉间,周停棹只听见她含糊不清地说:"……六岁了,不对,我十六,十六……"

而后声音渐渐低下去。

周停棹想了想,喊了另一个名字:"Sarah?"

她依旧答:"嗯?"

周停棹心跳渐快。

在他的印象里,桑如在高中时并没有英文名,但他并不确定是否只是因为不常用,他才没听过。

于是周停棹俯身又靠近一点,望着她饱满的唇形,低声道:"周总要你的策划案。"

而后,屏风后两人所在的这个角落,忽而响起响亮的一声——"啪"!周停棹蒙了。

还闭着眼的人手往他脸上招呼了一下,这次她咬字倒清楚:"让他给我滚!"

周停棹心情复杂地凝望了她半晌,径自笑起来。

真的是你。

果然是你。

桑如睡了一觉醒来,吊瓶不知道什么时候已经撤去,原本脑袋上细密的针扎似的痛感散开,她感觉神清气爽了许多。

转头看看,周停棹正坐在旁边的沙发上,手上拿着不知道什么书在看。

他的头发乖顺地垂着,垂眸认真看书时散发出更多学生的少年气,往后的精英气息在此时还只是雏形。

她今天看了医生,医生说他可能是她的缺憾和执念……

他是吗？

桑如望着他发呆，周停棹很快有所感知。见人醒来，周停棹的神情由严肃软化，起身走来探她额头的温度。

"醒了？还难受吗？"

桑如摇摇头，脑袋在他掌中左右蹭了蹭，觉得他的手掌好像比自己的额头还烫。

肚子在这时候不合时宜地响起来，周停棹的声音染上笑意，问了句："饿了？"

桑如把自己往被窝里埋，闷闷地答："嗯。"

他的气息从身边撤离，桑如这才发现床头柜上放了个保温盒。周停棹旋开盖子，从里头端出准备好的粥和清淡的配菜。

此时肚子叫得更欢，桑如自觉地坐起来，这时有人绕过屏风走来。

桑如惊诧地睁大眼："洛河？"

"没大没小。"洛河手插在白大褂兜里，口中虽然这么说，却没什么嗔怪的语气。

桑如迟缓地眨了眨眼，道："实习校医？"

印象里洛河的确在临毕业的时间，在她高中做过几个月的校医。

这回轮到洛河惊讶了，他"啧"了一声："会算命了？"

桑如刚想开口回话，唇畔就传来半凉半热的触感。

周停棹舀了勺粥递到她嘴边，面无表情。桑如下意识张口把粥咽下，接着对洛河道："你能有什么事是我不知道的。"

洛河垂下眼，说："还真有。"

"什么？"

问完又是一勺粥送至嘴边，桑如吃着，眼睛却在看洛河。

有点落寞，不太像他。

"没什么。"洛河恢复散漫的态度说，"休息完赶紧走，学习去。"

说完从口袋里掏出颗糖扔到她被子上，走了。

桑如吃了一口粥，又自觉地去寻下一口，边张嘴边去摸糖，结果这勺粥没喂进嘴里，沾到了鼻子上。

桑如退开，抬眼见周停棹正看着她，从旁边抽了张纸，平静地为她擦掉鼻尖的水渍，低声地说："好好吃。"

她自觉噤声，把这勺粥咽了下去，抬手说："我自己来吧。"

周停棹移开手，回道："你刚挂了水，没力气。"

桑如心想：我有没有力气我自己不知道吗？

不过，被人伺候的感觉还是不错的，桑如便随了他的意，越发心安理得地指挥着他弄点这个菜，弄点那个菜，然后放在粥上喂她吃。

周停棹喂完这个小饿鬼，才将剩下的菜随便吃了些，桑如呆住，问道："你没吃啊？"

"现在吃了。"

桑如顿时感觉良心不安，把刚得来的糖塞进他的兜里："给你。"

周停棹的心情有点复杂，到底还是没有把糖还回去。

还有半个多小时晚自习就该下课了，东西还在教室没来得及收拾，桑如起了床，准备跟周停棹回趟教室。

洛河仍然在跟愤怒的小鸟做斗争，头也不抬地说："待着吧，这局完了我送你回去。"

桑如问："你不用值夜班？"

"用啊，"洛河耸耸肩，"可你现在不是就住在这儿附近吗，送完你我再回来。"

他瞥了眼旁边面色不虞的人，勾唇说道："你同学自己都还未成年，送你不安全。"

周停棹："……"

不再多费口舌，周停棹径直拉起桑如，出门前扔下一句："安全的。"

洛河手一歪，红色的小鸟在半路遭遇空难，他在心里发出今天的第 N 次感叹——现在的学生，真的很狂。

桑如走在前头，安静地走了一段，忽然转身，倒退着说："我们今天的作业还是没有写完，明天会不会继续被罚去办公室补作业？"

"不会，来医务室之前跟杨帆他们说过了，会帮忙向老师请假。"周停棹跨大步子缩小与她的距离，皱眉命令道，"好好走路。"

桑如"哦"了一声，乖乖转了回去，隐隐觉得周停棹跟前几天有些不同。

周停棹望着她的背影,继续消化着那个信息——

她和他一样,也是十年后的自己投射在梦里的残影。

02/

昨晚挂水时睡了一阵,今天竟比闹钟醒得还早,桑如正躺在床上对着天花板发呆,就听见新消息的提示音:

z:今天好点没有?

桑如打了个哈欠,心道周停棹也太早了。

崽崽の:挺好的,你呢?
z:我也很好。
崽崽の:那学校见,小周早安。
z:好,早安。
崽崽の:教过你的,应该怎么说来着?

周停棹一顿,继而回道:

z:崽崽早安。

早读进行到一半,桑如和周停棹便被语文老师一起叫了出去。

桑如态度良好,没等老师问就先开口:"王老师,我们昨天请了病假,今天会把作业补上的。"

"不是这个事,"王老师被她逗笑,说,"区里马上有个作文竞赛,我们年级准备推你们俩还有班上的其他几个同学参加,你们有没有什么想法?"

周停梓送的那本厚厚的作文书还没翻多少页,桑如迟疑地说道:"可是议论文,我还没把握……"

"你就按你擅长的方式写,作文竞赛跟考试还是有点差别的,你的风格可能更适合竞赛也说不定。"

桑如"哦"了一声,便听老师又问:"周停梓呢,有没有什么问题?"

周停梓说:"暂时没有。"

老师拍拍他们,鼓励道:"你们别有太大压力,就当一次热身,不拿名次也没什么关系。"

"不过你们作业没做的事啊……"尾调拖得长,桑如的心提起来,"唉,这次就算了。"

桑如松了口气,看似淡然地点了点头。周停梓看着她,微不可察地弯了唇角。

"但得交篇作文出来,竞赛是命题作文,我跟年级组里其他老师回头商定一个题目,你们先试着写一篇。"

两人领了任务回去,接着背书。

作文题在第四节课前由去办公室的同学带了回来,并说要明晚前交。

题目写在纸条上,周停梓靠近桑如,将纸条放在二人中间,展开来看——

> 岁月无垠,人生际遇讲求一期一会,在这趟单程列车上,我们见到许多好风景,却也与许多风光匆匆擦肩而过。回头重新看一看,是否会发现失落的遗珍?重新听一听,是否能听见岁月的遗声?
>
> 根据以上材料,选取角度,自拟题目,写一篇不少于800字的文章;除诗歌外,文体自选。

桑如一愣,下意识地去看周停梓,视线正巧落入他眼里。

他的眼睑微微垂着,落下的目光好似没什么力道,只是因为她这样仰起头了，才恰好轻飘飘地停驻在她身上。

周停棹很快移开视线，重新去看那题目，状似无意地问："你觉得怎么样？"

"什么怎么样？"

"这题目，怎么样？"

还能怎么样，要不是她没把秘密跟任何人讲过，桑如简直要怀疑这题目是老师为她量身定制的。

她连作文标题都在几秒内想好了：周停棹牌回头草，真香。

但凡能写的话。

"挺好的，"桑如随口半真半假地道，"发人深省。"

周停棹轻挑了一下眉毛："嗯。"

不知道为什么，桑如总觉得周停棹今天心情挺好，又听他问："题目记住了？"

"还行。"

于是桑如眼见着他那修长漂亮的手指，有条不紊地慢慢把纸条卷起，放进了自己口袋里，说："那放我这儿了，你再多回想几遍，加固记忆，利于写作。"

桑如露出不解的表情。

周停棹强调一遍："要记牢。"

桑如没来得及问他在抽什么风，上课铃便响了，数学课继续。

两人虽请了假，但回去以后还是跳着做了些，上节课老郑把简单的题快速地过了一遍，留了填空的最后一题在这节课继续讲。

填空的最后一题有难度，老郑点了几个人都没报对答案，便又想起他的课代表来。

他慢悠悠地踱下讲台："课代表，今天写作业了吗？"

"报告老师，我昨晚请假了。"

"哦，那就是没写。"

"但是我写了，"桑如清清嗓子，说出答案来，"二分之根号三"。

老郑噎住，原本想逗她，结果被反将一军，泄气地回道："行，坐下吧。"

桑如坐下，瞥见周停棹似乎在笑，于是拿手肘捅了捅他。

这一幕被老郑收入眼底。这个不行，还有一个。

"周停棹，你也请假了，作业写了吗？"

周停棹站起来，个头比老郑还高出一截，直接回答："二分之根号三。"

再次逗学生失败，老郑泄气道："两个人的答案都对了，周停棹先给大家讲讲吧，是怎么算出来的。"

周停棹扫了遍题，把解题思路讲出来，全班听完，个个脸上写着"茫然"。

老郑也皱眉盯着他消化了许久，最后说："你这，是不是用了大学数学的方法啊？"

周停棹垂眸，见桑如也抬头盯着自己，心下突然紧张，回道："嗯，之前看过一点大学教材。"

老郑让他坐下，说："挺好的，就是超纲了。桑如，你来说说你的方法。"

桑如便起身按照自己的思路讲了，这下大部分人才露出恍然大悟的神情。老郑回到黑板前，按照这个方法又给大家深入浅出地讲了一遍。

周停棹正担心是否会露出马脚，手臂忽然传来点热度。

桑如凑过来，眼睛看着黑板，小声地赞扬他道："你怎么都开始看大学教材了，好厉害。"

周停棹松了口气，没被怀疑就行。忽而又因她的夸奖而耳郭微微发热，含糊地"嗯"了一声。

话音刚落，便隐约听见了两声她掺着点笑意的鼻音。

03/

恢复了不少力气，下课铃一响，桑如正准备跟历晨霏一起冲去食堂,却被人拦下了。

周停棹没怎么用力,只是把她的手腕圈住,露出的红色绳线灼目得很。

桑如眨眨眼,听他问道:"喝粥吗?"

她抬眉,回道:"喝。"

历晨霏见状,默默地翻了个白眼,拉着杨帆走了。

再顾周停棹的家,这次还是他主动邀请,可以算是一大进步。

桑如原以为要等他现做,已经跟在他身后进了厨房,做好了去打下手的准备,谁知他一打开电饭锅,腾腾热气就飘散了出来。

桑如愣怔了一下,问:"你什么时候煮的?"

"给你发消息的时候。"周停棹洗了两个碗,抬首示意她说,"先洗手。"

"哦。"

那就是六点就已经煮完粥并温在锅里了……

淅沥的水流不断地往下淌,掩不住周停棹盛粥时锅碗与勺子碰撞发出的细微响动。

这栋楼后面就是一条小吃街,从四楼往下看,正好可以看见一片热闹。不少同学吃腻了食堂便会到外面觅食,眼下小吃街人头攒动,嘈杂的声响被纱网滤过,到达耳边时并不算很吵。

桑如看得有点出神,这样带着烟火气的场景,温馨得仿若直接抵达多年后可能存在的某个瞬间。

后背忽而传来点触感,周停棹从后头过来,伸手替她关了水龙头,问:"发什么呆?"

"没什么。"

桑如抿抿唇,望着他端碗出去的背影,洗了两双筷子跟了过去。

吃完饭,周停棹起身收拾碗筷准备去洗,桑如抬头看看他,忽然开口叫道:"周停棹,我头晕。"

他收拾的动作顿住,眉头微蹙,安慰道:"先坐好休息,一会儿再带你去趟医务室。"

桑如忙道:"不用,我躺躺就好了。"

见周停棹眉头仍紧锁着,桑如便直白地软声问道:"有客房可以借用一下吗?"

学校提供的教职工宿舍,怎么可能会有多余的客房?

周停棹沉吟片刻,回道:"不介意的话,可以去我房间躺一下。要是还不舒服,就去输液。"

"知道了。"

目的达成,桑如扶额做出不舒服的样子,进了他房间。

周停棹的床单被套都是灰色,显出冷感,然而,呼吸间尽是他清清淡淡的气息,倒叫人安心得真要睡过去了。

门口传来"咔嗒"一声,有开门的动静,是他来了。

桑如继续闭着眼,睡意散去后反而更清醒。徐徐而来的脚步声被压得很轻,到床边后止住,紧接着他似乎往床头柜上放了什么杯子之类的东西,触碰声被小心翼翼压在杯底。

桑如顿时觉得口中干渴,半掀开眼皮,懒懒地要求道:"我要喝水。"

周停棹仍是这样停在她眼前,忽而眼里就盛了笑意,牵缠着视线直起身,从床头柜上拿起刚放下的水杯,又拿了一板药片,说:"坐起来,先吃药。"

桑如并不记得把自己的药带了来,这只能是周停棹的那份。她接过,仰头将药和着水咽了,又喝了几口水,把杯子递回去。

却见他接过杯子,就着剩下的水也吃了片药。

周停棹自己也是个病号,却毫无怨言地伺候她,桑如隐隐生出几分不好意思。

"你给我念《海的女儿》吧?"

周停棹:"好。"

04/

可能是吃了药的缘故,桑如这一觉睡得格外香甜。醒来时她伸了个懒腰,不巧手正打到了周停棹的脸上。

他不知道什么时候醒的,穿着校服侧躺着,跟她保持着一定的距离,就连脸上被不轻不重地碰到也似是许久才反应过来,带着笑意看着她。

桑如理亏,装模作样地坐起来想给他揉揉。

周停棹起身问道:"睡得好吗?"

桑如点了点头:"挺好的。"

"我故事讲得好吗?"

"什么?"桑如刚醒来,脑子还有点发蒙。

周停棹突然逼近,提醒道:"忘了吗?《海的女儿》。"

"好听!很助眠!"桑如看着周停棹,眼睛亮晶晶的,他讲故事时真的有种神奇的魔力,还没等小美人鱼换双腿上岸,她就睡过去了。

"你好可爱啊,周停棹。"他离得太近,长而浓密的睫毛就在她面前不足一寸的地方缓缓颤动着,桑如恍了神,不自觉地就把心里话说了出来。

下午第一节课开始前两分钟,两人才姗姗来迟。

历晨霏好事地从杨帆身后探出头来:"你俩吃的什么粥啊,能吃这么久。"

桑如:"满汉全席。"

嘴里没两句就要跑火车,历晨霏八卦的心蠢蠢欲动。她可真是太好奇他们的进展了,偏偏桑如这人又不怎么八卦,也不懂得闺蜜之间应实时汇报进度。

课已经开始，历晨霏想了想，写了张小纸条过去。
桑如从周停棹手里接过纸条，展开一看：

你们到哪一步了？！我才不信这两个小时你们什么也没干！哼！

她瞥了眼周停棹，低头回复：

你跟你那个呢？

桑如卷起纸条，戳了戳周停棹，让他递过去。周停棹看了她一眼，顺从地递了，也没说什么。
很快纸条又传了回来。

说起这个我就生气！可以说是毫无进度！杨帆简直就是块木头！刚刚我们去吃饭，排队时我站在他前面，不小心被前面的人往后挤得要倒下去，那我想，正好啊，倒在他身上呗！伸个手接我一下就可以四舍五入算抱抱了！结果！他居然眼疾手快侧了一下身，用肩膀给我顶回去了！顶得我背上现在还疼，气死我了！

历晨霏洋洋洒洒地写了一大通控诉，桑如没忍住笑出了声，刚发出一小个音节就连忙吞进嘴里，还好没被老师听见。
倒是周停棹，偏头看了她一眼。
桑如不以为意，见纸条已经被写满，便另外拿了张便笺条，忍着笑，写道：

别生气，直男，正常。

写完仍是递给周停棹，桑如见他左手空空，握拳搭在桌上，悄悄去抓住他的手，摊开，将纸条塞进去，一气呵成。

周停棹望过来,眉头已有蹙起的趋势,她便立刻撇撇嘴,做出可怜的表情来。而后他微不可察地叹了口气,继续做传信人。

历晨霏似乎意识到自己被绕了一圈,桑如还是没回答她的问题,便写:

你这语气,你们进展神速?!赶紧讲讲到哪一步了!

桑如边看边顺便解答了化学老师面向全班问出的一个配方问题。而后提笔写:

就,快你十八条街吧^_^

再配上一个表情,本次嘲讽也就完美了。

故技重施地把纸条塞进周停棹的手心,却见他看着黑板,径直将便笺纸塞进了自己口袋里。

桑如手伸进他口袋,小声斥责道:"你怎么还私自扣押!"

周停棹用手背将纸压在底下,握住她的掌心,捏了捏,说道:"暂时没收,好好听课。"

把手收了回来,桑如不得不承认被他苏到了,心想:"真不错啊小周,已经有领导抓员工开小差的做派了。"

桑如终于偃旗息鼓,投入学生身份该有的专注里。

下了课,桑如几乎已经忘了还有东西被扣押的事,周停棹倒很自觉,从口袋里将纸条拿了出来,放在她桌上。

桑如喝完水咂了咂嘴,说道:"就还给我了?你不好奇里面写了什么吗?"

周停棹摇摇头。

桑如强调道:"里面可有你!"

周停棹这下呆住,问道:"好话还是坏话?"

桑如故意说:"这可说不上来。"

故弄玄虚,硬要把人的好奇心挑起。

他的心似有松动的迹象，桑如又加把火，继续讲道："可以看，我不告你侵犯隐私。"

周停棹"哼哼"笑了两声，慢条斯理地将纸条展开扫了一眼。这张纸虽只是桑如跟历晨霏对话的后面内容，但原先她们谈论的什么主题大约也可以推测出来。

周停棹的视线落在那几个字和那个"朴实"的笑脸上，缓缓开口说道："快了十八条街，具体是指？"

"我不知道，诓她呢。"桑如在作业上填了个答案，若无其事地回道。

"是吗？"周停棹把纸条恢复原样，先是照例传信到过道另一边，而后看着书，同样若无其事地说，"我知道就行。"

魔高一尺，道高一丈，周停棹真是学什么都快。桑如深深觉得，再这样下去，他很快就要出师了。

第十二章
Chapter 12

作文

"总论点、分论点、论据、结论都没问题,但是,"老师无奈地看了他一眼,"你这风格怎么那么……商务?虽然数据确实很重要,可你举例子的时候写了那么多风投市场的数据,占了太大的篇幅,不知道的还以为你在写商业报告。"

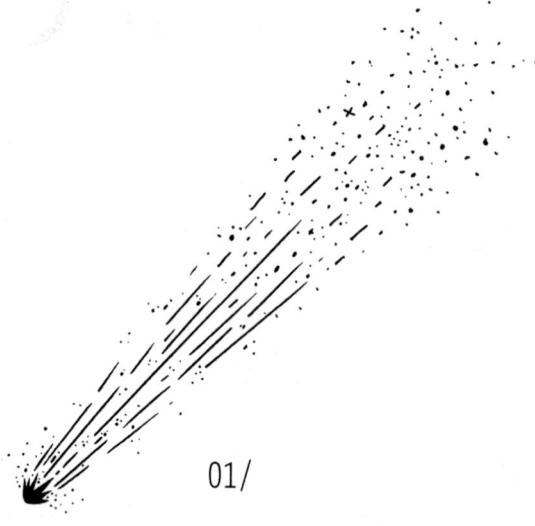

01/

　　两人在第二天早读下课后就把作文交了上去,到了下午的大课间,正准备去出操呢,结果双双被拎到了办公室听作文反馈。

　　语文老师原本正在跟前座的另一个老师讨论什么,看见他们来了,便说道:"你们来得正好,我和其他班的几个老师都看了一下你们的作文,在已经交上来的作文里面算不错的了,就是还有几个问题要注意,我给你们讲讲。"

　　外头跑操集合的音乐一下下地把鼓点往这儿砸,老师实在忍不了,去把门关上才回来接着说:

　　"先说你吧,桑如。"

　　桑如做出一副乖巧聆听的样子。老师拿着两人的作文卷,边看边分析道:"这个题目确实写记叙文也很合适,你写的故事呢,文字功底不错,也没有跑题,就是有个问题啊……"

　　桑如眨眨眼,向老师讨教道:"您说。"

"就是这个故事，我给你概括一下，你看对不对——主角是一个老手工艺人，无妻无子，只独自靠雕琢玉器为生。他做出的玉器栩栩如生，所以很多人都上门来买，可哪怕门庭若市，他还是觉得自己是孤零零的一个人，然后呢，"老师抬头看了看桑如，继续说，"然后呢，他做了个梦，梦到年轻时候做学徒，一起学做玉雕的人中有位女同学，是吧？"

桑如点点头，回道："嗯。"

"他就梦到了跟这位女同学的一些事情，大致就是学有所成，错过了良人，这个意思。然后梦醒了，戛然而止，这就是你的故事。"

"嗯。"桑如应声回道。

"这个结尾其实很好，故事整体呢，我也挺喜欢的。"大概想到下面要说的话，老师自己都有点绷不住地笑起来，"就是这故事啊，立意以爱情为主，不是说不可以，但是毕竟这不是新概念作文比赛，是全区的高中作文竞赛，还是比较看重作文题材的，像你写的这个，评审老师可能就会怀疑你……"

桑如笑了笑，不解地问："怀疑我什么呀？"

"怀疑你早恋。当然了，我不是这么觉得，但你可以注意一下，正式比赛的时候能写其他情感就尽量写其他的，爱情这个题材，不好说。"

"行，我知道了，谢谢老师。"

她悄悄地瞥了眼身旁的人，刚才还不觉得有什么，这时候才有了点赧然，因为即便能看出来周停棹在忍，但他嘴角翘起的弧度还是出卖了他。

有这么好笑吗？

王老师打开保温杯喝了几口水，才继续说："下面看看周停棹的。"

以牙还牙的时机来了，桑如竖起耳朵。

"周停棹这篇呢，还是你平常写得比较多的议论文，也挺好的，但你这风格，转型了？"

周停棹似乎被这问题问蒙了，略带茫然地"啊"了一声。

"总论点、分论点、论据、结论都没问题，但是，"老师无奈地看了他一眼，"你这风格怎么那么……商务？虽然数据确实很重要，可你举例子的时候写了那么多风投市场的数据,占了太大的篇幅,不知道的还以为你在写商业报告。"

桑如很不厚道地"扑哧"一下笑出声,听见周停棹若有所思地"哦"了一声。

"没别的了,看得出来这方面素材,你积累得挺充足的,就是到了正式比赛,虽说是议论文,也不要写带太多数据的长例子,要简洁,挑几个重要的写上就行。"

"好的,老师。"周停棹无比乖顺地回答道。

"桑如你也别光顾着笑,你的爱情故事也要注意一下。"

桑如立刻把笑憋回去,答道:"好的,老师!"

"好了,你俩回去吧,好好准备,比赛这周日在我们学校办,东道主场地,不用紧张。"

走出办公室五米开外,桑如才终于忍不住再次笑出声。

周停棹拉着她远离楼道口,无奈道:"看路。"

桑如笑了半晌才收了笑意,问他:"你是不是以后想做风投啊?"

周停棹心下一紧,脸上从容地答道:"还好,只是感兴趣。"

"有职业规划挺好的。"桑如停下,周停棹也跟着停下来,她微微踮脚拍了拍他的脑袋,正经地说道,"你以后会成为一个很出色的风投人的。"

话音未落,她已经收回手站好,而那两下轻拍的触感犹在,周停棹的脑子愣了一瞬,问道:"是吗?"

"是啊,小周总。"桑如半认真半打趣地回道。

不仅如此,你还能当我的甲方,磨掉我一层皮。

周停棹的视线一时将眼前与现实交叠。

看来在这里,她也不是没有想过他,是吧?

周停棹染上笑意,说:"借你吉言,爱情小说家。"

桑如在为这称呼愣神的间隙,他已经大步地向前走去。桑如终于回过神来跟上,不痛不痒地给了他一拳。

"还不是托你的福。"

02/

在梦里一连过了几天，桑如再次习惯起来。

医生开的药好像没有什么作用，该怎样还是怎样。

在梦里过周日，睡懒觉计划也泡汤了，桑如原本还有些不愉快，但一想到上午竞赛结束，或许中午还能顺便约周停棹吃顿午饭，那点不愉快便顿时烟消云散。

到了比赛场地门口，桑如忽然听见有人从身后叫她，循声转过头去，发现是个好几天没见的人。

"真的是你啊，刚刚还不敢确认，你也来参加竞赛呀，桑如？"蓝廷跟她打了个招呼，笑起来显出这个年纪男生特有的阳光。

桑如回以一个微笑，寒暄道："你也是？"

"嗯，就当练练手。"

桑如正想说什么，便见有人从蓝廷身后小跑过来。

曾安羽扶着腰轻轻喘息道："走这么快干什么，也不等我把车停好。"

她似乎说完才意识到面前还有个人，见到是桑如，愣了几秒，等桑如先开口打了招呼，才回过神回了句："嗨。"

空气就这样莫名地安静下来，直到另一道声音响起："怎么不进去？"

桑如转头，见周停棹走了过来。

"跟蓝廷和安羽他们打个招呼，马上就进去了。"

周停棹的记忆里曾有与他们的两面之缘，他的视线扫过蓝廷时稍微停了一下，之后点头致意，说了一句："早。"

曾安羽眼前一亮，气也不喘地回道："早呀！"

虽然周停棹那天跟桑如走后，她花了好几天才从惆怅中缓过来，但她曾安羽是谁，她最不缺一往直前的勇气了！

周停棹露出个透着距离感的浅笑,忽然被人勾住肩膀。蓝廷倒有些自来熟,边跟周停棹勾肩搭背地往里走边说:"结束以后我们一起吃顿饭?"

桑如跟曾安羽对视了一下,也跟着往里走,在后头听见周停棹说:"看她的意思。"

她的意思?

能是谁的意思。

这下前面的人停下脚步转过头,身旁的曾安羽也看过来,桑如若无其事地接住他们投来的视线。

蓝廷问道:"一起吃饭吗?"

现在回答就好像是在替周停棹做决定。

桑如笑了一下,回道:"吃。"

题目没多难写,桑如写完检查了两遍,便第一个交了卷。从讲台上下来时,周停棹正迎面走上来。擦肩而过的一刻,桑如悄悄地勾了勾他的小指。

这是对他的惯性小动作。桑如没想太多,只这样碰了一下就过去。谁知手刚要垂下,就忽而被一股力道勾了回去。

桑如讶异地侧头,望见周停棹绷直了的唇线,他表情淡然,仿若什么也没发生。

手指勾缠一瞬又分开,该向前还是要向前。教室里依旧充斥着"唰唰"的书写声,也有人抬头看一眼最快交卷的是谁,接着又匆匆地继续低头写,没人注意到时钟的指针落到这一秒时,发生过这样你来我往的牵连。

桑如先一步拿上东西,走出教室,在走廊停住,直到听见熟悉的脚步声过来才继续走。

那道脚步声不疾不徐地跟在身后,桑如不回头,他也不叫住她。背影隐没在前面的拐角,周停棹仍是跟了过去。

未知总是在拐角发生。

刚转弯,前面的人就突然回过身来,骤然刹住了他向前迈的步子。

"说，一直跟着我干吗？"始作俑者极其幼稚地竖起手指比出枪的样子对着他，"你是不是坏人？对我图谋不轨？"

周停棹瞧了会儿她玩闹的样子，无奈地偏过头笑了笑，立马被勒令"严肃点"，于是反问："那我是吗？"

桑如有样学样地回道："那你是吗？"

时间在对峙的间隙里流过，周停棹终于好似败下阵来，回道："不是。"

桑如也笑了笑，继续问道："难道不是吗？"

应该不是，但也不一定。

在你面前，我应当是个好人，如果你喜欢；我也可以是坏人，如果这样也算。

坏人遇到爱人会变成什么呢？

一个想卖乖的坏人而已。

03/

四人将吃饭地点定在了附近的大学城，离这儿不远，加上蓝廷和曾安羽骑了自行车来，几个人最终决定骑行过去。

日头不大，阳光在春日里再怎么落下都不显招摇，迎面还有温煦的春风拂来，桑如坐在周停棹的自行车后座上，只觉心旷神怡。

白衬衫被风吹得鼓起，桑如替他压下衣角，手便顺势搭在他腰上没移开。

"我骗你的。"她靠近了些，说道。

周停棹偏过头，问道："骗我什么了？"

"我有自行车，也会骑。"

刚刚讨论要不要每人骑一辆车的时候，桑如一脸坦然地扯谎："我没有自行车，也不会骑。"

于是现在她才得以坐在周停棹的后座上，安心地吹风晒太阳。

谁知周停棹浑不在意地说："我知道。"

桑如起了兴趣，追问道："你怎么知道？"

在朋友圈发过周末出去骑行的照片的人，怎么可能不会？

周停棹没答，前面是一条坡道，他开口提醒道："抓紧了。"

在快速冲下坡的瞬间，桑如搂紧了周停棹的腰，身旁的景色快速后退，风声从耳边掠过，只有他们逆着风一起向前。

这家烧烤店是大学城里比较有名气的店，这会儿不到十二点，已经来了很多人。

他们将车停在门外，在里头找了张空桌子，桑如还没坐下，就听见有人叫她。

就在过道另一边的一桌，历晨霏又惊又喜地看过来，她旁边还坐了个人。桑如挑着眉，视线从他们之间扫过，杨帆有点不好意思地也跟他们打了个招呼。

历晨霏瞥了一眼她身后的人，问道："你怎么也来了！"

"参加作文竞赛正好碰到三中的朋友，就一起来吃一顿。"桑如给他们分别做了个介绍。

也算初步认识了，杨帆邀请道："要不然你们跟我们坐一桌，大家一起吃？"

桑如看了看历晨霏，笑了笑说："算了，你们吃你们的，六个人坐不下。"

大家各自落座，桑如转过头，悄悄地观察过道那边的动静，还没看出什么来，先收到了来自历晨霏的一个大拇指。

点的东西陆陆续续地被送上来，桑如平时很少吃这些，已经很久没放肆过，这下也食欲大增。

竹签上油太多，沾在手上很不舒服，桑如举着手四下张望，正准备去取放在周停棹右手边的纸巾，他就已经抽了纸递过来。

蓝廷和曾安羽坐在对面，原本还在说着什么，这下都莫名默契地停下来看他俩。

桑如清了清嗓子，道："谢谢。"

"嗯。"周停棹低声应了,又抽了两张纸巾递来让她拿在手里。

对面的目光实在灼热,桑如起身道:"我去拿点饮料,你们喝什么?"

蓝廷也站起来,道:"不用,我自己去吧。"

"你坐下,我去拿。"周停棹也站起身说道。

桑如觉得有点头晕,扶额看向一旁,忽然看到马路边上有两个人推着两辆自行车,车很眼熟,她仔细辨认了一会儿,惊讶地问道:"那是你们的车吧?!"

几人的视线都应声投向门外,连历晨霏和杨帆也好奇地跟着看去。

蓝廷一看,急道:"糟了!是!"

"那不是蓝廷和周停棹的车吗?"曾安羽惊呼道。

一群人赶忙往门外跑,原本停车的地方果然只剩曾安羽那辆花里胡哨的粉色自行车。

好家伙,吃个饭都能遇上偷车贼!

眼见着他们已经推着车走到了马路的另一边,几人对视一眼,立刻追了出去。

老板在后头大喊:"喂!你们还没给钱呢!"

历晨霏原本也要跟出去,见状只好停下来道:"他们是我朋友,跟我们这桌一块儿结就成。"

老板这才放下心来,继续去招待别的客人。

历晨霏得留下做"人质",可杨帆是体育课代表,跑步水平一流,历晨霏拍拍他,说:"你快去帮忙!"

杨帆原本也是打算去的,但犹豫着问她:"那你呢?"

"我留下,好让老板放心。"

"好!"

这只是条小路,道路中段并不怎么规范红绿灯,眼下情况紧急,没人顾得上这些。

那两个小偷人手一辆自行车,突然好像听见后面有人追来的动静,顿时拼命蹬车,手忙脚乱得好像见了鬼。

小偷看着也是小年轻,蹬起车来利索得不行,追到一个岔路还没追到,却见那两人居然用了一招"兵分两路"。

桑如立刻拉着周停棹,加快速度去追他的那辆,朝剩下两人扔下一句:"我们分开追!"

"嗯!注意安全!"蓝廷说完,自觉地转向另一个方向去追。

追小偷的人数也讲究个"不患寡而患不均",曾安羽叹了口气,还是跟着蓝廷去了。

追了那么久,桑如简直想为前面的小偷鼓掌了。他身姿矫捷地骑着车从人群中穿过,居然没碰到人,倒是桑如不小心撞到几次路人,还说了好几句"对不起"。

最近没怎么运动,很快桑如就有些体力不支,然而那小偷好像还反而越踩越起劲。两人跟着他钻了好几条小巷子,停下来喘个气的工夫,便又见他消失在拐弯处。

桑如准备继续跑,周停棹握住她的手腕,说话间也微微喘息着道:"别追了。"

"那你的车怎么办?"

"刚刚那家烧烤店有监控,如果没拍到的话,周边店里的监控也可以去看看,马路上也有。我们刚刚跑了这么几条街,总有拍到的,"周停棹冷静地道,"不用追,我们报警。"

桑如总算松了口气,回道:"好。"

小巷的两头总有路人来来往往,巷子里却没什么人来,只听见周停棹在耳畔深呼吸,然后说:"谢谢你,辛苦了,崽崽。"

桑如和周停棹按原路返回,到了刚才与他们分别的路口,却见蓝廷他们也正迎面走过来,手上推着他那辆自行车。

"追回来了?"

"嗯,多亏了杨帆,把人追到了。"

曾安羽脸上还红着,带着股兴奋劲儿道:"杨帆跑得好快!小偷被追上吓得把车扔下就跑了!"

杨帆虽然是运动系,性格却有些害羞内向,当即不好意思地道:"没有……"

眼看大家都在这里,桑如问:"晨霏呢?"

"还在烧烤店等我们。"

"那我们回去吧,她该等急了。"

蓝廷看他们空手而归,边走边问:"周停棹的车没追回来吗?打算怎么办?"

周停棹:"报警。"

一行人也算难得经历了这么一回偷车事件,来的时候匆匆忙忙,回去途中终于可以慢下来。会合后大家急着要去报警,而周停棹这个失主却似乎不太在意,按住大家坐下继续吃完再走。

桑如原是打算就他们两个人去的,结果大家都要一起,于是六个人浩浩荡荡地一起挤进了辖区派出所。

有位看起来很年轻的小警察领他们进去做笔录,忽然好几个穿戴整齐的警察迎面而来,领头的那位姐姐很是漂亮,桑如没忍住多看了几眼。

领着他们的小警察跟那个带头的姐姐打了声招呼:"秦队,出任务啊。"

"嗯。"

言简意赅的一个字,桑如回头又看了看,小声念叨了句:"好酷!"

周停棹顿住,顺着她的视线往后看了一眼,只看见了一堆男人,接着默默拉起她的手往里走。

手猝不及防被拉住,桑如回过头望见周停棹冷漠的侧脸,忽而明白了什么。她笑了笑,任他牵着自己向前。

做笔录的过程比他们想的要快,偷车事件不少见,对于民警来说也不是新鲜事了。

"回去等消息吧,不用担心。"送他们出来的民警说,"不过你们好像也不怎么愁吧,还能慢悠悠地吃完烧烤才来报案,心态不错。"

几个人脸上一热,顿时觉得尴尬又好笑。

桑如也笑出了声,瞥了一眼失主本人,将大家留下,让把烧烤吃完再走的是他,现在被打趣了,他看着倒很镇定。

桑如语气真诚地求道："麻烦您尽快追回，孩子穷，买不起新的。"
民警大哥："好嘞。"

说好的"通知"等了好几天也没等来，倒是竞赛结果飞快地被揭晓。
语文老师在班里宣布消息的时候神采飞扬地说："让我们恭喜周停棹，获得这次全区作文竞赛一等奖！"
教室里顿时掌声雷动，桑如拍着手冲他挑了个眉，小声夸道："你真棒！"
怎么比她自己得了奖还高兴！周停棹弯起唇，笑了笑。
这段日子总能感觉到她时常在把自己当小孩儿似的哄，大约是以后来的灵魂面对他，便生出些所谓大人的特质来，比如时不时蹦出的夸奖，又比如不动声色的安慰。
然而排除这些由未来带来的成年人视角，此时的她这样高兴，又平添了这个年纪的可爱。
她始终是可爱的，像只通常乖顺，有时又色厉内荏的小猫。
参赛的可不止一位选手，语文老师让大家安静下来，又说："还要恭喜我们的桑如，获得了全区作文竞赛的……"
老师说到这里，故作玄虚地停下，大家被吊了胃口，七嘴八舌地催问起来。
周停棹的心也莫名跟着提起，似乎比听见自己的名字时紧张了无数倍。
"特等奖！"
语文老师公布完，带头鼓起掌来，教室里顿时又是一片喧闹。
桑如一愣，全班视线都往她身上集中过来时，她的第一反应是看向周停棹。
周停棹记得清楚，她是喜爱得到夸奖的傲娇小猫。他神情柔和，笑着看她，把祝语归还："恭喜，你更棒。"
下了课，好些同学围拢过来，再次对双双获奖的两人表达祝贺。桑如跟周停棹被围在中间，只感觉有些窒息。
历晨霏灵光一闪，提议："不如我们这周末聚个餐，就当帮你们办庆功宴了！"

高三学习辛苦，有出来放风的机会简直求之不得，围成圈的同学们纷纷表示赞同，甚至也有圈外人听见这话，也挤过来申请加入。

桑如有些担心地问："会不会耽误大家学习？"

"不会！而且我们可以顺便向你们学习一下作文怎么写！"

"这个主意不错！"

一次聚餐就这么被安排好了，历晨霏自告奋勇地包揽了组织工作，美其名曰："为乖女儿庆祝是妈妈该做的事。"

他们讨论着要去哪里吃，去哪里玩，一个个兴奋得不行，全然顾不上被夹在中间的两人。

人群中心，桑如悄悄靠近周停棹，对他说："我这次，是不是赢过你了？"

周停棹看她的眼神柔和得像平静的湖泊，忽而一笑，便泛起些微的涟漪。

他说："嗯，是你赢了。"

第十三章
Chapter 13

庆功

越是在热闹的环境里,有一部分人就越是会兴奋,跟众人一起嗨。而有一部分人,则是外界越闹,他们越安静。

目前这场聚会的两位主角都是后者。

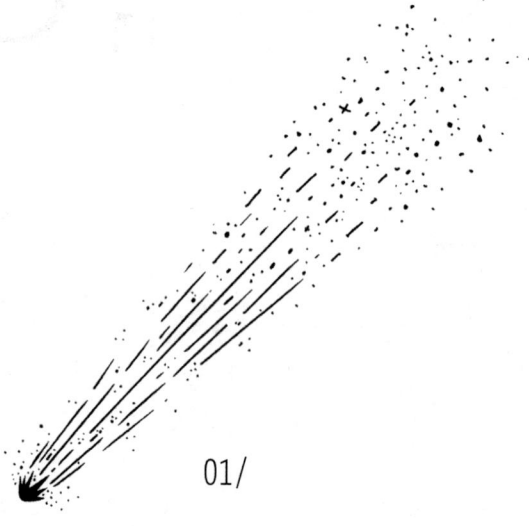

01/

得了周停棹的表扬,桑如骄矜地"哼"了一声,趁机问道:"那是不是该给我一个奖励?"

桑如的瞳仁亮得很,像个讨糖吃的小孩儿,周停棹一点没犹豫地说:"可以,你想要什么?"

"什么都可以吗?"

桑如上下打量了他一遍,意兴盎然,像在看什么猎物似的。仿佛只要他说"可以",她就会毫不犹豫地把他吃掉。

周停棹不自然地换了个坐姿,没钻进她下的套,保留地回答:"得看是什么。"

"哪有奖励还附带限制条件的!"桑如嘟哝了一句,"小气。"

这时有人拨开密密匝匝的人堆叫她:"桑如,有人找。"

"来了。"

桑如站起身,只见洛河正抱臂靠在后门口,眼神玩味地朝她看过来。

她朝周停桿再度扔下一个"哼"，就走了出去，没注意周停桿跟着转头，沉默地看了他们一眼。

"找我干什么？"

"没礼貌。"洛河放弃倚在门上的站姿，懒懒地说道，"来看看你病好了没有。"

桑如故意朝他打了个喷嚏，揉揉鼻子说："好了。"

洛河不把她的小孩把戏放在心上，心知她是病好了，才有余力跟他较劲。

"行了，看来挺健康。"洛河说着，抬首示意了下她的座位，"你来上学还是来开动物园的？病刚好，注意通风。"

"知道了。"桑如敷衍地回道，余光看见熟悉的身影走过来，她立刻改换语气，热情地问道，"对了，我参加作文竞赛得了特等奖，这周末跟几个同学一起去开个庆功宴，你来吗？"

说话间周停桿从两人旁边目不斜视地走过，不知道要去哪里。

"哟，挺厉害，恭喜了。"洛河挑起眉毛，"不过庆功宴我就不去了，有约，你们小孩儿自己玩吧。"

周停桿已经走出去几米远，没听见洛河的回答，倒是桑如眼睛还黏在他的背影上，她恢复懒散的语气，回道："正好，你去了还有代沟。"

洛河没在意她的挖苦，原本他们从小到大都是这么过来的，他早就习惯了。他回头看了眼刚过去的人，看热闹不嫌事大地问："跟那谁吵架了？"

"没有。"

"那你们怎么是这种气氛？"

桑如无语地说："你有空八卦我，不如赶紧找个女朋友回来。"

打趣人的笑僵在脸上，洛河沉默了一下，恢复常态后弹了桑如一个脑门儿："取经都要有个九九八十一难，找女朋友哪有那么容易呢？你急什么，早晚有你叫嫂子的一天。"

桑如眼前一亮，问："真有情况啊？"

算算时间，好像这个时候洛河跟秦夏姐已经认识了，上次在派出所跟她擦肩而过,光觉得她好看又熟悉,回来以后才想起来她是谁。

虽然从前也没见过几面,但毕竟是准嫂子啊!

洛河不说,桑如就继续假装不知道,只说:"你抓点儿紧,别还不如我。"

洛河拍拍她的脑袋:"好好学习去吧,我先走了啊。"

"走吧你。"

周停棹没什么地方可去,只能佯装去一趟洗手间,才得以从两人身旁若无其事地走过。

他们相谈甚欢,她甚至还邀请这位邻居哥哥来参加属于他们两个的庆功宴,周停棹勉强才把几乎立刻涌出来的不满压了下去。

在洗手间待了片刻,水流从指间静静地淌过,可他的心却不静。他们现在还在聊吗?聊到哪里了?他答应她的邀约了吗?

…………

周停棹越想越是烦躁。自己的阅历明明已经足够多,可面对关于她的事,仍旧难以做到从容。

得回去看看。

出去的一刻,那位邻居哥哥的身影刚刚消失在楼梯口,教室后门空无一人,她应该已经回了座位上。

令人挂心的谈话结束,松了口气的同时依然不安。

可能他与桑如再怎样亲昵,她都好像是他抓不住的风筝,那根将他们牵住的线太脆弱,稍有不慎便会断裂。而今这阵风吹来,他明知只是自己捕风捉影的担忧,却还是忍不住要胡思乱想。

归根结底是他们之间的羁绊太浅,纵使他在商场上杀伐果断,一旦遇见她,自信也会淡化为零。面对桑如的时候,周停棹或许就不再只是周停棹,爱公主的人那样多,他只是她的众多拥趸之一。

周停棹回到了教室,桑如果然已在座位上坐好,围在旁边的同学不知道什么时候已经散去。

见他回来,桑如漫不经心地分来一点余光,问道:"干什么去了?"

"去洗手间。"

"哦。"她淡淡地应了句，再无下文。

周停棹整理着书，状似无意地问道："他找你做什么？"

"看我的病好了没有。"

桑如说完，除了一句"哦"，没等来周停棹别的反应。

没了？周停棹，你就不能多吃会儿醋吗？

桑如一恼，装作忽然想起来什么的样子，说："对了，刚刚邀请洛河哥哥来参加我们的聚餐，他答应了。"她将"哥哥"两个字咬得尤其清晰，又问，"你应该不会不高兴吧？"

周停棹终于转过头来看她，表情严肃得令她心里一颤。然而他只是这样看了她几秒，而后又低下头去看书，声音紧绷着回道："不会。"

聚餐时间定在周六下午，大家一致决定去吃烤肉。

十几个人，得分两三桌坐，分配座位时桑如说道："还有人要来，我这边给他留一个位子。"

"还有谁啊，不是都到了吗？"

"我的一个哥哥。"桑如做出害羞的样子，笑着答道。许多人听了都开始起哄，可看看周停棹，又都不自觉地噤声。

桑如也瞥了眼周停棹，见他面色不善，挑了挑眉，什么都没说，准备点菜。

说留一个空位，于是桑如左手边空了出来，而周停棹被推搡着在她右边坐下，美其名曰："两位主人公坐在一起，算是主位。"

气氛慢慢地热络起来，熏烤的烟火气丝丝缕缕地混入空气中，周停棹默默地烤的肉分发在大家碗里，又接着烤下一轮。

"给他留一点儿。"桑如吃得开心，又故意激周停棹，说完又摆摆手，改口道，"算了，不够再点，他胃口很大的。"

周停棹翻动烤肉的动作停住，收回手，拿起杯子灌了一大口水。

他不自觉地咬紧了后槽牙，问："他什么时候过来？"

"不知道啊，洛河哥哥怎么又迟到！"桑如埋怨道。

说是埋怨，语气却又极其亲昵。

周停棹平时话就不多，这顿饭话就更少了，见桑如碗空了，便会及时给她添上，然而也不说话，就像是从顾客变成了服务员。

周停棹开不开心不知道,桑如倒是挺开心的。

自从洛河来找过她的那天之后,桑如没有正儿八经地解释过什么,接着她跟周停棹之间的关系就好像莫名地紧张了起来。

他每天脸上都像是冻了几层冰碴子,但照看起她来,还是无微不至。要喝水他会帮忙倒,作业他会帮忙搬,连刚刚吃烤肉,他都在帮她烤。

可她总觉得不够。

周停棹太爱把心事憋着,说出来又能怎样?

有什么想问的,直接问她又能怎么样?

桑如在心里默默地给成了工具人的洛河道歉,就想着借他去逼一逼周停棹,非要把他什么事都藏心里的毛病改一改。

另外……

她在他心里,又到底是在什么位置呢?

02/

泡KTV的聚会形式简直永远不会过时,进了包厢,桑如就不自觉地想起,后来再次与周停棹以熟人的身份碰见,就是在这样的环境里。

周停棹见桑如垂着头神思游离,便控制不住地想,她是不是在想那个人。这样的想法冒出来,他的心绪就越是烦乱。

一群小孩不能体验大人喝酒的乐趣,却也不愿意老老实实地只喝点牛奶、果汁。几个男生一合计,索性各式饮料都点了些,等服务员把东西都送过来,他们便一样加一点,最后混合出了一种颜色奇特,口味应该也蛮奇特的暗黑饮料。

包厢里吵吵嚷嚷,大家都在怂恿着让别人先喝"试试毒"。

越是在热闹的环境里,有一部分人就越是会兴奋,跟众人一起嗨。

而有一部分人,则是外界越闹,他们越安静。

目前这场聚会的两位主角都是后者。

等周停棹忽然率先把那杯谦让来谦让去的奇特液体喝了,所有人顿时停下打闹,噤声。

好一会儿才听见有人开口:

"班长,勇士……"

"老张你自己看,什么是真男人!"

"你还说我,你自己不也是不敢喝!"

…………

包厢里再次喧哗起来,有人问周停棹味道怎么样,他却只是眉头微蹙,说还好,等问的人鼓起勇气自己尝了,立马龇牙咧嘴地戴上痛苦面具。

刚要控诉周停棹的虚假情报,却见他已经走出了包厢。

桑如是在周停棹喝那杯不能称之为饮料的玩意儿时出去的。洛河打了电话来,她没接到,打算出去找个安静的地方给他回过去。谁知号码刚拨出去,手腕就被人握住了。

桑如回头,对上周停棹沉着的一张脸。

等了一会儿也没等到他开口,桑如想了想,问:"你怎么出来了?是那杯饮料太难喝了?"

没说出口的后半句是:你怎么喝完脸色快跟那饮料一样了?

周停棹垂眸瞥了眼她的手机屏幕,那里还在显示等待对方接听的界面。

"洛河,哥哥?"他复述出备注上的字。

声音低哑,隐隐带着压迫感。

他是从什么时候开始,悄悄从青涩的、总是被戏弄的样子,变成了现在仿佛能掌控人心的模样,似乎离现实的那个他更近了一步。

桑如从他带来的影响中回过神,使了力挣开手,问道:"怎么了?"

手机里"嘟嘟"的声音还在响,周停棹没回答她的话,只说:"他不接。"

"可能是正在忙吧。"

"要来早来了，"周停棹听见她为他找借口就来气，闷声说，"你等了他一个下午，一个晚上。"

"所以呢？"

周停棹抿了抿唇，压下在心头蔓开的火。

为什么非要等他来？

为什么是他？

我就不会让你等。

他好像彻底看不懂眼前这个人了。

她或许是对他有些意思的，但也只是有些。

人在表情达意上是有区别的，有的人爱三分说十分，有的人爱十分说三分。那么她是前者还是后者？

即便是梦里，即便命运神奇地让他们在这里也相遇，可他与她之间依然是那样的距离，偶尔亲密，却永久遥远。她始终拥有除他之外的选择，周停棹于桑如而言，似乎从来只是消遣。

周停棹不可避免地分析起过往的一切，可能那瓶饮料真有什么副作用，让他的大脑变得混乱不堪，于是接下来的行为也跟着不带理性。

隔壁无人的包厢被打开，桑如被他攥着手，拉进了这间昏暗的屋子。门在身后关闭，一切喧嚣都与自己一墙之隔。

黑暗将人的感官无限放大，背后的墙又冷又硬，跟身前的人一样。剩余的空间正被蚕食，连同心脏也被啃咬。

桑如忍不住瑟缩了一下，换来的是周停棹的低头逼近。

"我对你来说，究竟是什么？"

见她不答，周停棹靠近，继续追问道："我是什么？"

退无可退，桑如索性望着他的眼睛，说："同学？"

周停棹握了握拳："还有呢？"

"也算朋友吧。"桑如像思考了一会儿似的，认真地道。

同学，朋友……那间包厢里多的是，他有什么特别？

周停棹后槽牙一紧，继续逼问："还有。"

桑如："还有什么吗？"

周停棹的呼吸变得深长而粗重起来，他深深吸了口气，声音满含不服："你叫他哥哥。"

桑如睁大眼，回道："他本来就是我哥啊！"

"不是亲的。"

不是亲的就不安全。

桑如闻言，顿时觉得有些想笑。

好幼稚。

"那你也比我大，"桑如脸不红心不跳地说，"也要我叫你哥哥？"

周停棹半晌没动静，桑如看不清他的神情，忽而他撤开，那股带着压迫的空气终于松快起来。

但这轻松只维持了片刻，桑如在黑暗里很容易丧失安全感，于是试探地叫他的名字，又坏心地喊了几声另一个称呼。

桑如正想说什么，一段曲子蓦然从一旁传来，跟着掉在沙发上的手机响起，一方屏幕在这个角落里亮得不合时宜。

她伸手去拿，却见有人更快一步地将它拿起，紧接着，铃声停止。屏幕上的光投射到周停棹的脸上，终于叫她看清了他的面容。

他的眉头今夜几乎没松开过，此刻唇线紧绷，脸上浮着点薄红。

他就这样盯着屏幕看，直到光熄灭，周遭恢复黑暗，桑如听见硬物坠落声在沙发上响起。

被美色迷了眼，她这时才想起来问责："你挂我电话做什么？"

"烦。"

桑如隐约猜到是谁的来电，故意问道："是谁的电话，洛河哥哥吗？"

周停棹的掌心倏然收紧，带着些许愤怒的语气回道："不许提他。"

"凭什么？"

想到来电显示上刺眼的名字，方才被那个称呼纾解的心绪又繁杂起来，周停棹现在的确已经再度头昏脑涨。

大概那股在胸腔里横冲直撞的情绪名为"嫉妒"，名为"不甘"，名为"我爱你，你却为什么不能同样爱我"。

成年人的标志之一是能驾驭情绪，然而这一刻来袭，周停棹却发觉自己整个人无力得只剩那些翻涌的情绪。

头脑昏昏沉沉的,翻来覆去地只留下这样的想法。

"你为什么不能爱一爱我呢?嗯?"

他将头埋在桑如脸侧,轻轻蹭了两下,将这话喃喃地说出,声音低得好似在自言自语。可这声音就在耳畔,桑如听见了,倏忽愣住,方才还能耍狠的人,现在又好像在示弱。

他的脸很烫,桑如克制下澎湃的心潮,问:"周停棹,你是不是醉了?"

他明明没有喝酒。

"我没有醉。"

声音闷闷的,桑如忽然就心软了。

她奉行的是"人生得意须尽欢",因而做什么都随心所欲,习惯了。包括那时跟周停棹放肆,也包括在梦里对他百般戏弄,当下舒服了就行,管它什么世俗观念,管它什么梦幻现实。

可他总归与她有些不同,规矩地恪守着最后那条底线。每每先出手撩拨人的是她,最后最难忍的也是她,一切都源于她自由的随性和周停棹本能的克己。

猛兽总是在有危机感时显露出凶悍的神情。不如趁这个时机,要他抛开那些没必要束缚住彼此的顾念,要他直面真心。

计划如常进行,她提前跟洛河说好,让他打来电话,考虑周全得连联系人都改成了"洛河哥哥"这样腻人的称谓,机缘巧合下还真叫他看见了。周停棹确实被激到了,刚刚那番激烈的交锋已经足够说明一切,而他却在这一刻再次展现出柔软。

桑如心软了,抬手摸摸他的脑袋,安慰道:"我爱你呀。"

"骗子。"

骗子总说好听的话,做伤人的事。

要她说的是他,不信的也是他,桑如被磨烦了,随口说起反话:"是骗你的。"

周停棹一愣,却还是说了句:"我走了好远才追上来的,你不要骗我。"

桑如困惑地问道:"从包厢出来,很远?"

周停棹似乎并不想回答她,忽然抬手捂住她的嘴巴,俯身附到她耳边,问道:"你有没有秘密?"

"我有。"恶劣的基因开始躁动,周停棹的声线越发低沉,说什么都像在诱骗人心,他说,"我们连秘密都是一样的……"

"所以,你不要骗我。"

越说越让人听不懂了,桑如疑惑的声音从他的掌下发出。

螳螂捕蝉,黄雀在后,拥有上帝视角的人最先拥有主动权,明明打算瞒着她,逗她,可到头来被掌控的还是他自己。

周停棹觉得自己大概真的醉了,他停下一切动作,空旷的包厢顿时只剩两人交错的呼吸。

他说:"Sarah,你还欠我一份策划案。"

言语里提及的内容熟悉得好似近在眼前,桑如愣住,温度骤然从心头退去,她拨开他覆在自己唇上的手,冷静地问道:"什么意思?"

呼吸近在咫尺,奇怪的饮料香气混进少年气。

"梦里梦外,十年前后,你看我有什么不同?"

在这个不知所起的世界,我们本来就是一样的。

心头一震,似有冷水兜头浇下,桑如猛地推开他。

与此同时,一片静谧的房间内,她恍然惊醒,落回现实。

03/

桑如这才发觉自己出了一身冷汗,与此同时,她收到了周停棹的消息。

Z:我们谈谈。

她息掉屏幕，暂时没想好要怎样面对。如果梦的主人不止她一个，那她先前做的那些事，又都算什么？

好在她今天足够忙碌，没有太多闲暇来想这件无厘头的事。

周停棹习惯性地走到咖啡店前台，今天也是那个女孩儿在值班。

"啊，周先生，早上好！"

说完，照旧做了杯美式咖啡放在他面前。

周停棹一早上的低气压，就这样被消除了。

"她有没有说什么？"

"你说桑如姐吗？"女孩恍然大悟地回道，"她直接订了一个月的，每天一杯，前两天会问你有没有收到，今天还没问。你们放心，店里不管谁值班都会记得的！"

裴峰不知道周停棹在抽哪门子风，一整个上午，脸冰得像能把人冻死，导致自己的工作环境极其恶劣。

到吃饭的点，他终于忍无可忍。

"你说你本来在工作时间里就够严肃了，现在连吃饭时间也是，我受不了了！"裴峰"嘚嘚"地发表不满，"你看看，你这张脸，平易近人一点不更好吗？"

周停棹连眼皮也没抬："这顿谁请？"

"别想赖啊，说好你请的！"

"谁平易近人谁请。"

"不是，我错了！"裴峰表情幽怨，见周停棹没反应，他试图继续补救，"我的意思是……"

好像越描越黑了，他打住，直接问："你是不是遇到什么事了？"

周停棹用一副"你在说什么屁话"的表情看着他。

"不是那种事，就比如……"他灵光一闪，"就比如你昨天那么犀利的态度，是不是让桑如生你气了，怎么哄都哄不好了这种的。"

周停棹："……不是。"

"你犹豫了！别装了，快说出来，哥给你出主意。"

好改善改善我的办公环境。这句他没敢说。

周停棹不知道怎么形容才合适，说真话大概率会被怀疑他精神状况出了问题,但他显然没有。

裴峰不管怎么说,感情方面总比他要擅长一些,于是他拣了些能讨教的问题问。

"对方拒绝跟你沟通,怎么处理?"

裴峰:"果然是感情问题。"

周停棹无语。

裴峰反问:"那客户拒绝沟通,你怎么办?"

"电话、短信、邮件,做份全方位分析报告告知风险利弊,去他公司拜访……"

"所以关键是见面,"裴峰打断他,"要创造见面机会。女人比男人想象中要好哄得多,至少比客户好哄,你对付客户那么有一手,怎么在男女关系上会像一张白纸?!"

周停棹:"这不一样。"

"哪里不一样?"

"你对客户有感情吗?"

裴峰愣了一下,随即开怀大笑,问道:"你对桑如有感情吗?"

周停棹在论战里落了下风,回道:"这是孤例。"

"我就是想提醒你,她是你喜欢的人,也是你的客户。"

周停棹摇摇头回道:"把这两者混为一谈,她不会喜欢。"

"你怎么这么死脑筋呢,我是说,AOFEI现在在寻求合作,而我们有实地考察他们公司的必要。"

合华资本在另一个区,桑如一行三人中午出发,回到公司时已经将近下午五点。

回程路上傅屿提到,在他们出去的这段时间,F.C.来他们公司突击考察了。

桑如心一紧,忙问:"考察结果呢?"

"裴总跟我说的当然都是好话,但他们到底怎么想的,我们看他们之后的合作态度就知道了。"

Yuki坐在后座,问道:"那这两家公司,我们跟谁达成合作的可能性大一点?"

傅屿望了眼副驾上的人,问道:"Sarah 你说呢?"

"其实从领域来看,合华显然更合适一些,他们是本土老牌,专精新经济、新消费领域,当然也有其他板块,但比重不大,比较符合我们的赛道。"

Yuki 把脑袋钻到二人中间的空隙:"那 F.C. 呢?"

桑如思索了一会儿,说:"F.C. 涵盖的内容更多,他们最重视也最擅长的领域是科技和医疗,当然我们服务的广告主里也有这些。另外,他们有外资,在海外市场同时具有一定话语权,虽然我们是本土广告公司,但谁说不能放眼海外?"

傅屿大笑,讲道:"你比我有野心。"

Yuki 听着觉得也有道理,又问:"那我们选谁?"

桑如也笑着回道:"那得问我们傅总怎么想的。"

傅屿:"我们现在应该担心的难道不是谁会选我们吗?"

他说完,三个人都不由自主地笑了,终于把最重要的事处理完了,他们显然都轻松了很多。

桑如的手机在开会时开了静音,这时悄悄地亮了一下。

> Z:回来了吗?

周停棹的执行力一向很强,得到了裴峰的建议,下午就跟他还有一个同事去了 AOFEI。

考察当然是正事,但想见的人他却没见到。

他的消息她没回,电话没接,去见人也没见到,周停棹平生少有的挫败感,这回一次性尝了个全。

不过好在终于有了回音。

听到微信提示音,周停棹快速点开。

> Sarah:在路上。

有回复就是还愿意沟通的意思。

Z：下班聊聊吗？
Sarah：今天没空，我要回家一趟。

难以分清这是真话还是借口，周停棹还没想好要做出怎样的回应，就见桑如又发来一条：

Sarah：梦里谈吧。

裴峰正好过来找他，见周停棹对着手机发呆，于是瞥了一眼他的手机屏幕。

看到最后那句，他不由得捧腹嘲笑道："你怎么追人追成这样，居然到了被说去做梦的程度，哈哈哈哈哈哈哈！"

周停棹回复了"好"之后，把手机丢到一边。

心情愉悦了，被笑也不在意，他懒得跟裴峰掰扯。

梦是他们的秘密基地，裴峰不懂。

桑如没骗他，她确实需要回家一趟。

洛河所在的医学研究组出国半年多，最近刚回来，他家准备给他办个接风宴。两家人做了这么多年邻居，关系好得跟一家似的，于是把桑如和她爸妈也叫上了。

洛河问了她的下班时间，说他从医院回来正好顺路，顺便把她接上。

医生的时间观念很强，桑如下楼的时候他正好到门口。

洛河下车来迎，还像以前那样喜欢弄乱她的头发，赞赏道："真是越来越女强人范儿了啊。"

某种程度上洛河跟她亲哥差不了多少，可能因为最近他在梦里出现得略显频繁，桑如倒没什么很久没见他的感觉。

她盯着他还算年轻帅气的脸蛋，评价道："你还是二十出头的时候好看些。"

"废话。"洛河给她开了车门，"可我要现在还跟二十岁那会儿一样，早就被同事抓去做医学研究了。"

　　桑如笑着矮下身子钻进车里，边系安全带边问："嫂子呢，我好久没见过她了。"

　　"出任务呢，可能晚点到。"

　　车很快从写字楼下开走。

　　咖啡店靠窗的那个位子上坐了人。

　　"周总？"

　　周停棹回过神，笑意未达眼底地回道："您继续。"

第十四章
Chapter 14

误伤

周停棹听见桑如的痛呼,眼底聚起怒火,生平第一次这样粗蛮地攥住一个女人的手腕,用了十分力气逼她松手。

他护住桑如,愠怒道:"松手。"

赵晋也在后头喊:"不是她!你认错人了!"

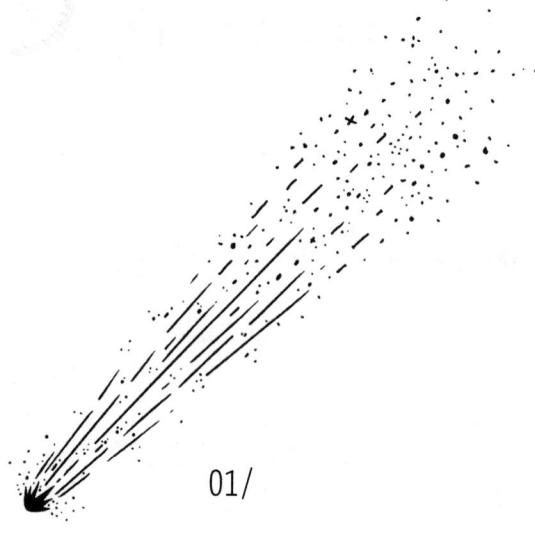

01/

由于梦里的约定,一向对睡眠没有太大渴求的周停棹也早早上床,期待着赶紧入睡。

当KTV其他包厢的吵闹声在耳边响起时,他知道,一切如他所愿。

她说:"放开。"

"不放。"

两个人相持不下,桑如索性不动了。空气静默了半晌,被她的问话打破:"你为什么会在这里?"

周停棹说:"不知道,从有一天梦见这些开始,梦境就一直在持续。"

"那你是什么时候,从哪里开始梦的?"

"你被锁在教学楼那次。"

桑如接着抛出问题:"那你是怎么知道我跟你一样的?从一开始就知道了?"

"不是。"周停棹的鼻尖抵在她的左肩,声音略显窒闷地回道,"是在医院,我听见了……医生的诊断。"

"你!"桑如气急败坏地说,"所以你知道了还不说,看着我什么也不知道,这么骗我你是不是很高兴?"

"我错了。"

"看我什么都不知道,像傻子一样,你是不是很爽?"

她是真的生气了,胸口跟随她的诘问剧烈起伏。

周停棹一整天都在想要怎么做,当下却失了主意,略显局促地收紧怀抱,投降道:"没有,对不起,崽崽,是我错了。"

桑如被这个昵称弄得有些心软,怒火稍稍弱了一些,但还是一言不发。

见她如此,周停棹轻轻地叹了口气:"我不说,是因为舍不得。"

他像陷入了某些回忆,语气轻缓而温柔:"起初以为你是我的臆想,因为我从很久以前开始,就希望你能像这样看着我。你会常常跟我说话,跟我一起学习,会对我撒娇、耍赖、发脾气,很照顾我,偶尔还会依赖我,这让我很高兴。

"后来知道你就是你,不是我幻想出来的你,这是我得到过的最好的消息。"

"所以这个梦对我来说真的是梦,不能说破。"周停棹停了一下,将她脸侧微乱的碎发拨到耳后,"你看,像现在这样,你知道了,我的梦就醒了。"

桑如不太懂得要如何描述自己此时的心境,她只知道,自己有点想哭。

在自己创造的世界里随心所欲,这真是太酷了。可如果这一切,只是因为他们全都服从于她的内心世界,好像又有哪里不对。

她原来跟周停棹是一样的,沉溺于一个跟那个人几乎百分百相同的形象,又希望这具躯壳里有那个人的魂。

她为他骗她、逗她而生气,却也为他是他而窃喜。

桑如狠狠地咬住他的肩膀。

湿润的眼泪淌进唇间。

桑如吸吸鼻子:"谁说梦醒了?"

失控的心绪在慢慢回笼,此前激烈争锋的场面好似根本没出现过。

就在这时候，包厢门忽然被推开，紧接着，灯全部亮了起来，呵斥声乍起。

"不许动！"

桑如下意识地抬手挡了下眼睛，适应后一看，面前竟站着好几个穿着警服的人。

"有人举报这间包厢里有人嫖娼，麻烦跟我们走一趟。"

民警小张入职半年多了，总算习惯了琐碎的工作日常，这回又处理了一起邻里纠纷，回来写完案件汇报材料时，天已经黑了。

他收拾完东西准备下班，正巧迎面遇上扫黄打非组的同事回来，便招呼道："赵副队，收队了？"

赵晋颔首说："嗯，下班了，赶紧回吧。"

小张道了声"再见"，这时突然看见两个熟面孔。

他心里犯起嘀咕："这不就是前几天丢了自行车来报案的两个学生吗？"

"自行车还没找着呢，那小偷是个惯犯，偷到手就赶紧倒手卖出去了。"小张自顾自地解释道，"在追了，你们也别急，怎么还大晚上的上警察局来问呢……"

桑如一愣，认出来这是当时领他们做笔录的民警，看了周停梓一眼，见他脸色也不大好，尴尬的感觉才淡了一点，干巴巴地答了句："哦……"

旁边把他们"缉拿归案"的小警察摸不着头脑，说："他们是我们带回来的嫌疑人。"

小张瞪大了眼睛，一脸不可思议地问："扫黄扫到你们了？"

桑如则干笑两声，解释了一下："误伤。"

周停梓则像是脸上结了冰，一言不发。

"好了，我们到审讯室聊一聊吧。"赵晋在前头催。

两个人被分别带进了两间屋子，周停梓走之前深深看了桑如一眼，用口型说："别怕。"

桑如点了点头作为回应，然后被催促着进了屋里。

"我们真是去聚餐的,刚刚监控里你们也看到了。"桑如说。

"但这间包厢只有你们在这个时间段进去过,并且很久没有出来。所以你能阐述一下你们两个人为什么从原本的聚餐地点,换到了这个包厢吗?"

这到底能怎么说?这能说?

桑如想了一下,眨眨眼,乖巧地问道:"警察叔叔,恋爱该不会也犯法吧?"

赵晋无语了。

又进行了几轮问答,赵晋终于确定,他们是抓错了人。谈话莫名陷入略带尴尬的氛围中。这时有人敲了敲门,他命令道:"进来。"

进来的是刚刚把周停棹带去隔壁的那位警察,他看了桑如一眼,把一张纸放在了赵晋面前,说:"赵队,这是那位男生的笔录。"

"好。"赵晋拿起纸,从旁边记录员的手上拿过另一张纸,对桑如道,"你在这张笔录上签个字,然后先出去等一等。"

桑如一目十行地看完了自己的审讯记录,根据不完全统计,自己提到"恋爱"一词三次,"男朋友"不下五次。她心想还好这是给他们封进档案里留存用的,不会让周停棹看见,便在上面签了名。

桑如出了审讯室,见周停棹在走廊的椅子上坐着,旁边是那位之前帮他们抓贼的警察小张。

见她出来,小张撞了下周停棹的手肘,道:"出来了。"

周停棹抬眼,懒懒的眼神转而锐利起来。桑如瞥了他一眼,听见小张警察热切地问:"怎么样?"

"就那样呗。"

两个人已经坐在一块儿,只剩下小张警察旁边还有空座。桑如坐过去,语气还算轻松。

"刚刚小周都已经跟我说了,是误会,放心,我们警察不会乱抓人的。"

桑如笑了一声:"这还不算乱抓啊?"

小张讪讪地解释道:"你们这不是刚好在场吗,协助取证,协助取证啊……"

桑如不置可否地撇撇嘴，又听小张警察说："按理来说，你们小情侣的事我不该插手，不过有话就好好说啊，何必出来玩还单独出来吵架呢？"

小张调解邻里、情侣、夫妻纠纷的经验太多了，这时候职业病发作，碎碎念道："你们还年轻，应以学习为重……"

"等等，"桑如打断他，"谁说我们是小情侣了？"

"啊？小周说的呀……"

桑如挑了挑眉，周停棹的身子被挡住，她只能看见他的外套衣摆。

"他还说什么了？"

小张下意识地看了一眼周停棹，见他面色如常，甚至眼神都没分过来一个，便试探道："还说你们因为他犯错了就吵了个小架，然后他就强行把你带进包厢去想哄哄你，然后我同事他们就过去了。"

桑如拖着长音"哦"了一声。小张愣愣地问："难道不是吗？"

桑如说："是啊，他惹我生气来着。"

小张听完，立刻又去碰周停棹的胳膊，咬着牙小声劝道："还不赶紧哄？"

周停棹看过来，视线在他们几人身上来回打量了一番，小张顿时了然，起身说："哎呀，坐在中间好热呀，我跟你换个位子。"

于是，周停棹顺利地挪到桑如旁边来。

谁知桑如理也不理他，身子往后靠到墙上，隔着他对小张说："今天怎么没看见秦夏姐姐？"

"你说秦队啊，她今天好像约了人，难得一到点就下班了。"小张为了方便交流也靠到后面，转头问道，"你认识我们秦队？"

"算是吧。"

两个人聊得不亦乐乎，周停棹咬了咬后槽牙，索性也往后一靠，把左右两边的人连视线也阻隔开。做完他像没事人似的，平静地看着前方的地面。

桑如正说着什么，被这么强行切断交流信号，哂笑一声，又继续若无其事地把话说完。

小张倒是想起来交换位子的意图，对周停棹小声地教导道："女孩子要靠哄的，你不是惹人家生气了吗？怎么还一句话都不说！"

周停棹掀起眼皮，懒懒地看着他，开口应道："好的，警察叔叔。"

小张心里突然很不对味儿，凭什么他们比他年轻，却看起来比他还稳，但又可以叫他叔叔？

他越想越不得劲，起身留下一句："你们先聊，我去泡杯茶。"

审讯室的门紧闭，里头的人大约还在商议着什么，看顾他们的人也不在了，空旷的走道里只剩他们两个。

"对不起。"

桑如听见周停棹冷不丁地道了个歉，问："对不起什么？"

周停棹转过头来望着她，道："如果我没有带你进那间包厢，我们现在也不会在这里。"

"有些事也是进去了才知道，何况如果不是这样，谁知道你要骗我多久。"

"崽崽……"

"好了好了，不说你了。"桑如摆摆手，"你不是还跟他们说我们是情侣吗？情侣之间有什么好对不起的。"

反话正说，周停棹听懂了她的揶揄："抱歉，我好歹需要一个说辞。"

说辞那么多，怎么非选这一个？

桑如没问出口，心里却想：好巧，我也是这个说辞。

周停棹没来得及按别人的建议继续哄她开心，二人之间微妙的氛围就突然被外头传来的一阵脚步声打断。

高跟鞋与地砖相碰的声音清脆，却因鞋主人匆忙的脚步而显得格外凌乱，令人一阵心烦。

来人是个看起来三四十岁的女人，穿着打扮很是精致贵气，应当是家境很好。见只有他们两人在，便问："请问刚刚有没有嫖娼的人被抓过来？"

桑如和周停棹对视了一眼，沉默着没有说话。

审讯室的门突然打开，女人立刻迎上去，问道："警察先生，请问嫖娼的人抓到了吗？"

赵晋："你报的案？"

女人冷静地答："是的。"

赵晋下意识地看了一眼桑如和周停棹，那女人转过身来，视线直直地盯着桑如，不知为什么令人觉得瘆得慌。

她突然踩着高跟鞋来到桑如面前，低头咬牙切齿地指责道："就是你吧？"

周停棹立刻起身挡在桑如面前，然而女人的速度太快，就这样绕过周停棹抓住了桑如的头发，仍是恶狠狠地追问道："就是你吧？看着人模人样的，年纪轻轻不知羞耻！"

她身后的警察也立刻过来拉她，奈何她一个女人，力气不知怎么会这么大，死活拉不开，况且稍一用力拉她，桑如的头发便也会跟着被拽得更厉害。

周停棹听见桑如的痛呼，眼底聚起怒火，生平第一次这样粗蛮地攥住一个女人的手腕，用了十分力气逼她松手。

他护住桑如，愠怒道："松手。"

赵晋也在后头喊："不是她！你认错人了！"

女人这才泄了力，被警察拖着往后退了几步，早已失去了方才的贵气，喃喃道："认错了？那他人呢？他们人呢？！"

"您跟我们过来，坐下慢慢说……"

高跟鞋的刺耳声消失在审讯室门后，赵晋过来询问："没事吧？"

然而这两人没一个理他，他悻悻地摸摸鼻子，道歉道："这次是我们工作失误，非常抱歉，你们可以先回去了。"

周停棹跟他差不多高，甚至比这个成年人还要略微高出一些，此时他的眼神阴鸷，传递出极强的压迫感，令赵晋忽然不知道该说什么。

然而周停棹一句话也没说，转身蹲在桑如面前，抬起手来，揉了揉她的头发，安慰道："没事了……"

桑如原本低着头，忽而抬眼看过来，眼眶已红了一圈。

就这么受了一场无妄之灾，桑如到现在还有点蒙，原本满腹怒气，可看到他这样，怒气就忽然被委屈代替了。

周停棹极少体悟心疼的滋味，眼下却觉得自己的心脏在一片片碎裂。

他轻声安慰着:"揉一揉就好了……"

02/

周停棹不知道女孩子是不是受了委屈都会掉眼泪,总之桑如眼睛红红的样子印在了他的脑海里,总是挥之不去。

"走吧。"她说。

周停棹跟在她身后,几度想要伸手去牵住她,试探的动作在发觉前方有人来时止住。

一袭黑裙的秦夏迎面走来,桑如看见她,下意识地叫道:"嫂……秦夏姐?"

匆匆赶回局里的秦夏被人叫住,却发现对方是个面生的小姑娘,她困惑地问道:"你认识我?"

桑如笑了一下,回道:"现在不就认识了?"

没等秦夏再发问,赵晋再次从审讯室出来,走过来问秦夏:"怎么还真回来了?"

"刚好在附近,不是说出问题了吗?什么情况?"

赵晋看了眼一旁的两人,交代了一下:"一位女士报警说春和路那家KTV有人嫖娼,精确到包厢号,我们去抓,结果抓错了人……"

秦夏皱眉,不解地问道:"怎么会抓错人了呢?"

"报案人其实是发现她丈夫有外遇,翻到他们的聊天记录说今天要在那里见面,就报了警,想报复他们,"赵晋停了一下,说,"我们去的时候只有这两位在,就发生了一些误会,刚刚把他们先带回局里做了个笔录。"

秦夏听了,眉头皱得越发厉害。

"桑如?"

突如其来的一声从秦夏身后传来，桑如应声望去，却见穿着一身西装的洛河走了过来。

"你怎么在这儿？"两人异口同声地问道。

周停棹微不可见地蜷了下手掌。

桑如漫不经心地回道："我来警察局一日游。"

在场所有人都被这个回答弄得不知该如何接话。

"我是他们的队长，为今天的工作失误向你们道歉。"秦夏后退一步，忽而向她和周停棹认真弯腰鞠了一躬。

桑如立刻上前扶起她："没事。"

她悄悄伸手到背后，挥动几下朝周停棹示意，他会意后，也开口回道："没关系。"

周停棹嗓音有点冷硬，桑如回头看他，见他还板着脸。

洛河停了车过来，听得一头雾水，问道："怎么回事？"

"回头跟你说，我们先走了。"桑如转向秦夏，又说，"秦夏姐再见。"

得来秦夏一个抱歉的颔首，桑如最后朝她笑了笑，头也没回地拉住了后面的人。

周停棹就这么猝不及防地被桑如牵住了。

她拉着他往外走，跟洛河擦肩而过时小声说了句："你抓紧点。"

"什么抓紧点？"

桑如恨铁不成钢地咬牙提醒道："嫂子。"

洛河以为她脑袋灵活猜了出来，顿时生出几分被人窥见恋情动态的赧然，快速回道："知道了！"

周停棹离得近，即便他们控制着音量对话也能隐约听见，这下他刚看到洛河出现时的微妙不爽忽然就找到了出口。

出了警察局，桑如松开他，问："你笑什么？"

周停棹回过神，放下不自觉翘起的唇角，回道："没什么。"

见桑如转身就走，周停棹还是开口拦住她，问："所以洛河……哥，跟刚刚那位秦队，是情侣关系？"

洛河哥？之前碰见他不是还跟洛河打招呼都不愿意吗？

桑如见鬼一样地看着他,问:"你叫他什么?"

"……他不是你哥哥吗?"

"我都不这么叫。"桑如说完,忽然想起他隐瞒她的事,又说,"你一个二十七岁的老男人,怎么好意思叫一个二十三四岁的人'哥'?"

周停棹噎住,自食恶果。

见他越发窘迫,桑如心情舒畅,收起火力说道:"走吧。"

周停棹想起傍晚时分在公司楼下所见,他纠结了许久他们的关系,这时好像都失去了意义。

两人走着走着就从一前一后变成了并肩,周停棹轻声问道:"还疼吗?"

哪壶不开提哪壶,桑如还是好好答了:"不疼。"

听见周停棹放心地"嗯"了一声,桑如想了想,又说:"说到底还是那个男人的错,谁让他管不住自己。"

说完便意有所指地看了看周停棹。他沉着脸,对视回去,回道:"我管得住。"

恰好走到公交站牌的背后,落下的阴影将他们覆盖,另一头是来往的喧嚣车流。

桑如"哼哼"地笑了两声,手指似有若无地掠过他:"我看不是。"

她使完坏,走到站牌的另一边去,周停棹却被这突如其来的一掠弄得不上不下。他什么也不能做,她还没说原谅。

周停棹默念了三遍"管得住",平静片刻,也去了前头的等候区。

桑如坐在椅子上,暖黄的灯光照在她身上,显得温暖而炙热。她抬头,见他来了便勾唇笑道:"过来。"

周停棹坐到她身边,方一落座肩上就一沉。

"车来了叫我。"

一切行为都显示出一种理所当然,周停棹却因她的言语和动作而心生窃喜。她的声音听起来已经困倦,他一动不动,也没有伸手去揽住她。

面前的车流来来往往,周停棹终于侧头,嘴唇蹭过她的发顶,无声地说了句:"晚安。"

03/

那两个人已经离开了,洛河还没说什么,便听秦夏问:"你们认识?"
"嗯,邻居家妹妹。"
原本只当她是随口一问,没想到接下来的话让他心里一凉。
"这种类型的女孩,跟你更合适。"秦夏说。
她说得很认真,洛河明白这不是她的反话,更不是客套的托词。
秦夏比他大三岁,她更喜欢成熟些的男人,他知道。今天的约会他好不容易才争取到,却又因"局里有事"这样一句,约会还没怎么进行他便将她送了回来。

他装作平静地问:"所以呢?"
秦夏皱了皱眉,说:"没什么。今天谢谢你。"
"不用谢,那我们的约会?"
秦夏思忖片刻:"我现在还有些公事要处理,不方便招待你,改天再约,你看可以吗?"
洛河点了点头,说:"好。"
他眼看着秦夏一边跟副队长讨论一边进了审讯室,走廊瞬间空寂下来,连带今天跟她相处的所有时间都像泡沫一般消逝了。
但不必担心秦夏会毁约,他知道,她说出口的承诺,就一定会履行。
明天是周末,不用考虑喝醉会影响给那群小屁孩看病,洛河开着车,思考着该去哪家酒吧买醉,忽然就看见路边有两个熟悉的身影。靠在一起坐着的,不正是桑如和那个男孩?
洛河在他俩旁边停下车,开了车窗问道:"一百块,走不走?"
桑如睁开眼,笑了,对周停棹说:"你哥来了。"
周停棹沉默不语,又听旁边人起身说了句:"坐霸王车,走不走?"
"你没钱,他有就行了。"

周停棹被两个人轮番挑衅，却不能反抗，憋得胸口发闷。

桑如心情却很好，拉着周停棹双双坐进后座。

洛河怒道："你们还真把我当司机？"

"不然呢？"桑如说，"副驾驶是留给嫂子的。"

洛河这才偃旗息鼓，绕开秦夏的话题，问："你们怎么会在警察局？"

桑如侧头看向周停棹："你说。"

周停棹把来龙去脉讲了一遍，车厢里顿时被洛河的笑声灌满了。

"别笑了，都说是误会！"桑如拍拍椅背，"好好开车！"

洛河笑着笑着就停了，醒过神来反问："那不就是你们破坏了我跟她的约会吗？"

两个人无辜地说："什么啊？"

"她接到电话就赶回来了，电影都还没来得及看呢，"洛河冷笑了两声，"原来是来处理你们的事啊。"

"男人有工作重要吗？"桑如说，"你觉得呢，周停棹？"

周停棹忽然觉得脖子上架了把刀，求生欲满满地回道："没有。"

这个答案看来是让桑如满意的，她拉过他的手，百无聊赖地玩起了他的手指，说："听见了吧，洛河？"

洛河持续输出冷笑，问道："你们肯定是站在一边的。"他随即把车在路边停下，说，"给我下去！"

桑如一愣，没有动。

"行，那我自己下去。"他说完，真的打开车门下了车。

周停棹说："我去把他追回来？"

桑如抬眼看他："为什么要追？"

"我们虽然会开，"周停棹说到这里，停了一下才继续，"但目前的年龄还不能上路。"

桑如看着他，忽然笑了出来，抬首示意看窗外。

周停棹顺着窗外她指的方向看过去，只见洛河进了路边一家便利店。

"他去买东西了，这辆车他当宝贝似的，怎么可能不要？"

周停棹"哦"了一声，旋即闭上了嘴，不再说话。

自从跟她说了实情，自己就好像说什么错什么，战战兢兢的，反倒不知道怎么讨她欢心了。

桑如说:"看来你挺适应现在这个身份的。"

"嗯?"

"遵守未成年人的规则。"

周停棹分不清她是在继续刚刚的对话,还是在特指其他的什么事,总归听起来话中有话。

桑如见他不说话,便又开口说:"当然,成年人的规则也是。"

周停棹不知她的用意,说:"规则本身的存在就是为了让人遵守,不过,也是用来……"

桑如接口道:"用来打破。"

周停棹看着她亮晶晶的眼,想法却在此刻与她同频。

车门一响,洛河开门看见他们还在,"哟"了一声:"怎么司机都走了你们还不走啊?"

桑如问:"买了什么?"

洛河系上安全带:"酒!"

"哦,"桑如说,"没意思。"

洛河忽然认真地说:"你们还年轻,不该做的事别做,懂吗?"

周停棹:"嗯。"

桑如笑了笑,说:"还挺像个哥哥。"

洛河发动车子,"呵呵"了两声。

第十五章
Chapter 15

相守

约定待来日兑现,眼下一切兜兜转转,回到该齐头并进的正轨。

两人站在青春里,想起那时香火缭绕,有人对他们说:

"机缘纯熟,好事将近。"

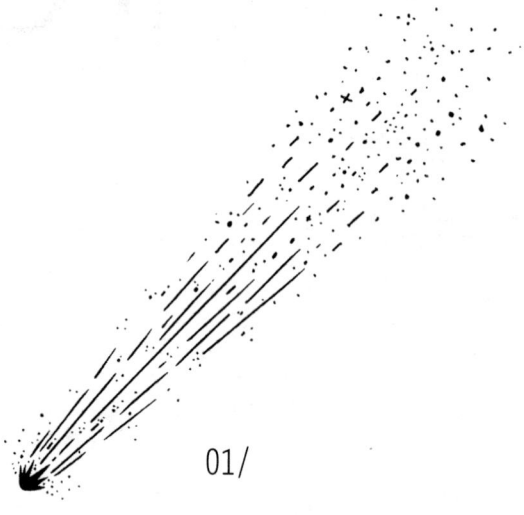

01/

洛河将车开到学校门口,准备先把周停棹放下,谁知桑如跟着一起下了车。

他降下车窗,问道:"你下去干吗?"

"走回去啊。"

洛河看看她,又看看她旁边的周停棹,大概明白了什么,顿时有些无语。

他在甩他们一脸汽车尾气前飞快地说了句:"走了,你们注意安全。"

洛河已经离开,见周停棹还在原地傻站着,桑如说:"不送我回去?"

他回过神来,答道:"送。"

桑如现在住的小区离校门不过五分钟的路程,这段路并不会因为许了愿就真的没有尽头,到达她家楼下时,时针刚悄悄走过十一点。

桑如回过身,打趣般地说:"你怕不怕?要不要我再送你回去?"

周停棹一愣，无奈地答道："不用。"

"还有话要跟我说吗？"

空气陷入沉默，周停棹想了想，要说的话密密麻麻地交杂在一起，竟让他一时理不出话头。

"好好休息，周一见。"他最后说。

给了他发言的机会，他却就说了这样一句，桑如笑道："恐怕明天就要见了。"

"嗯？"

他们前座的那两个女生上回打探了红绳的来处，竟都把他们的随口胡诌当了真，要他俩带着一起去寺里上个香求点信物，好保佑高考顺利。

桑如将方才聚餐席间两人的请求转达，又问："怎么，去吗？"

"去。"周停棹说，"去圆我们的谎。"

桑如说："这你确实是擅长的。"

周停棹："……"

又被这么刺了一下，周停棹深深地看着桑如，嘴唇微启，却没说出什么话来。

"你想说什么？"

非要她说些刺激他的话，才肯掀起些波澜，周停棹这个死犟的性格，不知道是从哪里来的。

桑如抬眼瞧他，见他光是眼神像是含着千言万语，嘴上却又缄默不言，顿时觉得没意思，扔下一句"不说算了"，便转身就走。

走到楼梯间，身后突然传来一阵急切的脚步声，紧接着手腕就被人牢牢攥住了。

"等等。"

桑如勾唇，转身又装出一副平静的模样，安静地等他的下文。

楼道里的声控灯设在楼梯拐角，只有微弱的光照到这里，周停棹几乎整个人隐没在暗色中，让人看不清他究竟在想些什么。

过了半晌，他终于道："不要生气了，好不好？"

桑如："我能生什么气？"

腕间的力度悄然增大,桑如不适地活动了一下手腕。周停棹只当她要挣开,骤然攥紧她,将她拉过来,与自己贴得更近。

发香钻进鼻间,成为撩动人心的利器,周停棹微微低头,嘴唇蹭过她的发顶:"不要这样,是我不好。"

"哪里不好?"

"我不该瞒你。虽然跟你说过原因,但这确实是我的错。"

"对不起。"周停棹今天的道歉量彻底超标,忽而他的头又低了一些,蹭到她耳边说,"可是你也欺负我了。"

语气里还带着委屈,桑如一听,气急败坏地问道:"我欺负你什么了?"

思绪打架的间隙,周停棹像是寻找到了论据,一五一十地说道:"你戏弄我了,碰我了,也……"

桑如:"哈?"

"我巴不得你那样对我,你怎么对我都好,但是你不能不理我,生气也不能不理我,打我骂我都好。你要是离我远远的……"

桑如说:"怎么样?"

周停棹叹了口气,说:"我就去找你,天涯海角地找,梦里也找。"

"找到了,然后呢?"

"然后能怎么办呢,"周停棹压着声音,语气也弱了下来,"只好求你快跟我回来。"

桑如只感觉胸腔里的心跳得厉害,简直快要能被他听见。

越是这样,越要先发制人,桑如说:"你心跳好快啊。"

她听见周停棹轻轻笑了一下:"嗯,我在紧张。"

"紧张什么?"

周停棹深呼吸了一下,略显无奈地回道:"我在表白,你听不出来吗?"

桑如的手下意识地抓紧了他的衣角,语气平常地回道:"哦。"

"哦?"周停棹松开她一些,垂眸看她的眼睛,"只是这样?"

桑如抿了抿唇,回道:"不然呢?"

周停棹把人锁得更紧,沉声道:"你总是口不对心。"

"跟你学的。"

两个总爱正话反说的人此时在昏暗中拥抱,被困住的人没挣扎,困住人的反倒甘愿做对方的猎物。她总在说些不那么让人爱听的话,却句句都往他心坎上戳。

光明正大地以他自己的身份向她剖白,不是借由欢爱,不是借由年少的遮掩,周停棹第一次觉得他们可以离得这样近。

命运拿走了些什么,居然会以另一种方式返还。例如让他们重遇,例如让时光在梦中回溯,再例如牵扯住险些失之交臂的人,让他们终于在过去的这个时刻,以未来的灵魂开始相爱。

他们去了白云寺,同行的还有班上另外两位女生。从白云寺返回时,桑如和周停棹为了独处,提前在中途下了车,来到一个小商圈。

广场上停着不少自行车,什么样的都有,桑如拉着周停棹的手去往餐厅的路上,忽然就被一辆车攫住了视线。

她脚下一停,指着那辆海军蓝色的自行车说:"那是不是你的?"

周停棹顺着她指的方向看了过去,观察了一会儿,果真有些像他上回被偷的那辆。

桑如走过去仔细察看了一番,斩钉截铁地道:"就是你的。"

周停棹笑着问:"怎么这么确信?"

"它后座上有连着的三道像小猫胡须一样的划痕。"桑如摸了摸那划痕,嘟囔道,"我上次坐上去之前擦了好几遍,就记住了。"

周停棹依旧盯着她看,桑如立刻转移话题:"可是它被锁了,没法带走……你等我一会儿!"

人一下子跑出去,周停棹微不可闻地叹了口气。见她往马路对面走去,也不知道她是去做什么,只能一直在原地等着。

过了好一会儿,桑如才回来。周停棹见她跑得气喘吁吁,手还背在身后,便抬手擦了擦她额上的汗,问:"干什么去了?"

只见她扬了扬眉,从身后拿出把车锁来。

周停棹不太明白她要做什么,只"嗯"了一声。

"给他加道锁,我们用不了他也别想用,"桑如说这话时神采飞扬,旋即又对周停棹说,"回头给你买辆新的。"

个性明明是睚眦必报,豪言壮语间却又显出十分的可爱。

下午这会儿正是电影院人满为患的时间,买票的队伍里除了他们,多的是小情侣在腻歪。

周停棹站在桑如后头,听她嘎吱嘎吱咬着爆米花却不回头,于是倾着身子站到她侧边去,趁她拿起一颗,便飞快地把她手上的爆米花叼进嘴里。

桑如都蒙了,睁大眼问道:"你这么饿?"

周停棹白了她一眼,因为她的不解风情。

桑如捻着指尖说:"连我的手指都想吃?"

周停棹下意识看了一眼她的指头,细细的两根,轻轻摩挲着。他移开视线,冷静地回道:"不饿。"

桑如不置可否地笑了笑:"哦。"

电影选了一部他们甚至都没什么印象的爱情片,桑如选的。

座位在最后一排,桑如挑的。

周停棹听见她含笑说:"干吗一直看我,我比电影好看?"

他整个人都紧绷着,答道:"嗯。"

桑如愣住了,随后说:"我想对你做的事,现在估计最后一排也藏不住了。"

大荧幕正放映到两个主角的雨中吻戏,没有人有闲暇来注意从过道出去的两人。

他们穿过悠长而黑暗的廊道,电影的声音在身后越来越小,桑如牵着周停棹的手不停向前。

他们跑出去,跑到月色里。

到最后气喘吁吁,桑如泄力地靠在他身上,只听到他说:"快点长大吧,崽崽。"

桑如闭着眼睛平复着呼吸,问道:"你想回去了?"

周停棹说:"不知道。这里好像也不错。"

桑如"嗯"了一声,忽然想到什么,说:"你说,如果这是我们最后一次一起做梦,该怎么办?"

周停棹居然大胆地揉乱了她的头发。
"笨蛋，那我们一直在一起不就好了。"
我们不会只在夜晚相爱。

02/

不知道是不是高三养成的生物钟对她有了影响，桑如这天醒得格外早。她躺着放空，思绪乱飞，脑海里忽然有了一个想法。

她给家里拨去个电话，是住家阿姨接的，说她妈妈还在睡。许姨在她们家工作了很多年，可以说是看着她长大的。

桑如想，问她也一样，便道："许姨，我高中的毕业照您记得放哪儿了吗？"

"怎么突然想起来要这个？应该在你的小书房里吧，我去给你找找。"

"好，我过会儿回去拿，谢谢许姨！"

桑如利落地起床，洗漱穿衣化妆，早饭暂时不打算吃了，回家正好蹭蹭许姨的手艺。

七月的城市总是格外被日头偏爱，好在现在才七点不到，空气里还隐约留有凉意。

桑如出了单元楼，步伐被前头的一个身影牵绊住。

那人只穿着简单的运动装，高高的个子撑起这身打扮，站在那里很是惹眼。他没做什么发型，头发在空气中自然地蓬着，日光在他被风卷起的发尾跳跃。

在一个极其普通的清晨，周停棹带着满身的朝气朝她走来。

他淡淡地笑着打招呼："早上好。"

桑如非常自然地同他打招呼，至少看起来是，而后她问："你怎么在这里？"

两个人并肩往外走。

周停梓说:"我在这儿也才站了十几分钟,这段时间我预想了十几种说法来回答你这个问题,要听听看吗?"

"比如呢?"

"比如,我出来晨跑,刚好路过。"

桑如笑着说:"你住马路对面,怎么在这边的小区里晨跑,还路过?"

"是啊,"周停梓声音轻轻的,带上笑意之后会有许多温度,"所以我意识到,这十几个预设的回答都太蹩脚,你又怎么会信?"

"所以呢,最后你准备好的回答是什么呢?"

周停梓的脚步慢下来,桑如也就跟着停下。

他垂下头,锁住她的视线,说:"事实上,我只是想跟我的女朋友,一起吃一顿早餐。"

桑如盯着他看了半晌,忽然"扑哧"一声,笑了。

"周停梓,你是不是怕我跑了啊。"

"是啊,怕你赖账。"

"周总,法治社会,可不兴蹲人。"

你来我往地过了几招,是他们相处时的常态,桑如半天没听到周停梓再回嘴,接着就听见他突然问:"要牵手吗?"

跟男朋友在一起的第一天,桑如决定对他偏爱多一点,于是又打了个电话给许姨,让她先把毕业照收着,她另外再找时间回家去拿。

至于她人呢,被人牵着过了一条马路,就这么被骗到他家来了。起因是周停梓这里刚好也有他们的高三毕业照,而他又刚好会做饭。

周停梓把照片保存得很好,还特意在外头覆过了膜。

桑如在第四排中间找到了周停梓,他太显眼了,一下子就能看到。

至于她自己……

桑如视线下移,落在他正前方的那个位置。

他们一前一后地站着,都在摄影师的指令下傻傻地露着牙齿笑。

原来他们曾经离得那样近,她却从没留意过。

周停梓端着鸡蛋吐司过来,桑如想起了梦里他做的那碗蛋炒饭。

"周停梼,我想去学校看看。"

"好,周末就去。"他想也不想地应下,摆好盘又问她,"咖啡?"

桑如摇了摇头,说:"牛奶。"

周停梼很快端来一杯纯牛奶,在她对面坐下。

"我那儿新来了一个实习生,小男孩儿,特别逗,他每天都要喝牛奶,在我们一众咖啡党里脱颖而出。"桑如把照片放在桌上,指了指周停梼站的位置,"我当时就觉得,他跟你那会儿给人的感觉有点像。"

周停梼:"是吗?"

桑如用期待的眼神看着他,问出了好奇已久的问题:"你以前真的这么清纯吗?"

周停梼筷子一抖。

桑如撇撇嘴,继续说:"在我梦见你之后,就发现你上学的时候怎么那么乖,我说什么就是什么,比我还喜欢脸红,跟你现在好不一样。所以我一度怀疑,那个你,是不是照着我喜欢的样子幻想出来的。"

周停梼喝了口水,问道:"所以我现在是什么样?"

"真要听啊?"

"嗯。"

"好吧,那你别生气!"桑如掰着手指开始数,"高傲、毒舌、爱戏弄我、桃花太多……"

说到最后,她果断地又加了一个词:"甲方。"

周停梼听完,点点头,回道:"真遗憾,你男朋友听起来好差劲。"

"谁允许你说他的?"见周停梼挑了挑眉,桑如咬了口鸡蛋吐司,"只有我能说他。"

周停梼忍俊不禁,半晌后忽然说:"那个实习生,很好吗?"

桑如想了想,说:"啊?挺好的啊。"

"比我好吗?"

桑如无语。

"你说他像以前的我,而现在的我不如以前那样讨你喜欢,那你会移情别恋吗?"

桑如被他说得一愣一愣的，反应过来，无语道："你有事吗？"

"有。"周停棹直白地看着她，"你太好了，我没有安全感。"

桑如心想：真能装！

周停棹提醒她："这一点也可以加进我的那些缺点里。"

"别吃飞醋，我对小孩儿能有什么想法。"

"哦？"

听到他调侃的语气，桑如想起什么，耳朵根都热了。

"你除外。"

周停棹若有所思地"啊"了一声。

"崽崽，我们是在不停成长的。"

"是呀。"

他轻轻摩挲着她的指节，说："而我十七岁爱你，二十七岁也爱你。"

一阵酸意涌上鼻间，桑如把那丝动容压下，开玩笑地问："那七十岁呢？"

周停棹笑了一下，说："七十岁啊，该爱漂亮老太太了。"

"你敢！"她恼起来实在生动，更能激发他的"恶劣因子"。

"风投是在不停地寻找投资对象，无论结果是成功还是失败，最后都会抽离。"

周停棹脸上的笑意渐渐淡去，终于庄重而虔诚地望向她眼底——

"但我不是。我永远忠诚于你。"

03/

一年后。婚纱店。

这家婚纱店有些眼熟，周停棹想起来了，往常上班时，开车总能经过，只是他没想过有一天会真的带她来到这里。

她进了试衣间去试婚纱，店员也拿了几套礼服过来给他试穿。

周停棹换上一身黑白西装,跟历晨霏和杨帆一起等桑如出来。

无意间的际遇撮合了两对情人,历晨霏等着等着,自己也忍不住挑起婚纱来,杨帆在旁边亦步亦趋地跟着,准备随时接受爱人的问询。

他们的谈话声不断,屋外也喧嚣,周停棹却觉得时光安静得很。

时间的齿轮旋转着,这些奇妙的事情美好得仿佛初升的太阳,是命运垂青,让他们的命运轨迹从此重合。

他的灵魂原本亲历的一切,是漫长的追随,孤独的守望,溃烂的渴求。

大约猛烈的狂喜总伴随着阵痛,他在漫长的十年里困锁自己,原来只是为等待这一天的到来。

试衣间的门帘缓缓打开,他的公主披上白纱从梦中走出。

他听见旁人的吹捧,夸她漂亮,夸她美艳,那些声音在耳边盘结交错,成为空洞洞的杂音。

所有的场景都在退却,他只能看见她、听见她。

桑如嘴角弯起来时总是格外好看,她歪着脑袋望过来,透过时间的罅隙俯瞰他的灵魂。

"好看吗?"她提起裙摆问。

"好看。"周停棹答。

眉头俏生生地蹙了一下,她的表情也可爱极了。桑如说:"那你怎么还不过来?"

意识上缴以供驱策,让人甘做她的仆从。

周停棹走过去,左手背在身后,以绅士的礼节向她伸出右手。小公主配合极了,抬起下巴,倨傲地将手搭在他掌心。

周停棹牵着她走到镜子面前,映出的画面里长裙曳地,领口齐肩,婚纱与她的美严丝合缝。

桑如与他这么并肩站着,忽而开口夸道:"你也很好看。"

"谢谢。"

店员站在一旁捂着嘴笑,似是没见过彼此之间还这么讲礼貌的爱人。

她充分发挥着职业素养,极力地夸赞,强调着这件婚纱是如何精制而成的。桑如听不进去，只听到一句"跟您先生真的很配"。

桑如看向她的"先生"，周停棹亦从镜子里回望。二人视线缠结，要为那句"天造地设"作出印证。

婚纱的白太过纯净，桑如稍俯下身去看裙摆上的点缀，隐隐的红痕便从胸口透出来。

周停棹握紧她的手："站好。"

桑如不知所以然地问道："怎么了？"

周停棹凝视着她，过了几秒才靠近过去，将她的领口整理好，说："是我的错。"

桑如顺着他的动作垂眸，不轻不重地打开他的手，嗔道："属狗的。"

礼服就定了这件，周总二话不说刷了卡。

桑如看着他，问："不是要我养你吗？"

周停棹沉默片刻，开口说："工资上交，还是你的，一样。"

桑如笑起来，抱怨道："你以前怎么好像没有这么会说话啊，总是气我。"

关系一开始就定位错乱，非得在爱意之上添加不在意似的伪装，因此做出了一些违心举动，让接收者的理解也发生了偏差。

周停棹接过包装袋，牵起她说："以后不会了。"

历晨霏和杨帆另有安排，与他们在店门口分别。临走前，历晨霏以老母亲的口吻再次好好嘱咐了一番。

桑如坐回周停棹的车上，一时竟不知道该把目的地定在哪里。

周停棹似乎也是一样，系上安全带后，动作一滞。直到桑如问："我们去哪儿？"

他们各自思忖，忽而同时开口："学校？"

学校自然指的是高中，一切重来的起始点。

门卫得知他们新婚在即，心软了，将他们放了进去，好实现他们重游故地的愿望。

这是他们在那之后第二次回来。

正值周末，平日里热闹的校园空寂下来，两个人边走边看，许多地方都已翻新过了，只隐约能认出原本的样貌。

迎面走来两个学生模样的面孔，见到他们便投来好奇的目光，望见两个人牵在一起的手时，更是不自然地转过了脸去。

桑如看得开心，对他说："你看，学校年年在这里，人却年年都不同。"

没等周停椁说什么，桑如又改口说："不对，或许也没什么不同。"

"嗯？"周停椁侧头看她，牵着她绕过一道路障。

"高中的时候无非就有听不完的课，写不完的作业，还有……"说着说着，桑如突然顿住，瞥他一眼才继续说，"追不上的人。"

周停椁沉默了半晌，才说："现在追上了。"

说着说着，二人行至熟悉的大楼，原本的铁门已经不在，教学楼以更年轻的姿态出现在他们面前。

想起那夜的混乱，桑如不由得笑出声："那时候要是知道你是你……"

周停椁明白她说的是什么时候，问："怎么？"

"你爬上楼的时候，我一定笑得更大声。"

周停椁沉默了片刻，也笑了起来。

他们爬上三楼，日头温和，柔柔地把人笼住，视线所及是静谧的校园，是澎湃的生机。

四周安静而美好，两个人谁也没说话，直到桑如想到了什么，忽而开口说："你等我那么久，所以我总觉得，我好像怎么爱你都不够呢。"

周停椁从背后抱住她，说："那就更爱我一点吧。"

桑如转过头看他，反驳说："那我好像又亏了。"

周停椁笑着说："不会，我会比你爱我更多爱你一点，永远。"

"是承诺吗？"桑如问。

"是约定。"

桑如也笑了起来："好。"

她这样说着，心里却悄悄在想——在爱人这件事上，我怎么会允许自己输你一筹?

约定待来日兑现,眼下一切兜兜转转,回到该齐头并进的正轨。

两人站在青春里,想起那时香火缭绕,有人对他们说:

"机缘纯熟,好事将近。"

番外一·原轨

01/

  周停棹回来的消息并没告诉几个人,他悄无声息地回到这座城市,又悄无声息地在市中心最繁华的地带办了入职。
  公司上下只听说总裁从别的地方挖来了一个高级总监,除此以外,对这位空降来的领导一无所知。所以当周停棹出现在公司时,引起了好一阵动静。
  公司八卦群里迅速传出一个消息:

  救命!新来的总监是个顶级帅哥!

  周停棹无心理会这些,因为他在来的路上遇见了一个人。
  十一点,对于正常的上班族来说晚了点,停车场里几乎没有别人,因此有些风吹草动就格外明显。
  斜对面的车位上停了辆车,有个女人打着电话从车上下来。不知道电话那头说了什么，周停棹听见她音量骤然提高："今晚就要？他怎么不干脆晚上再说？"

周停棹锁了车，默不作声地走在女人后头。对于陌生人的言语，他向来左耳进右耳出。

然而耳边又传来她的声音，她似是有些不耐烦地说："知道了，马上到，走路时速十公里了！"

说完，便挂了电话。

周停棹无声地笑。她嘴上说着时速十公里，然而踩着高跟鞋一步一步走得那么稳当，依旧是原来的速度。

从她身边擦肩而过时，周停棹闻见一股香气。他对香水没什么研究，说不上来是什么味道，却觉得很好闻。

电梯门就要关上，穿高跟鞋的女人这才加快脚步。周停棹抬手摁了开门键，听见她进来时说了句"谢谢"。

她戴着墨镜，周停棹从面前的电梯镜里隐隐看见她的半张脸，露出的精致的线条轮廓和饱满的红唇，勾勒出这座都市里事业女性的模样。

他没有评判陌生人的习惯，只因为从她身上感觉到了一种熟悉感，就多看了几眼。

而与此同时，桑如的眼睛藏在墨镜之后，肆无忌惮地打量着眼前的这个男人，觉得他很熟悉，像极了某个人。但那个人是戴眼镜的，闷闷的，不爱说话，跟眼前这个帅哥又并不相似。

电话再次响起来，打断了桑如的思绪。她接起，说了句"到了"，随后挂断。

电梯直达十六楼，桑如边摘墨镜边走了出去。

侧脸从眼前一扫而过，就是这个瞬间，周停棹顿时滞住。

回过神来，他匆匆拦住要合上的电梯门，出了电梯却发现外面已空无一人，只剩门口的玻璃门轻轻晃着，很快停住。

好似只是一个不小心，他捞了一捧水中月。

周停棹按原路去办了入职，秘书领着他去了他的办公室。

"十六楼是哪家公司?"

秘书不明所以,回道:"AOFEI,一家广告公司。"

周停棹沉默了半晌,说:"知道了。"

薛璐不知道从哪里听到他回来了的消息,问他是否要和大家一起吃顿饭。

回绝的话就在嘴边,但想起某个人,周停棹改口说:"办一场同学聚会吧,叫上所有人。"

合作伙伴临时来访,忙得让人脱不开身,等他们已经吃过一轮,周停棹才终于赶到。

昏暗的灯光下,映出的每个面孔都是模糊的,除了拿着话筒的她。

桑如在唱歌。他以前没听过她唱歌,第一次知道她唱歌很好听。她好像做什么都那样认真投入,然而他的出现打破了她的演唱,显得很不合时宜。

周停棹端着酒杯为来迟自罚,众人围着他起哄。她也看过来了,眼神里带了些探究。他的手指微颤了一下,没人看见。

桑如很沉默,相较于大多数人的左右逢源,她只跟身旁的朋友说话,整个人漂亮而安静。

周停棹就是这左右逢源里的一位,他顾着身旁过来寒暄的甚至已经叫不上名字的老同学,余光却全都用来留意她了。

推杯换盏间,突然听见她的惊呼,他同其他人一样,终于可以光明正大地看过去。

她说:"不知道我跟班长在同一栋写字楼工作?"

周停棹愣了几秒,笑了笑。

原来她知道,原来她还记得。

费了好一番力气才促成的正式重逢,再怎样不希望结束,也总归有个结束的节点。

曲终人散,周停棹站在路边接连送走了人,到最后只剩下她和历晨霏两个女孩。

桑如似乎没喝多少酒,还算清醒。周停棹被灌了很多,他的酒量不算很好,被街头的冷风吹得头脑晕乎。

他就这么站着,目送她上了出租车,然后离自己越来越远。

才过了十点而已,夜里的风怎么就这么冷呢?

周停棹半晕半醒,一时间愣愣地站在原地,视线就好像被黏在那辆把她带走的车上了。

忽然,那辆车掉转回头,周停棹蹙眉揉了揉太阳穴,确定自己没有看错。

出租车在他面前停下,车里的人摇下车窗,露出那张他心心念念的明艳的脸。她说:"走吗?"

周停棹喝了很多酒,步子有些不稳,看起来却还清醒,问了句:"去哪儿?"

"送你一程。"桑如说,"班长不是喝多了吗?"

周停棹从她眼里看见一片坦然,又怕再犹豫她便会彻底离开,于是闷声开了车门坐进后座,侧头对她说了句"谢谢"。

"你住在哪儿?"

周停棹报了个住址,看见桑如顿时噤声,露出一副欲言又止的神情,不明所以地问:"有什么问题吗?"

桑如摇摇头,说:"没事,我们顺路。那先送晨霏回去吧。"

能多待一会儿,周停棹当然求之不得,忙说:"好。"

历晨霏坐在副驾驶上昏昏欲睡,到了家要下车的时候,她才发现后座多了个人。

醉意一下子惊散大半,她在两个人之间来回打量,似乎是在看戏,说:"回家注意安全。"

"知道了,那你自己好好走啊。"

"没事,也不远,你们赶紧走吧。"

桑如却看着历晨霏离开,直到她的背影消失在视野里,才转回头，蓦然发现旁边有一道逼人的视线。她看过去，望见周停棹深沉的眸光。

心猛地顿了一顿，桑如让师傅继续开车，状似无意地问道："你看什么？"

周停棹眨了几下眼，动作迟缓，显现出无害的模样，与他西装革履的打扮很不和谐。他却并没有对自己不知什么时候开始的凝望作出解释。

桑如没有等到答案，反而等到了肩上一沉。

她少有与异性亲近的经历，下意识要躲。可他的脑袋就好像完全不受力一样，跟着又滑近一寸。

他好像是睡着了，刚刚应当是在发呆。

桑如没再避让，甚至换了个应该会让他靠得更舒服的姿势，心想：看在他是个帅哥的分上，充当一会儿靠垫吧……

到了地方，人还没醒，桑如拍了拍周停棹的脸。本来靠在她肩上的人蓦地坐直身子，问："怎么了？"

他的额前有碎发垂下，透着成熟男人的性感和可爱。

桑如觉得自己有点不对劲，并把这点不对劲归为"见色起意"。

"到了。"桑如提醒道。

大概是因为睡了一觉，周停棹清醒了点，开口说："抱歉，谢谢。"

没说清是对什么抱歉，也没说清是对什么谢谢。桑如也并不在意，随口说："没事。"

司机师傅插嘴问："还要去下一个地方吗？"

桑如摇了摇头，说："不用了，我们都在这儿下，谢谢师傅。多少钱？"

"六十八元。"

"好。"

然而，桑如还没打开扫码界面，就听到"滴"的一声，随后是不带感情的提示音："支付宝到账六百八十元——"

桑如无语地转头看向旁边的人，只见他手机还拿在手里，人还有点呆。

司机师傅乐了："哎哟，怎么还多了个0啊？"

桑如立刻问："能退吗？"

"可以啊。"师傅把手机从支架上拿下来，准备把钱打回来。

"不用了。"

桑如吃惊地问："什么？"

师傅也愣住了："啊？"

醉鬼，哦，还是财大气粗的醉鬼，又重复了一遍："不用了。"

桑如立刻捂住他的嘴，朝司机笑说："他喝多了，脑子不清醒，麻烦您把钱退回到打车的手机号里吧。"

周停棹还有点蒙，说实话，虽说靠在她肩上这个行为有那么一点故意的成分在，但他确实有点断片。他不记得自己在车费后面加了一个"0"，却记得她的手是什么味道。

和她的香水一样，有些甜，有些清冽，带着体温的手心，就这么捂在他嘴上。周停棹不适应地动了动脑袋，嘴唇从她掌心擦过。

好近。

桑如却突然收回手，见多余的钱已经退回，便匆忙下了车。

周停棹也跟着下去，今天他的神经因为酒精而变得迟钝，直到这时才发觉，他们的目的地是同一个。

街边的暖光无差别地照过来，将两个人都映得柔和了一圈。

周停棹迟缓地问道："你也住这里？"

桑如摇摇头，指了指下马路对面，说："我住在你对街。"

02/

自从那日分别之后,周停棹连续几天都没再见过桑如,直到一天中午,他被裴峰带进了一家港式餐厅。正值饭点,这家店已经坐满了客人,周停棹却仍然能一眼就认出她来。

桑如坐在窗边,跟同行人谈笑间向这边望了一眼,发现他后微微颔首一笑。

周停棹同样回以致意,跟裴峰在另一处坐下。

后来,周总连着吃了好多天的港式菜,却都没有再碰到想见的人,倒是平白地让裴峰以为自己推荐的美食值得一个五星好评。

这一天,因为加了几个小时的班,周停棹到停车场时已经很晚了,猛地听见在靠近自己停车位的地方似乎有人在争执。

有个女人质问着:"您不等车主来不合适吧。"

一个男人说:"关你什么事?!"听起来凶神恶煞的。

女人"啧"了一声,说:"好像确实是不关我的事,那这条视频,我就等车主来了给他看咯。"

"你……"

女人正是桑如,她无所谓地耸了耸肩,将手机从男人面前有意无意地晃过。

那个男人索性从车上下来,恼羞成怒地大骂:"我蹭的是这辆车,又不是你的!多管闲事!"

说着还要上前抢她的手机。桑如把手藏在身后,灵活地闪开。退着退着,她撞上了一个人。

说时迟那时快,那个人揽住她的肩膀将她挡在身后,她只能看见他宽阔的后背。

周停棹俯视着眼前矮了自己一头的男人,说:"先生,请你好好说话。"

"怎么又是一个爱管闲事的?没你的事,滚开!"

周停棹笑一下,指了指旁边的车,开口说:"这辆车,是我的。"

男人脸上明显慌了一下,强装镇定地说:"你说是你的就是你的啊?"

周停棹拿出车钥匙按了一下,车应声解锁。

桑如从他身后探出脑袋来,哂笑道:"这下视频也省了。"

男人理亏,又见对方是两个人,强拗了一阵,还是叫了保险公司来理赔。

桑如没道理再留,便说:"那我就先走了,视频回头发你,可以算一个证据。"

周停棹转过身,笑了笑,问:"你有我的联系方式吗?"

桑如本想说班级约饭的微信群还在,转念一想,打开手机,将微信二维码递到他眼前,说:"现在就可以有了。"

周停棹沉沉地看了她一眼,什么也没说,抬手一扫,随着"滴"的一声,她的个人资料界面跳了出来。

班级群建立之后,这个头像他点开过许多次,这是他第一次发出建立关联的请求。

桑如将车开到马路上的时候,收到了他的第一条消息——

  Z:谢谢,改天请你吃饭。

想看的音乐剧团有演出,桑如独自来看,散场时却在门口遇见了熟人。

周停棹在拥挤的人群里依旧很高很显眼,只是这日他不同于往常那样西装革履,而是穿了宽松简单的白 T 黑裤。

从没听说过他也有看音乐剧的爱好,桑如本想就这么当没看见,结果再瞥过去,就正好和他的视线对上。

"这么巧啊?"周停棹走过来说。

"嗯。"桑如面上看起来自然,边跟他一起往前走边说:"原来你也喜欢。"

周停棹轻轻地回道:"喜欢。"

跟着人流出去,只听见旁边有人在交流观后感,话题无外乎围绕着主角们的样貌和大胆的情节铺排、舞台动作展开。

二人一时无言,直到桑如忽然问:"你选《春之觉醒》的理由是什么?"

周停棹沉默良久,停下步伐,说:"新生。"

桑如难得对他露出真心实意的笑来,问道:"别人看见的是堕落混乱,你看见的是新生?"

"你不是吗?"

桑如挑了挑眉,什么也没说。

"那么我们打个赌。"周停棹说,"如果你也是,那请客的承诺不如就让我现在兑现。"

桑如动了动嘴唇,刚想要拒绝,却被他的话打断:"毕竟欠债的感觉并不怎么好。"

是桑如自己说的要吃街头烧烤,到了地方却发现,比起她的紧身裙装束,周停棹的休闲搭配看起来倒更贴合这里的氛围。

请吃饭从客套的说辞变成了现实,桑如还没习惯跟他单独面对面地坐着,眼睛黏在菜单上,偶尔才抬眼看看他。

两个人各自点了菜,老板收回菜单问:"二位要喝点什么?扎啤是我们这儿卖得最好的。"

桑如意有所指地看了周停棹一眼,回道:"不喝酒,我要一瓶椰子汁。"

周停棹说:"一样。"

等老板走后,周停棹才说:"我还要开车,放心,不喝酒。"

桑如"哦"了一声,不知怎么,就想起他上次喝醉了靠在自己的肩上,睡得很安静的样子。

周停棹似乎也想到了同样的事,视线一对上,二人莫名都偏过头笑了起来。

烧烤摊的生意到了晚上就十分火爆,桑如背后那桌新来的客人闹得不像话。不过,她听着他们时不时来上一句"感谢老铁们的火箭""刷一波666",居然觉得还挺下饭。

结果乐着乐着,那几人居然八卦起她跟周停棹来。

只听女主播说:"光吃有什么意思,隔壁桌有一位帅哥,姐妹们,看我去要微信。"

她行得正坐得端,丝毫没有要控制音量的意思。

桑如一字不落地听到了,很显然,周停棹也听到了。

桑如看着他隐隐蹙起眉头,面色难看,顿时觉得好笑,在心里打定了主意不管,看他要怎么应对。

主播姐姐拿着自拍杆走了过来,镜头直直地对着周停棹,问:"帅哥,有女朋友吗?"

周停棹看看桑如,主播姐姐也看了过来:"不好意思,你……"

桑如眯着眼笑了笑,然后果断地摇头。

周停棹的脸色一时间变得更加难看。

"那帅哥,能加个微信吗?"

周停棹抽了张纸,有条不紊地擦着手指上沾到的油,冷冷地说:"不能。"

女主播的伙伴是两位大哥,正在和直播间里的粉丝互动,其中一个道:"好酷?酷个锤子!"

另一个朝他们这桌喊:"兄弟,给个面子!"

主播姐姐大概没被这么冷脸对待过,委屈巴巴地看着周停棹说:"别这么凶好不好?我的微信也不是谁想加就能加的。"

周停棹抬手将她的手机轻轻推开,说:"我的也是。"

"姐姐我要颜有颜,要身材有身材,还有钱,看你这长相,不交朋友那我养你也行啊!"

桑如真绷不住了,伏在桌上笑得肚子痛。

周停棹咬牙回道:"谢谢,不需要。"

桑如忙作证:"他……应该也挺有钱的。"

"富二代啊?"主播姐姐眼睛一亮,"那更好了,那我们在一起就是钱上加钱!"

周停棹瞬间火冒三丈,拉起桑如的手就径直往外走,却没想到美女主播和那两位大哥在门口堵住了他们。

就这样,周停棹跟他们对峙了许久……

…………

"没事吧?"半个小时后,桑如拉着周停棹的衣服上上下下地查看他有没有受伤,满怀歉意地说:"对不起。"

她低着头的样子看起来格外可怜,明明是他该说对不起的……

周停棹抬起的手离她的发顶只有一寸。他手心也沾了灰。他脏得很,这大概是他有生之年最狼狈的一天。

手到底还是没落下,周停棹垂头看着她,低声回道:"没事。"

03/

表盘滴滴答答地响着,时间走到了十一点二十分。

周停棹看了眼手表,又回头看了看药店里的那人,他们竟一起待了三个多小时。

门"吱呀"一声打开,桑如推门出来,把药递给他说:"不是让你在车上等我吗？"

"出来透透气。"

"哦，"桑如转告医师的叮嘱，"消毒水可以现在用，消除淤青的这支药膏，要洗干净伤处再涂，一天两次。"

周停棹看了看袋子里的药，说："嗯，谢谢。"

周停棹道谢时眼睛看向她，瞳孔里好似蕴藏着深沉的漩涡。桑如已经接受这个帅哥是自己死对头的事实，却没想过能被他充满魅力的眼神看得莫名心慌。

她敛眸移开视线，说："那我先回去了。"

"等等。"

"嗯？"

周停棹面不改色地道："疼。"

桑如"啊"了一声，不明所以。

"可能需要现在就上药，"周停棹说，"能麻烦你一下吗？"

严格意义上来说，她也算造成他伤势的罪魁祸首，故而不好拒绝，于是说："不麻烦。"

桑如从袋子里拿出消毒水和棉签，扫了眼四周，问："在这里弄？"

"嗯。"

都这么晚了，小区楼下的这条小马路只有零星的人走过，来往的车辆倒是不少。

桑如把消毒水盖子塞进周停棹手里，将棉签伸进去蘸了些，抬手示意他说："你低下来一点。"

周停棹如她所说，微微俯身靠近。那张好看的脸倏然在眼前放大，眉眼深邃，连额角的伤都可以说是锦上添花得好看。

桑如敛着心神，压制住往后退或者往前冲的念头，看似云淡风轻地给他上药。

"嘶……"

"弄疼你了？"

"没有。"

"那我轻一点儿。"

桑如减了手上的力气,越发小心翼翼地处理那处伤口,感觉他的视线似乎一直停在自己脸上。

皮肤碰到的是凉凉的触感,晚风一拂,便带着伤口一起又疼又麻。

"你一直盯着我干什么?"桑如忽然问。

周停棹沉默良久,说了句:"好久不见。"

桑如看了他一眼,继而又低眉处理他的伤,含笑说:"我们不是已经寒暄过了吗?"

周停棹没再说话,桑如便也不再开口。

他就算再怎么变,不爱说话的毛病好像一如往常。

伤口处理好,他还没要起身的意思,桑如就提醒他:"好了。"

周停棹鼻间发出沉沉的一声"嗯",人却不动。

空气蓦地安静下来,周遭的事物在褪去、沉寂,视线成为两个人之间唯一的牵连,引出暧昧的心跳曲线。

桑如开口,音量也不自觉地低下来,问:"不回去吗?"

他的睫毛很长,垂下来时掩去眼里许多说不上来的含义,那道存在感极强的目光终于隐没。

周停棹正要后退,他不敢突破的距离骤然被压缩,对面那个被他看了许久的人忽然就靠了上来。在他没反应过来的瞬间,唇瓣忽而变得湿热。

一触即离,他讶然怔住,眼睛陡然睁大。

却见元凶轻松得恍若什么都没发生,说:"晚安。"

周停棹接连失眠了好几天,一闭上眼就是她蜻蜓点水似的吻和猝然抽身后的那句"晚安"。消息列表里,她的头像从未亮起过,桑如没对这样亲昵的举动做出任何解释。

午休时间,周停棹去茶水间时听见有女同事在聊天,其中一个说:

"怎么办啊,他都好几天没联系我了。"

另一个惊讶地问:"他上次不是还亲你了吗?"

"对啊,可是我们又没有确立关系……"

周停棹心里"咯噔"一下,站在外面继续听她们说话。

"他是在吊着你吧?渣男!"

女主人公叹了口气,懊恼地说:"谁让我先喜欢他的呢。"

"那怎么了?你不是还没表白吗,那就他怎么对你,你就怎么对他,别做他召之即来的人,要做他抓不住的女人,懂吗?"

"唉,再说吧。"

她们边说边往外走,发现周停棹站在门口,吓了一跳,慌张地说:"周总……"

周停棹回过神,点了下头,跟她们擦肩而过,进了茶水间。

她们说的,好像有点道理……

到了下班时间,周停棹又特意留了几个小时才走。

电梯下行到十六楼,她竟真走了进来。两个人皆是一愣。

电梯里没有别人,他们一前一后地站着,谁也没开口,直到到了某一层,乌泱泱进来了一堆人。人挤着人往后退,桑如冷不丁地被挤得向后倒去,肩臂被一双大掌兜住,热度透过衣服熨帖进来。

"没事吧?"

桑如没回头,小声说:"没事。"

那人松开手,又变回规矩的站姿。

只是他们贴得很近,而后面又有零星的人上来,一退再退,桑如只觉自己都快贴在周停棹的身上了。

二人各怀心事,都想要赶紧结束这场尴尬的相处。

突然,电梯剧烈一抖,紧接着陷入一片黑暗。电梯里的人都慌乱起来,七嘴八舌地躁动着。

人一慌就容易有多余动作,桑如被挤得脚下一崴,往后倒在了周停棹身上,立刻被他扶住。

他应该是低下了头,问话的声音就在耳边:"怎么样?"

桑如摇了摇头:"没事。"

"大家冷静,离楼层按钮近的先按报警按钮。"手机没有信号,无法联络外界,周停棹提高声音对众人说,"还要麻烦把每个楼层都按一遍。"

"好。"另一边有人回应。

手机照明这时已被三三两两地打开,有了光亮,自然就显得不那么吓人了。

"应该很快就有人来抢修,请大家安心地等一会儿吧。"

有些人天生就有领导力和让人安心的能力,桑如直观地感受到了周停棹身上属于成熟男人的特质,那点惊慌渐渐散去。

其他相熟的人开始互相聊天、打气,他们则在角落里紧紧贴着。周停棹说:"不要怕。"

"我不怕"三个字已经到嘴边,又被硬生生地咽了回去。

最近办公室里总听到同事们聊恋爱细节,攀比似的,说得一个比一个甜,桑如却下意识想到了那晚的他。

桑如转过头,放下平日的骄傲,撒娇道:"不行,我怕。"

周停棹瞬间愣住,沉声说:"很快就没事了,害怕的话就抓住我的衣服。"

桑如乖乖地"哦"了一声,伸手向后摸了几下,衣服没抓着,倒是握住了他的手。

"介意吗?"

周停棹指尖微颤,回了一句:"随你。"

纤若无骨的手主动牵住了他,偏偏手指还不安分,时不时地动一下,他便连同心脏也好像被她挠出了痒。

相安无事了片刻,忽然,电梯开始急速下坠,众人被这突如其来的失重感吓得惊叫连连。

桑如下意识地抓紧了他的手,下一秒,手上腰上俱是一紧,周停棹同她换了位置,将她护在角落里。

"贴墙站好!"周停棹在一片惊叫声中将另一只手垫在她脑后,说,"别怕,不会有事的。"

好在下坠了几层后,电梯自带的锁死装置被触发,停了下来。尽管抢修的人还没来,众人也都知道一些电梯发生故障后的求生常识,逐渐地安静下来。桑如提起的心也渐渐地放下,这才发觉他们现在的姿势有多暧昧。

她戳了戳周停棹的胸口,说:"你压到我了。"

"抱歉。"周停棹欲往后退一些,却被后面的人再度挤过来,更紧地贴在她身上。

桑如发出一声气音,气息就在他脖颈间拂过,可爱而性感,像是在……喘息。

"周停棹……"

她很少这么叫他的名字,遑论用这样娇软的语调。周停棹微微低下头,问:"嗯?"

桑如将脸埋进他颈间,用只有他能听见的音量说:"谢谢你。"

角落里潜藏危险,昏暗中滋生妄念。

周停棹绷紧着他的弦,却听见桑如说:"如果能出去,我们见面吧。"

他们自然是安全脱困了。桑如临走前亲了他一下,说:"今天很愉快,下次再约。"

不是约会的约,周停棹明白过来,她把他当成了玩乐的对象。

周停棹逃似的离开了房间,回家喝了半夜的酒,可到最后还是觉得,只要靠近她就好了,无论以怎样的方式,无论以什么身份。

桑如同样失眠了,跟他面对面待着总让她觉得尴尬,只好故作洒脱地赶紧离开。圈子里灯红酒绿,他们如今这样的关系最常见不过。

越过谈情，先论得到，头脑发热而展开这样的关系，只好在此时此刻，对爱闭口不谈。

彼时他们谁也不知道对方是怎样想的，更不知道，这段走上岔路的关系，会迎来新的转机。

番外二·假如梦境平行

01/

周一这一天,周停棹破天荒地迟到了。

念在他是初犯,英语老师只是口头上说了他几句,便放他回了座位。朗朗的早读声,才让周停棹觉得回归了现实。

他好像做了一个很长的梦,梦里他来到了很久之后的未来,学业顺利,事业也同样是一路高升,只是不见桑如的踪影。

后来又遇见了她,只不过已经是过了漫长的岁月。他们重新认识,他要的明明是她的心,却跟她以男欢女爱的方式产生牵连,越发沉闷的性格和同样骄傲的姿态,令他与她开启了一场你来我往的拉锯。

后来,梦境陡然一转,他回到了现在。

那些场景过于真实,就好像冥冥之中有什么声音在说:要抓住,要抓住。

身旁的座位空着,桑如竟然也迟到了。

如果没记错的话，就在前夜，她成了他的女朋友。

女朋友姗姗来迟，周停棹不知怎么的，就好像第一次以这个身份跟她见面，带着几分自己也说不出的紧张，佯装镇定地问："今天怎么来迟了？"

桑如投来一道余光，淡淡地说："没什么。"

周停棹微顿，"嗯"了一声。

一连几天，桑如的态度都格外冷淡，要么对他视而不见，要么以极其简短的话和他你问我答。如果不是两根红绳还在手上圈着，前座的同学总时不时地向他们投来暧昧的视线，周停棹真的会以为，那句"以女朋友的身份"不过是自己无中生有的臆想。

老郑在班上宣布了运动会即将开始的消息，作为班长要以身作则，周停棹报名参加了好几个运动项目。杨帆负责这次运动会的报名统计工作，于是，历晨霏忽悠着桑如也报名参加男女四百米混合接力。

两个人在接力赛的练习场地上遇见，桑如第一棒，周停棹第二棒。

天气预报说：今日微风，是个大晴天。

周停棹站在百米开外的地方，背对着自己的身影看起来挺拔清隽，风钻进他的衣摆，衣角轻轻地扬起来，透着她从未发觉过的少年气。

天气确实很好，桑如被阳光晃了眼，再次发觉自己的头脑有些不清醒。

一觉醒来，被自己前些日子做出的大胆举动惊到，桑如不知道自己是抽了什么疯，放着好好的学习不搞，去跟男同学拉扯，还是之前看着最不顺眼的那个，甚至还跟他成了男女朋友。

简直是匪夷所思。

她拍了拍自己的脸，好让自己清醒一点。

发令员一声令下，桑如飞快地跑起来，"呼呼"的风声从耳边刮过，她与周停棹之间的距离一点点地缩小。

就要到交接棒区了，周停棹回过头来，侧脸轮廓棱角凌厉。他向后伸出手，做出预备动作，随后也跑起来。

桑如跟在后面追，虽说周停棹应该控制了速度，但她依旧觉得追得吃力，握着接力棒的手心似乎微微地渗出了汗。

只差一点点……

一声响亮的口哨声响起，体育老师让他们停下，对在旁边观摩的第三和第四棒的同学说："看好了，这就是错误示范。"

桑如："……"

"周停棹，你跑那么快干什么？后面的同学是拿着炸弹在追你吗？"

周停棹坦然地看着老师："不是。"

"还有你，桑如，距离没够就想把接力棒送出去，你真当自己拿着炸弹啊？"

"……不是。"

"行了，你们四个两两站好，先学习接力棒该怎么递、怎么接吧。"

两人一前一后地站着，按照体育老师的吩咐做好摆臂、跑步姿势，来回练了一会儿。

桑如跑得有点麻木，机械地将接力棒递出去的一刻，手背忽然感受到一股热度。她下意识地抽回手，突然"哐当"一声，接力棒一个不稳掉在了地上。

桑如站在原地，看着它滚到前头那人的脚边。

体育老师会迟到，但从不缺席，他走过来便开始毒舌地质问："这接力棒烫手吗？你们一次也接不住？"

哪里是接力棒烫手，是他的手太烫了。

桑如看了眼地上那根摔落的接力棒，它安静地待在那儿，直到很快被人捡起。

那只手骨节分明，手背指骨上的青筋脉络清晰。桑如的视线顺着上移，就看见周停棹微垂着眸看手上的接力棒，开口道："对不起，老师，是我没抓稳。"

桑如忽然有些愧疚，的确是她先松手的……

阳光逐渐炽热起来，老师去旁边的办公室喝水，让他们自己各自找个凉快的地方休息一会儿再继续练。

器材室的拐角处有一片树荫，足够他们跑一小段。

桑如靠墙站着吹风。单独相处，她越发莫名紧张。

周停棹静默地站了一会儿，忽然不知去了哪里，再回来时手上拿了两瓶水。他一言不发，递给她一瓶。

桑如接过，说了句"谢谢"。

这是她名义上的男朋友，现在他们关系却好像降至冰点，连普通同学也不如，甚至从上课到现在，说的话加在一起总共不超过五句。

就这样，谁也没说话。过了一会儿，周停棹问："练吗？"

桑如答："练。"

重复的动作简单而枯燥，桑如觉得自己是手酸腿也酸，越是往后越觉得好像追不上他，又回到了第一次练习时那样。

刚开始，她还以为是自己累了、跑不动了，可来回几次都是如此，桑如发现，的确是周停棹默不作声地提了速，好像使坏一样不让她追上。

她停下脚步，喊了一声："你慢一点！"

周停棹回头深深地看了她一眼，问："怎么了？"

不知为何，桑如有点心虚，解释道："你跑得太快了，我来不及把它给你。"

周停棹没什么表情，过了半晌才回道："知道了。"

经过沟通，他的速度终于降了下来，但想要顺利把接力棒递过去，还是差了一点儿。

桑如停下脚步，屈身撑着膝头喘息，抬头看见周停棹神色自若，一股火气从心头涌起，她语气强硬地道："你就是故意的。"

周停棹只看着她，却不说话。

桑如当他默认了，原本还残存的愧疚感顿时消失，她板着脸说："无聊。"

　　说完，她转头就走，却听见他忽而开口叫道："桑如。"

　　她站住了，没回头。

　　"怎么追也追不上的感觉怎么样？"周停棹说。

　　这声音不带一丝起伏，好像一场心血来潮的报复。

　　桑如不可思议地回头，看见他的眼里带着深沉又凌厉的光。

　　这样的周停棹竟然是有些让人害怕的，桑如说："不怎么样。"

　　他紧绷的唇线忽而一松，笑着说："再试试吧，最后一次。"

　　被他说的"最后一次"所蛊惑，桑如重新回到了出发点，按照之前练习的步骤开始。

　　摆臂、奔跑、冲刺、减速……

　　桑如伸出手，接力棒的延长线上，周停棹的手正等着与她会合。

　　他手心的纹路很清晰，桑如惊讶于自己竟还有时间分心去看这些，等回过神来，接力棒的另一头已经被他紧紧地握住。

　　桑如没来得及松手，一股极大的力量从那边传来，她一个踉跄，就这么被拽进了他的怀里。

　　鼻尖撞到他胸膛上，酸疼得眼泪都快流出来，桑如头晕眼花地往后退，腰却被进一步环紧。

　　她有些恼，瓮声瓮气地说了句："你干什么？"

　　那双手不知哪儿来的力气，把她圈得紧紧的，继而她听见周停棹咬牙切齿责问："我是不是很好欺负？"

　　桑如推他，一头雾水地问："谁欺负你了？"

　　"你。"

　　刚刚使坏让她一直追在后面跑的人是谁？

　　桑如被他气笑了，追问道："我怎么欺负你了？"

　　周停棹的语气方才还是冷冰冰的，现在就好像被抛弃在街头的狗狗一样，委委屈屈地说："你不理我，四天了。"

怒火一下被浇灭,桑如说不出话。确实是她心里觉得奇怪,有意避开他。

"怎么不说话?"

"说什么?"

周停棹被她噎了回去,过了良久,才一字一句地强调:"你是我的女朋友。"见桑如还是一句话也不说,周停棹气得头脑发昏,却又不舍得对她做什么,咬着后槽牙问,"你后悔了?"

平时看起来很高冷的人,所说的话听起来竟然有些可怜。

桑如嗫嚅:"没有……"

怀抱倏然松开,周停棹垂头看她:"那你为什么不理我?"

桑如不自在地移开目光:"我……还没习惯。"

从上方投下的目光过于灼人,桑如只觉得自己被牢牢钉在了他的视线范围内,一寸也挪不开。

潜意识里莫名产生了一个念头:要抓住他!然而,此刻她的思绪已经乱成一团,只听见周停棹用不容分说的口吻说:"你要习惯。"

平时桑如总是让别人束手无策,这回却被他说得脸红心跳。

她无奈地捂着脸,躲在掌心后面缓缓地点了点头。

周停棹满心觉得,他的女朋友很可爱。

02/

大二的课程很满,到了周末也不能放松。当桑如把要完成的课题作业都弄完,外面天都已经黑了。

还有不到半个月就是她的生日,是十八岁的成年关头。

有一场经济学论坛交流大会在隔壁市召开,周停棹昨天就跟他的课程导师去了。所以桑如只好暂且一个人在家待着。

她最近沉迷于一款抽卡游戏。

可能是因为连抽了两百次都没获得限定卡，桑如终于意识到，她的手气是真烂啊。但她并不愿意承认。

然而，能做的任务已经都做完了，没有再获得游戏货币的途径了，除了最不划算的办法——充钱。

她纠结了好久，对着充值图标暗暗发誓：那我就再试一次。

唉，可惜……

…………

周停棹的视频电话打过来的时候，桑如刚用完最后一个十连。

她手忙脚乱地接起，看见屏幕里的男朋友西装革履，尽显精英气质。

她必须承认，自己有点被他帅到了。清了清嗓子，她问："结束了？"

周停棹松了松领带，说："嗯，刚回酒店。"

他的五官线条本就鲜明，上了大学后，更是越长越显凌厉，如今再配上成熟的西装，更显成熟男人的沉稳持重。

她撇了撇嘴，问道："今晚回不来吗？"

"嗯，明天还要跟导师去拜访一位前辈。"

"好吧……"

周停棹察觉到她毫不掩藏的失落，也觉得自己好像是做错了什么事，又说了好些好听的话哄她。那些话传到桑如耳朵里，她却觉得是他在撒娇。

周停棹只要出门在外，那种黏人的特质就会毫不掩饰地流露出来，到哪里都主动汇报行踪，时不时地问"崽崽在做什么"……

总之，非常黏她。

等到好不容易挂断视频，已经过去了一个多小时。

回到游戏界面,桑如发现系统正开始自动登录,毫不意外的,一个抽卡次数都没有了,至于刚刚的十连结果,她根本没有看到。

桑如欲哭无泪,原来比抽不出来限定卡更悲惨的事是,她还没来得及看自己到底抽到了什么卡。

直到她点开所有卡的界面观赏,忽然发现一张新的卡面——

不是新卡是什么!

最近有个男同学在追桑如,比之前任何一个都要来得热烈,让人十分头疼。

听说她有男朋友了,还是隔壁经济系的系草周停棹,追求者们几乎就知难而退了,即便是有些好感,也扼杀在了摇篮中。但是,这次遇到的男同学却格外殷勤。

他不知从哪里打听到了桑如的个人信息,包括她的生日,就给她发了很多条消息,说是准备好了生日惊喜,想约她一起吃饭。桑如无一例外地拒绝了。

男同学消停了几天,桑如本以为他已经放弃了,便放松了下来,谁知生日这一天周停棹因学校有事迟迟未回,她只是下楼扔个垃圾的工夫,居然就被那个男同学堵在了小区楼下。

仍旧是锲而不舍地邀请她共进晚餐,桑如欲躲,男同学却从起初的言语纠缠发展到上手来拉她。面对这种情况,她难免慌乱,不由得开始挣扎。

披在居家服外面的大外套被扯下肩膀,两个人皆是一愣。男同学顿时像被刺激到了的痴汉,竟然伸手来抱她。

"你松手!"

桑如挣扎着,可即便她力气再大,也敌不过一个男人。裸露出来的手臂被他的手掌握住,桑如听见他喘着粗气,只觉得恶心。

"跟我在一起,我什么都可以给你……"

"放开!"

然而，小区里很安静，根本没有其他人。桑如抓住时机狠狠踩了他一脚，趁着他因痛松手的空当快速往楼上跑去。

身后始终没有追逐的动静，桑如渐渐放慢速度，从三楼平台的窗户往下看，却见那人已经跟别人扭打在一起。更准确地说，是单方面挨揍。

而那个挥拳头的人，不是周停棹还能是谁？

眼见着男同学被打倒在地，反抗不及又挨了一拳。隔了这么远，桑如都能感觉到周停棹凌厉的攻势，与平日里待人冷淡平和的模样全然不同。

这还是她第一次看见周停棹打架。

他拽起男同学的衣领，凑近，似乎在说些什么。男同学即便处于下风，也依旧恶狠狠地瞪着他，周停棹又给了他一拳。

桑如回过神来，怕他继续下重手，匆忙转身，原路返回。

她低着头看楼梯，走到一楼楼道口，冷不丁地被人阻住去路。

抬眼一看，周停棹正站在她的面前，手上还拿着她不知何时跑丢的拖鞋。

"你……"

他蹲下来说："腿，抬起来。"

"哦。"桑如乖顺地抬起左腿，轻轻脱下被弄脏的袜子。她看了一眼外面，那个男人已经不知去向，她又低头，瞧着他头顶的发旋，竟觉得有些可爱，"你把他打跑了？"

周停棹点了点头，将她右脚的鞋也套了上去。

本来还惊魂未定，突然看见他出现在自己面前，她也就放下心来。脚底可能踩到了什么，隐隐有些疼，但桑如已经来不及做出反应。

周停棹将她抱在怀里，歉疚地说："是我回来晚了。"

桑如这才想起来这茬儿，明明自己的妆都化好了，只等他回来就可以换衣服出门。然而，等到天都黑了，又遇上这样的事，她顿时委屈，埋怨道："你说会早点回来的，现在都七点多了，预约的时间都过去好久了。"

"对不起,崽崽,导师临时有事,我走不开。"周停棹亲亲她的发顶,"带你回去换个衣服,我们现在就出门。"

"这还差不多!"

被周停棹背着进了家门,桑如拍拍他的手臂,示意他把自己放在沙发上。

周停棹安置好她,就先去浴室放热水。

追求她的人很多,解决了一个,总还有下一个,不大有情敌能入他的眼,尤其是像今天这样的。周停棹试着水温,心想再有下一次,该保留证据,然后报警。

今天一天他的心绪都很恍惚,下午下了课,导师把他留下跟着学长、学姐听研讨会,中途他无数次看时间,也征询了导师的意见,依旧不能离开。他待不住了,满脑子都是她。

就像现在这样。

放好热水回到客厅时,桑如正专注地看着手机,手指点来点去。

周停棹一看,发现她是在玩最近刚出的一款卡牌游戏。

桑如耐住性子攒了一波抽卡券,准备今晚全部用掉,然而刚刚已经五十连过去,还是什么都没有得到。

她把周停棹拉到自己身边坐下,懊恼地说:"我的手气是真差啊!"

周停棹被她逗笑,鼓励道:"没关系,再试试。"

桑如撇了撇嘴,鼓起勇气在抽取的按键上又点一下。

…………

很好,依然是无效抽卡。

"要不你来试试看!"桑如把手机塞进周停棹的手里,眼睛亮亮的。周停棹稍显犹豫,她就捧着他的脸,一边揉一边撒娇:"拜托了,小周!"

周停棹耳尖的热意又起,只能说:"好。"

十秒后。桑如看着那两张明晃晃的"SSR",一脸呆滞。

她讷讷地问:"这就是世界的参差吗?"

有的人一张都没有,而有的人,竟然是"双黄蛋"。这公平吗?这不公平!

桑如颓败地倒在沙发上,一脸生无可恋。

周停棹去拉她的手:"先去洗一下。"

她哼哼唧唧地说:"我没力气了。"

说完又顺手把他一起拽倒。周停棹猝不及防地压在她的身上,脸与她明媚干净的脸贴近。

桑如点点他的鼻尖,笑着问:"你怎么这么幸运啊,嗯?"

周停棹居然也不反驳,说:"所以才遇见了你。"

"那是。"嘴角不自主地翘起来,桑如清了两下嗓子,"要不你帮我把剩下的全抽了吧。"

周停棹想要伸手,又被打断。

"这……"桑如又后悔了,"不行,那也太没体验感了。"

她纠结了半天,并没注意周停棹已经站起来了,突然将她这位公主抱起。

"你再想想,我们先收拾,"周停棹说,"还要出门给你过生日呢。"

周停棹把她抱进浴池里,她坐在边上,他站在外面,蹲下替她将刚才在外面沾染的灰尘都冲洗干净。

桑如怕痒,被他碰到脚就忍不了,边笑边"痛苦"地往后缩,直到靠到周停棹的身上。

一来二去,后者被蹭得无法动作。

周停棹忍得够久了,贴在她耳边:"崽崽,今天还出去吗?"

桑如一愣。

手心里是他肌肉紧实的小臂,凸起的血管蓬勃着力量。

桑如咽了咽口水,说:"那就不出去了呗……"

水迹涤荡一切过往，蜿蜿蜒蜒地交融到一起。热烈之中催生水汽，把人全部浸润，湿淋淋地回归到诞生于世时最初的模样。

他们向彼此坦白了最后一个秘密，每一天都将是一个新的开始。

轶事一则——

据周停棹先生透露：桑如女士原本常用的署名落款，就是姓名缩写"SR"，近日已退出历史舞台。

此后，在每一个无人知道的角落里，桑如女士的落款都是：SSR。

END

图书在版编目（CIP）数据

半熟 / 在言外著. — 成都：天地出版社, 2023.8
ISBN 978-7-5455-7729-7

Ⅰ.①半… Ⅱ.①在… Ⅲ.①长篇小说 – 中国 – 当代
Ⅳ.① I247.5

中国国家版本馆 CIP 数据核字 (2023) 第 079468 号

BAN SHU
半 熟

出 品 人	杨　政
作　　者	在言外
责任编辑	王筠竹
责任校对	梁续红
封面设计	唐小迪
责任印制	白　雪

出版发行	天地出版社 （成都市锦江区三色路 238 号 邮政编码：610023） （北京市方庄芳群园 3 区 3 号 邮政编码：100078）
网　　址	http://www.tiandiph.com
电子邮箱	tianditg@163.com
经　　销	新华文轩出版传媒股份有限公司

印　　刷	北京君达艺彩科技发展有限公司
版　　次	2023 年 8 月第 1 版
印　　次	2023 年 8 月第 1 次印刷
开　　本	880mm×1230mm　1/32
印　　张	8.5
字　　数	253 千字
定　　价	49.80 元
书　　号	ISBN 978-7-5455-7729-7

版权所有◆侵权必究

咨询电话：（028）86361282（总编室）
购书热线：（010）67693207（营销中心）

如有印装错误，请与本社联系调换。